ÉAGNAIRC

ÉAGNAIRC

Pádraig Ó Siadhail

Cló Iar-Chonnachta
Indreabhán, Conamara, Éire

An Chéad Chló 1994
© Cló Iar-Chonnachta 1994

ISBN 1 874700 41 9

Clúdach
Pádraig Reaney

Dearadh Clúdaigh
Johan Hofsteenge

Dearadh
Deirdre Ní Thuathail
Micheál Ó Conghaile

Faigheann Cló Iar-Chonnachta Teo., cabhair airgid ón
gComhairle Ealaíon.

Foilsíodh sliocht as an saothar seo in An tUltach agus Comhar.

Saothar cruthaitheach atá sa leabhar seo. Comhtharlú glan is ea é
más amhlaidh go bhfuil cosúlacht ar bith ag aon phearsa ann le
haon duine beo nó marbh. Sa chás go luaitear eachtraí stairiúla, is
ar bhonn na finscéalaíochta a dhéantar sin.

Priondáil: Clódóirí Lurgan Teo., Indreabhán, Conamara.
    091-93251 / 93157
Clóchur: Cló Iar-Chonnachta, Indreabhán, Conamara.
    Fón: 091-93307 Fax: 091-93362

Do mo chuid deirfiúracha agus deartháireacha
Mary, Seán, Proinsias, Noreen,
Margaret agus Siobhán.
Agus i gcuimhne ar Liam.

Caibidil 1

An dufalchóta tarraingthe thart ort. Do lámha sáite go domhain sna pócaí agat. Tú i do sheasamh ag an doras mór, rud beag aníos ó dhoras theach Mhic Lochlainn. Foscadh de shaghas ón ghaoth nimhneach fhuar agat ann. Thíos uait, na comharsana cruinn le chéile, ina ndíormaí beaga díobh. Cogarnach ard na bhfear le mothú. Corrbhabhta gáire ó scaifte ógfhear atá ag moilleadóireacht ag binn theach Mhic Lochlainn.

"Táthar á tabhairt amach."

Ciúnas míshuaimhneach le mothú anois nuair a thugtar an chónra amach. Lucht na mbalcaisí dubha chun tosaigh, á hiompar. An teaghlach ina ndiaidh. Cúl an eileatraim oscailte ag duine de na giollaí dubha. Sáitear an chónra isteach. Go cúramach. Slogtar in ionathar an eileatraim í. Druidtear an cúl go mall foirmiúil. Gan le feiceáil anois ach na marbhfhleasca.

An sagart. An tAthair Mac Colla. An tsais bhán ina ghlac aige. Á cur thar a mhuineál. Á cóiriú go néata. An bháine i gcodarsnacht le duibhe a chóta mhóir. An-bhán. An-dubh.

"Abair le Mary an raidió mallaithe sin a mhúchadh go mbí siad imithe."

Cluineann tú an chogarnach ón seomra mór istigh. Guth teann feargach. Díríonn d'aird ar an seomra istigh. Siúlann tú isteach arís.

"Ag imeacht atá siad anois."

An t-athair ina shuí ar an tolg sa chúinne thall. Cupán tae ina lámh aige. Deasghnáth iardhinnéar an Domhnaigh.

"Beidh mé leat i gcionn bomaite, a mhic, má bhíonn foighde agat. 'Bhfuil mórán daoine ann go fóill? Ní dhéanfadh braoinín snasa lá dochair do na bróga sin, tá a fhios agat."

Ní deir tú a dhath. Cúlaíonn an doras amach. Ach leisce ort

déanamh ar an tsráid athuair. Fanann sa halla cúng. Pus ort. Dá mbeadh do rogha agat, cuachta taobh istigh cois tine ag amharc ar The Big Match a bheifeá. Damnú síoraí ar Bhean Mhic Lochlainn. Gan oiread is focal fánach labhartha agat léi go toilteanach le do bheo. Lena beo. Nach ar do sheacht ndícheall lena seachaint a bhí tú ó rug sí ort ag sleamhnú thar bhalla cúil an gharáiste thall ar lorg bonn don tine chnámh cúpla bliain ó shin. Gan tú suite de gur aithin sí thú. Ach b'fhearr gan dul sa seans.

Ach cúis eile, mothúchán eile, údar uamhain eile, ann anois. Scanradh roimh a corp, roimh a cónra, roimh a heileatram .... Ritheann dairt trí do cholainn. Dairt na corpchuimhne. Faire d'uncail, deartháir d'athar, trí bliana roimhe sin. Gan tú ach dhá bhliain déag d'aois ag an am. Tú i do sheasamh taobh leis an chónra sa seomra fuar. An aghaidh gheal shnasta. An aghaidh bhán. Cuma shaorga uirthi. Colmán, mac leis an uncail, ar a ghlúine. Lámh leis snaidhmthe i lámh a athar mhairbh. D'éirigh sé, chrom os cionn an choirp is phóg an aghaidh. Rith tú ón seomra. D'fhill an chorpchuimhne ort an oíche sin agus tú i do leaba. Shamhlaigh tú an aghaidh ag tarraingt ort, ag iarraidh tú a phógadh. Gan ar do chumas cuimhne is uamhan na haghaidhe gile righne a scaoileadh uait gur thit néal codlata ort faoi dheireadh.

An mhaidin dár gcionn, tú i do fhriothálaí ag Aifreann na hÉagnairce. Na súile seo agatsa dírithe ar an chónra mhín shnasta.

"Ar aghaidh leat, a Pháidí."

Geiteann tú. An t-athair, a dhufalchóta air, taobh leat anois.

"Fanfaimid chun deiridh. Ní rachaimid isteach san Ardeaglais. Beidh an mórléirsiú ar siúl thuas sa Chreagán. In am tráth a bheimid dó."

Damnú, damnú, damnú síoraí air. Dearmad déanta agat ar an mhórshiúl máláideach sin. Breasta air. Ní bheadh sibh sa bhaile anois go dtí a cúig, nó b'fhéidir a sé a chlog. Cuireann tú cár ort féin. Go drogallach a leanann tú an t-athair. An

t-eileatram is an carr dubh tionlactha ag gabháil suas an bóthar go
mall. Feiceann tú an sagart roinnt slat chun tosaigh ar an
eileatram. Anois, na fir agus na stócaigh ag gluaiseacht isteach
taobh thiar den dara feithicil. Ag cloí leis an traidisiún nach
siúlann na mná sa chomhairí. An t-ádh dearg ar Mary seo agatsa
go bhféadfadh sí feitheamh sa bhaile ar lá mar seo in ionad a bheith
ag cur ama amú ar chamchuairt bhómánta ar shráideanna na
cathrach.

Greim ag an athair ar d'uillinn mar a stiúrann sé thú isteach i
measc na bhfear. Beannaíonn tú do Jackie Mac Suibhne is do
Martin Farren. Beirt de ghasúir na dúiche. Cluiche sacair
imeartha agaibh thuas i mBrooke Park inné i gcoinne baicle ón
Seantalamh. Comhscór. Stadann tú, agus tú idir dhá chomhairle
an ceart fanacht leo teacht suas chugat. Glór an athar le mothú
ansin.

"Sea, seo an mac is óige. Sa Choláiste atá sé. Sa tríú bliain.
Cad é mar atá ag éirí leis an leaid seo agaibhse?"

Mick Mac Giolla Chomhaill, fear an tsiopa bhig sa tsráid eile,
ag siúl ag taobh an athar anois.

"Is mac d'athar thú, tá a fhios agat," ar seisean leat. "Agus
dath rua ar do chuid gruaige fosta, mar a bhíodh ar a chuid."

Deargann do cheannaithe. An teas le mothú ag síothlú aníos.
Damnú ort, níl sé ach ag iarraidh a bheith cairdiúil. Cad é a deir
an mháthair i dtólamh: Sill go díreach idir an dá shúil ar an
duine atá ag labhairt leat. Ná hamharc uaidh. I d'ainneoin féin,
díríonn tú d'aird ar an siopadóir. Ach tá Mick i mbun cainte leis
an athair athuair.

"Mhaígh Séamas seo againne go dtiocfadh sé ó Bhéal Feirste.
Thoir in Aird Mhic Ghiollagáin a bhí sé an tseachtain seo caite.
Cúis spalpais ba ea é, a dúirt sé, an bealach ar thug na saighdiúirí
úd fúthu. Buaileadh Séamas ar an ghlúin le maide. An dream
úd, na Paras, a bhí ann, tá a fhios agat. Is beithígh bhrúidiúla na
boic sin. Ní bheidh lá iontais orm má bhíonn trioblóid ann inniu,
má scaoiltear iadsan amach."

Seo iad is cúrsaí polaitíochta á ríomh acu. Filleann siad orthu

*i gcónaí. Gan faic eile idir chamáin acu. Tugann tú
sracfhéachaint siar. Gan tásc nó tuairisc ar Jackie nó ar Martin
Farren. Caithfidh gur imigh siad leo a thúisce is a bhí siad as
amharc an tí. Na máithreacha a thug orthu freastal ar an
tsochraid, is dócha. Anois, bailithe leo chun bualadh lena gcairde
a bhí siad, ní foláir.*

*Stopann sibh nuair a stadann an slua ag ceann an bhóthair.
Moill mhóimintín sula gcasann an sagart agus an dá charr
dhubha ar deis isteach sa bhóthar mór. Bóthar Northland. Iad ag
gabháil le fána i dtreo na hArdeaglaise anois. Corrdhuine ina
sheasamh ar an chosán. Fear meánaosta agus a chaipín píce ina
ghlac aige. An chuma ar an tseanbhean ina aice gur ag rá an
Pháidrín atá sí.*

*"Mhothaigh tú gur thug an tArm sciuird ar theach Willie
O'Donnell arú aréir? Ar lorg mhac Willie a bhí siad."*

*"Táthar ag iarraidh créatúr éigin a ghabháil as marú na bpéas
úd an lá faoi dheireadh." An t-athair.*

*"Ba bhreá leo greim a fháil ar Jim O'Donnell. Dóbair gur
rugadh air. Bhí Willie ag insint dom gur ag stopadh sa teach a
bhí Jim. Bhí a fhios acu go raibh na saighdiúirí thart nuair a
chrom na mná ar na bin-lids a bhualadh. Rug Jim a chosa leis go
díreach sular leag an tArm an doras le hord. Shiortaigh na
buggers an áit ó bhun go barr. Bhí an t-ádh ina rith ar Jim an
iarraidh seo."*

*Spéis i gcaint na bhfear agat den chéad uair. Brian O'Donnell
sa rang seo agatsa. Duine éirimiúil cliste é, ag an Laidin go
háirithe. An deartháir feicthe go minic agat. Stócach ard fionn.
Bhíodh sé ag an Choláiste ach d'fhág i ndiaidh na 'O'-Levels. Ag
obair ar láthair thógála ina dhiaidh sin. Ach anois .... Ba iad seo
na chéad phéas a maraíodh sa chathair ó thosaigh na Trioblóidí.
Ar dualgas rúnda a bhí siad, a d'fhógair córas cadrála na
cathrach, nuair a scaoileadh iad an Déardaoin roimhe sin. Ar
Thundering Down, ainm logánta an bhóthair a shníomh ón
Ardeaglais, thart le Beairic Chnoc an Róis i dtreo an Chreagáin.*

"Bainfear díoltas as diúlach bocht éigin mar gheall air sin,

tig leat a bheith suite de sin."

Tugann tú spléachadh suas ar an athair. Fear tanaí
cnámhach. É measartha ard. 48 mbliana d'aois—ní hea, 49.
Tusa, an mac is óige, a pheatasan más fíor a maítear. Anois é is
Mick Mac Giolla Chomhaill ag béalastánacht le chéile go fóill.
Lámh ag an athair ar mhuinchille do chóta, do do stiúradh trasna
an chrosbhealaigh. Tarraingíonn tú féin saor ón ghreim. An
cochall feirge do do líonadh athuair. Ceapann sé gur leanbh thú
fós. Ag iarraidh ceap magaidh, seó, a dhéanamh díot os comhair
an tsaoil mhóir.

Brostaíonn tú céim nó dhó chun tosaigh. Saor ón ghreim a
bheidh tú ansin. Is gráin leat an dóigh a mbíonn sé ag breith ort i
dtólamh amhail is ba earra thú. An t-athair seo ar strainséir é, ar
a shon go bhfeiceann tú é achan lá. É ina shuí taobh leat ag
amharc ar an teilifís, ag iniúchadh na gcóipleabhar scoile, nó sibh
ar bhur nglúine ag rá an Phaidrín um thráthnóna.

An dá ghluaisteán agus lucht na sochraide leath bealaigh síos
Bóthar Northland. An Ardeaglais os bhur gcomhair ag bun an
chnoic. Saint Eugene's Cathedral mar a bhfanfaidh an chónra, is
an chorp, go léifear Aifreann na Marbh amárach. Ansin a
thabharfar an corp chuig an reilig lena adhlacadh.

Spuaic ard bhiorach na hArdeaglaise ag síneadh uaibh i dtreo
na spéire. B'ait an rud é nárbh fhéidir an Ardeaglais a fheiceáil
ach ó áiteanna áirithe sa chathair, in ainneoin na spuaice. Líon na
gcnoc faoi deara sin, is dócha. I log in ascaill an chnoic atá sí.
Baile na gCnocán ba cheart a thabhairt ar an áit seo in ionad
Dhoire. Focal Gaeilge. Gan ach rud beag Gaeilge agat, ó thosaigh
tú sa Choláiste. Ach a fhios ag achan dobhrán dúr cad is brí leis
an fhocal. Cé nach dtig leat mórán crann darach a fheiceáil ann
na laethanta seo. Connadh na dtinte cnámh nó ábhar maith
baracáide a dhéanfaidís.

"Tá na diabhail sin an-neirbhíseach, nach bhfuil? Caithfidh
go síleann siad go mbeidh trioblóid ann."

Mick. Ní thuigeann tú i dtús báire cad atá i gceist aige.

"Thosaigh siad ar an chiorcalú damanta síoraí sin ar a hocht a *chlog ar maidin. Cheap mé go raibh fúthu teacht anuas sa mhullach orainn, bhí siad chomh gar sin don díon."*

"Déanann siad sin d'aon turas."

Dhá héileacaptar le feiceáil thiar sa spéir uaibh. Gan iad tugtha faoi deara agat gur thrácht na fir orthu. Gnáthchuid de shaol is d'fhuaim na cathrach iad faoin am seo. Ní thugann an pobal aon aird orthu, ach amháin nuair a thagann siad an-deas do dhíonta na dtithe. Muintir na cathrach deimhin de go ndéantar sin d'aon ghnó chun scanradh a chur orthu.

Stadann an sagart ag ceann Shráid Clarendon. Diaidh ar ndiaidh, stopann an t-eileatram, an dara gluaisteán dubh. Ansin lucht na sochraide. Den chéad uair ó d'fhág sibh an tsráid seo agaibhse, díríonn tú d'aird i gceart ar na comhairígh eile. Seandaoine nó fir mheánaosta is mó atá fágtha sa slua anois. Caithfidh gur bhailigh formhór na n-óg leo i bhfad siar. Cé go raibh sibh dís ar na daoine deireanacha dá ndeachaigh isteach sa tsochraid, i lár an scaifte atá siad anois. Fir ón cheantar thart leat. Phil Mac Diarmada. Sammy Ó Cnáimhsí. Eugene Ó Fríl. An bheirt Lochlannach, Pat is Frankie, clann mhac na mná mairbhe, le feiceáil chun tosaigh ag siúl go díreach taobh thiar den dara carr dubh. Gan tásc ná tuairisc ar an athair, nó ar éinne de na hiníonacha. Is dócha gur sa charr sin atá siad. Doiligh an t-eileatram a fheiceáil anois fiú amháin, de bharr an ghluaisteáin eile. Mór an trua nach bhfuair Bean Mhic Lochlainn bás inné, in ionad na hAoine. Seans go ligfí duit fanacht ón scoil le haghaidh an Aifrinn amárach, don mhaidin ar aon nós. Ag obair amárach a bheadh an t-athair féin. Rachadh an mháthair go hAifreann na Marbh, ach ní shiúlfadh sí suas go dtí an reilig. Ba mhaith léi, gan amhras, go mbeadh duine den teaghlach ann. Í féin is Bridie Mhic Lochlainn an-mhór le chéile. An dís acu ag obair sa mhonarcha léine tráth sular pósadh an mháthair. Is iad gaolta le chéile i bhfad siar, col seisir nó col ochtair ná rud éigin mar sin. Bridie Ní Dhochartaigh. Sloinne céanna na máthar. Leathchuid den chathair ina nDochartaigh. An chuid eile pósta leo.

Is iomaí uair a chuala tú an mháthair ag reic scéalta faoi

Bhridie Ní Dhochartaigh. Is faoi shaighdiúir Poncánach éigin ag damhsa aimsir an Chogaidh. Níor ghreannmhar leat na scéalta ach dhéanadh an mháthair gáire fada i dtólamh. Fiáin a bhíodh Bridie, fiáin amach agus amach. Ach neamhurchóideach a bhí sí fosta, tá a fhios agat, a deireadh sí.

An Ardeaglais bainte amach agaibh. An tAthair Mac Colla stoptha. Beidh sibh ag fágáil slán acu anois, a bhuí le Dia. Tá súil agat, ar aon nós. Corrdhuine eile ag dul síos Sráid Mhór Shéamais i dtreo lár na cathrach nó Sráid Phroinsias i dtreo Thaobh an Bhogaigh. An sagart, an dá ghluaisteán dhubha ag casadh ar deis, isteach taobhgheataí fhearann na hArdeaglaise. Beireann an t-athair ar do mhuinchille, do do stiúradh amach ón slua beag.

"Mick, táimid ag dul suas ionsar an Creagán, go dtí an léirsiú. Ó, is ag dul go teach d'iníne atá tú. Ar aghaidh linn mar sin. Buailfimid trasna Ardán Marlborough."

An triúr agaibh ag siúl thart leis na Geataí anois. An fhearg ag borradh ionat, de dheasca gheáitsíocht an athar. Ag síordhéanamh amadáin díot.

Dhá fheithicil Shairistineacha armúrtha páirceáilte ag mór-Gheataí Brooke Park trasna díreach ón séipéal. An fhearg measctha leis an fhiosracht. An fhiosracht rúnda. Ná lig dóibh smaoineamh gur spéisiúil leat iad is a gcuid imeachtaí. Déan neamhiontas díobh. Cúpla saighdiúir ina seasamh go faicheallach foraireach i bhfoscadh gheataí na Páirce. An Pháirc féin druidte, ar ndóigh, de réir reacht is rialacha na nAlbanach. Ba chóir daoibh an Domhnach a chaitheamh sa bhaile agus sibh ag léamh bhur mBíoblaí in ionad a bheith ag spraoi nó ag siúl na sráideanna. Na raidhfilí dírithe i bhur dtreo, na saighdiúirí ar tinneall. Radharc coitianta is ea é seo. Is na 'Pigs' gránna ollphéistiúla úd. Ach níorbh ionann an dream seo is na reisimintí a bhí sa chathair le cúpla mí anuas. Na Greenjackets, na Royal Anglians—na Royal Anglicans, mar a chuala tú duine éigin á rá—is na Coldstream Guards. An-chur amach go deo ag an phobal ar Arm na Breataine. Cad a dúirt mo dhuine ar ball beag? Sea. Ba iad seo na Paratroopers. Na Paras, an dream a bhí thoir in Aird Mhic Ghiollagáin Dé Domhnaigh seo caite. Dath dearg ar bhairéid na reisiminte. Cuma shoibealta ar na saighdiúirí seo. Murab ionann is an dream a tháinig isteach sa chathair cúpla bliain ó shin. Sea, Lúnasa 1969. Mí sular thosaigh tú sa scoil nua. An Coláiste céanna ina mbíodh do chuid deartháireacha roimh d'am. Scoil ghalánta, dar le muintir na cathrach. "College snobs. College snobs," an gnáthghlao a lean buachaillí an Choláiste. Tusa an t-aon ghasúr sa cheantar seo agatsa ar éirigh leis san 11-Plus an bhliain sin. Mí Lúnasa, agus tú i ndiaidh casóg nua an Choláiste a fháil. Na comharsana uile á mholadh. Do do mholadh. Bulaí fir. Maith an gasúr. Ádh mór ort. B'fhuath leat an glóiriú seo, is tú á mhéarú, an chasóg á méarú, ó dhuine go duine. Is an t-aiféala ort nár éirigh le Jackie Mac Suibhne sa scrúdú. Ba eisean do chara ó bhí sibh in bhur bpáistí bunscoile. Anois, trí bliana nach mór ina dhiaidh sin, bhí deighilt idir tú féin is Jackie. B'annamh a bhuail sé leat anois.

"An dtaitníonn an Coláiste leat, a mhic?"

"Tá sé alright." Ait leat gurb ionann ábhar comhrá an tsiopadóra is do smaointe féin.

"'Bhfuil Mr. Doherty ann go fóill? Kevin Doherty?"

"Tá, ach níl mé sa rang seo aigesean." 'Scurvy' leasainm an Dochartaigh seo mar gheall ar an dúil atá aige ina ranganna staire i scéalta faoi thurais thartmhara Cholambas, Ferdinand Magellan is Vasco da Gama.

"Bhínn féin is Kevin an-mhór le chéile, tá na blianta ó shin. An cuimhin leat, Jim, ba ghnách linn gabháil go dtí na céilithe sa Crit? Ó, a Thiarna, na cianta cairbreacha ó shin."

An Crit. Ba mhinic a chuala tú an mháthair ag caint air. The Criterion, thíos i Sráid an Fheabhail. Gan é a bheith ann, anois.

Gáire na bhfear agus iad, is dócha, ag gabháil siar ar ghaiscí a n-óige. Is rud aisteach é, ach ní thig leat an t-athair a shamhlú ina stócach, do dhála féin. Grianghraf de feicthe agat. Lá a Chomhneartaithe. Culaith dhonn air. Bríste gairid leathan ar sileadh thart ar a ghlúine. An Choróin Mhuire ina ghlac aige.

Cuma sciomartha chráifeach ar a aghaidh agus ribí a ghruaige greamaithe síos le hionlach gruaige (an raibh Brylcreem acu ansin?) nó an uisce a bhí ann? In ainneoin an ghrianghraif, ba dhoiligh smaoineamh ar an athair mar bhuachaill. Bhí tú in ann an mháthair a shamhlú ina cailín, ar a shon nach bhfaca tú aon phictiúr di ina gearrchaile. Ach is minic a mhothaigh tú í ag cur síos ar na rincí is ar na céilithe is ar na scannáin a bhíodh ar siúl, is ar bhlianta an Chogaidh nuair a bhí na Meiriceánaigh ghustalacha lonnaithe i Springtown, shanty-town de bhótháin stáin ar imeall na cathrach a bhfuair na Náisiúnaithe bochta le hoidhreacht tar éis do na saighdiúirí imeacht. Gan a dhath cluinte agat ón athair ar rudaí mar sin. Níor labhair sé ach ar na nithe a tharla inné, nó inniu, nó a thitfeadh amach amárach nó an tseachtain seo chugainn. In ainneoin fhianaise dhobhréagnaithe an ghrianghraif, níor léir duit go raibh saol ag an athair roimh do chéad chuimhní air.

Siúlann an triúr agaibh trasna Ardán Marlborough, thart le Bull Park is Laburnum Terrace. Is ansin a fhágann Mick slán agaibh. Cónaí ar an iníon is sine leis abhus. Leanann sibh dís ar aghaidh chomh fada leis The New Road. Óna bhun, tig leat roinnt daoine leath bealaigh suas an cnoc a fheiceáil. Iad ar a slí go dtí an léirsiú fosta, ba dhócha. Stiúrann an t-athair thú trasna an chrosbhóthair seo, crapann tú uaidh go francaithe, ach géilleann don bhrú go drogallach, is cromann sibh ar an mhala a dhreapadh.

Tapaíonn tú an chéim. Fanann cúpla troigh chun tosaigh ar an athair.

"Tóg go bog é, a mhic. Is geall le giorria thú, is nílim chomh hóg leatsa, tá a fhios agat."

Cloíonn tú leis an luas céanna go ceann nóiméid. A dhúshlán tugtha agat. Maolaíonn ar do chéim ansin. Siúlann go míchompordach míchéadfach taobh leis.

Monarcha mhór ar bhur dtaobh clé. Essex International, mar a mbíodh an B.S.R. tráth. An comhlacht sin a thréig an baile nuair a thráigh tobar na ndeontas is a chaith na céadta ar charn

aoiligh na dífhostaíochta. Blúire mór de bhéaloideas na cathrach
... Neart graifití ar na ballaí ísle. 'IRA.' 'McCann's Your Man,'
'Touts Beware,' 'Sasanach Amach.' Péint bhán, péint dhubh,
péint dhearg. Cuid den ghraifití níos ársa ná an chuid eile. Stair
na cathrach, gach casadh in imeachtaí polaitíochta an phobail le
ceithre bliana anuas, le léamh sna scríbhinní úd. Bunáit ag an
Arm i gcoimpléasc na monarchan anois. Na boscaí fairtheora a
scrúdaíonn tú go faicheallach fiarshúileach, clúdaithe le scáthláin
chosanta, déanta d'iarann rocach is de thranglam de shreang
dheilgneach. Gnáthionad círéibe é seo. Bratach úr de ghloine is
de bhrící ón oíche aréir ina fhianaise air sin. Agus sibh ag
déanamh ar an bhunáit, gluaiseann sibh dís trasna an bhóthair.
Ní gá focal a rá. Ní gá an tarraingt mhuinchille an iarraidh seo.
Is iontach a réidhe is a théann pobal i dtaithí rialacha cogaidh.

"Bhí Mick ag maíomh gur iontach tinn atá an tUachtarán.
Bhí orthu é a thabhairt go dtí an t-ospidéal aréir." Jumbo.
Uachtarán an Choláiste. Sagart ar mór leis na Sasanaigh is a
nósanna. Ba mhaith leis scoil 'Phoiblí' Ghallda a dhéanamh den
scoil seo agaibhse. Ach meas mór ag an athair air, ní de dheasca
na polaitíochta ach as siocair gur sagart é.

"Aidhe, dúradh go raibh sé breoite i gcaitheamh na Nollag.
Bhí ráfla ag dul timpeall na scoile go mbeadh air éirí as an phost."

"Ba mhór an chailliúint é. Is gan é ach leathchéad bliain
d'aois, nó mar sin."

"Níl a fhios agam."

I ndlúithe atá na tithe a thúisce is a bhíonn sibh thart leis an
mhonarcha. An Creagán ag leathadh amach os bhur gcomhair.
Ar an taobh clé fútsa, Saint Cecilia's agus Saint Peter's. An dá
mheánscoil nua. Le haghaidh an dríodair murab ionann is an
Coláiste, is an Clochar amuigh ar imeall na cathrach gar don
Teorainn. Ní foláir go bhfuil an dríodar ag méadú más gá
scoileanna nua a thógáil dóibh. Ní hionann iad is sibhse, an
dream tofa ar tugadh faill dóibh dul chun cinn sa saol, gabháil
chun na hollscoile, imeacht ón chathair. Mar a dhéanfaidh tú féin
amach anseo. Mar atá déanta ag do bheirt dearthair, Gerald is

Liam, is do dheirfiúr mór, Eibhlín. Sibhse an dream tofa, ceart go leor. Murab ionann is Jackie Mac Suibhne … Sea, bhí deighilt ann anois. Gan í tugtha faoi deara agat ar feadh tamaill. Nár lean sibh de bhur ngnáthchaidreamh? An pheil. An iascaireacht sa samhradh. Diaidh ar ndiaidh, áfach, ní thagadh an gasúr eile go dtí an doras ar do lorg a mhinice is a thagadh uair. Is, mar an gcéanna, leisce ortsa dul sa tóir air. Ar ndóigh bhí neart obair bhaile le déanamh agat anois, go háirithe ag an deireadh seachtaine. Deich n-ábhar idir lámha agat. Rudaí nua aisteacha ar dhoiligh duit dul i ngleic leo. An Eolaíocht, an Fhraincis, an Ghaeilge, an Laidin. Is chonacthas duit go raibh dalladh saorama ag Jackie. Ó 3.30 achan lá. Ansin, ghoill sé ort nuair a mhothaigh tú é ag éirí mór agus ag dul thart le Martin Farren ón mheánscoil chéanna. Imríonn sibh sacar le chéile gach seachtain nó mar sin go fóill, ach fágtar thú le siúl abhaile leat féin, ós rud é go n-éalaíonn an bheirt eile leo, cibé áit a mbíonn a dtriall.

Sibh ag druidim le ceann an bhóthair. An Timpeallán mar ar maraíodh Eamon Lafferty, Óglach. Greim ag an athair ar do chasóg. Do do stiúradh trasna an bhóthair arís. Teach an phobail go díreach os bhur gcomhair. Séipéal Mhuire Naofa. Foirgneamh nua sócúlach é i gcomparáid le maorgacht mhíchompordach na hArdeaglaise. Casann sibh ar clé. Suas an cosán libh, ag taobh an tséipéil. Páirc mhór ag síneadh uaibh. Grúpaí daoine ina seasamh le chéile. Scaifte mór amháin, is doiligh a bheith cinnte cá mhéad duine atá ann, thuas ag ceann thuaidh na páirce. The Bishop's Field. Ceann tosaithe an léirsithe.

"An gnáthrud atá ann. Bíonn siad mall i gcónaí. Deir siad gur ceart dúinn a bheith abhus ar a 2 a chlog."

An t-athair. Caint an tseanagóideora. A ceathrú chun a trí atá ann anois.

"Téimis suas go bhfeice muid cad tá ag tarlú." Leanann tú é go leisciúil.

Gnáthruaille buaille na máirseála ann. An gnáthmhí-eagar. Leoraí agus a chúl ar leathadh ag an taobh theas den bhóthar ar Central Drive. Corrghasra ina sheasamh laistiar de. Fógraí ar *mhaidí ag roinnt de na daoine. Ceannlitreacha. Ainmneacha scríofa orthu. Na fir atá i ngéibhinn. Formhór na ndaoine ina seasamh ar chosán na sráide. Gan aon deabhadh orthu géilleadh d'achainíocha na stíobhard atá ag iarraidh na línte a eagrú. An gnáthphatrún. É feicthe ag gach duine faoi thrí, faoi dheich, faoi fhiche. Deasghnátha na máirseála is na hagóide.*

Busanna páirceáilte soir uaibh i dtreo an chrosbhóthair ag Fanad Drive. Dream ó Bhéal Feirste. Ó Mhachaire Fíolta. Ó Dhún Geimhín. Is iadsan atá cleachtach ar an mháirseáil. Fear féasógach, spéaclaí air, ar chúl an leoraí. Finbarr Rudéigin. As an chathair dó. É ag útamáil le callaire. Cló mórluachach postúil air. Orduithe á mbeicíl aige. "An rachaidh sibh isteach sna línte, le bhur dtoil. Come on, keep in line, six abreast please, le bhur dtoil."

De réir a chéile, freagraíonn daoine aonair dá impí. Tú féin ag éirí corrthónach. An fuacht. Fonn ort do mhíshásamh a léiriú. Abair go rachaimid abhaile. Tá neart daoine eile ann. Beidh lá saor againn, an iarraidh seo. An t-athair ag caint le bean éigin. Ceist, comhrá faoin mháthair, ceist eile. Sea, tá sí alright. Sea, tá sé damanta fuar. Sure, fad is nach gcuireann sé, ní gearánta dúinn. Sea, tá scaifte breá ann. Feicfidh mé thú.

"An bhfuilimid chun siúl leo?"

"Rachaimid síos leo chomh fada le Sráid Liam. Seans go mbeadh roinnt trioblóide ann. Fanfaimid chun deiridh."

An chancracht ag borradh ionat. Deánann tú iarracht í a bhrú síos.

An leoraí ag bogadh. A thuilleadh daoine ag glacadh páirte. Gothaí siúil ar an dream is tosaí. Cúpla slat chun cinn. Stopann. Tosaíonn arís. Meirge bhán fhada a shíneann ó thaobh taobh an bhóthair acu. Agus sibh in bhur seasamh fós ar imeall an bhealaigh mhóir, is doiligh a fheiceáil i gceart cad atá scríofa uirthi. Litreacha móra dubha. Sea, Northern Ireland Civil Rights Association, tá tú ag déanamh.

Anois, cruth mórshiúil ag teacht ar na línte. Mothaíonn tú dairt scleondair. Ag géilleadh don atmaisféar atá tú. Na stíobhaird ag scairteadh. An rithim le brath ar chéim na máirseálaithe. Céim níos daingne. Corrstad go fóill. Ar aghaibh libh anois. Céim thomhaiste dheimhin. Riar ceart oraibh. Is sibhse na seanagóideoirí oilte. Béal Feirste. Dún Geanainn. Ard Mhacha. An Caisleán Nua. Caisleán Uidhilín. Aird Mhic Ghiollagáin. Tá léirsiú agóideach eile faoi lánseol.

Caibidil 2

Thiomáin sibh dís ó thuaidh d'aon oghaim i lár Mhí Aibreáin. Le haghaidh an 14ú. Bliain ghlan chothrom ó d'éag d'athair. Tar éis an Aifrinn, rinne achan duine agaibh ar an reilig. I ndiaidh an liag a chur síos a bhíothas cúpla mí roimhe sin. Faoi réir a bhí sí le fada ach b'éigean don chomhlacht adhlactha feitheamh go socródh an chréafóg.

Ba í seo an chéad uair a sheas tú laistigh de gheataí na reilige ó cuireadh d'athair. Téann do mháthair suas ann gach re Domhnach le Mary, a bhfuil cónaí uirthi agus ar a nuachar, Stiofán, i nDoire, nó le cibé duine den chlann a bhíonn sa bhaile. Chuaigh agat éalú ón chúram sin go dtí seo, a bhuí le Dia.

Ba mhór an t-athrú é ón uair deiridh. Ón lá smúitiúil earraigh sin nár bhain de chuimhne chruinn agat air ach an mothú domhínithe úd nuair a leagadh an chónra ar do ghuaillí taobh amuigh den teach. Cad é an nath sin a deir nach dtagann mac in inmhe go gcailltear a athair, nach críonnacht go cónra? A fhios go maith agat roimh ré nár mhór duit achar gairid den bhóthar a shiúl faoi ualach na cónra. Nár labhair sibh triúr—an chlann mhac atá á rá agat—faoi dtaobh de. Gerald agus Liam agus beirt chomharsa i dtús báire; ansin tú féin, na cliamhaineacha isteach agus deartháir do mháthar. Ord é seo a bhain le comhairde.

Ar theacht amach as an teach daoibh a tháinig Gerald chugat. Chroith sé a cheann is d'fhógair go neamhbhalbh nach raibh sé leis an chónra a iompar. "Ní féidir liom é a dhéanamh. Gabh tusa isteach le Liam. Gheobhaidh mé duine éigin le gabháil isteach i d'ionad ansin." An impí ina ghuth, an faobhar faiteach nach bhfaca tú riamh ina chuid súl. Tú le báiní i dtús báire. Nach raibh do dhóthain le déanamh agat gan seasamh sa bhearna bhaoil faoina choinne. Ach ghéill tú don achainí is bhrúigh chun tosaigh nuair a sméid an maor in bhur dtreo.

Rangaíodh sibhse ceathrar. Liam is Johnny Ó Dufaigh, tú féin agus fear eile—is ea, Breandán Ó Dónaill. Leag an bheirt eile leathsciathán trasna ar ghualainn a chéile. Tú féin a mhothaigh ciotach míchompordach mar a shín tú leathsciathán thar ghualainn an Dálaigh. Ardaíodh an chónra agus íslíodh í ar dhroichead na sciathán comhcheangailte. Scanradh d'anama ort go scaoilfeá do ghreim ar chóta Bhreandáin, go mbainfí tuisle asat, go dtitfeadh an chónra. Dhaingnigh tú do ghreim ar an chóta is chuach do leiceann leis an adhmad mín fuar. Ghluais sibh, céim ar chéim, go mall sollúnta. Caithfidh nár shiúil sibh níos mó ná céad slat ach bhraith tú an clár adhmaid ag cuimilt de do ghrua, suas is anuas, gur stop sibh is gur tógadh an chónra anuas ó bhur nguaillí. Tharraing tú d'anáil is sheas ar leataobh is tú ag amharc orthu ag lódáil na cónra ar an chéad cheathrar eile. An chuid dheireanach den chuimhne sin Melissa taobh leat is í do do phógadh ar an leiceann chéanna. "Thart anois atá sé, Pat." Is ea ...

Gan ann inniu ach an teaghlach—an teaghlach sínte, mar a déarfá—sibhse cúigear, do mháthair, cibé céilí a bhí sásta nó in ann an Luan a thógáil saor, is ar ndóigh, na háil, sliocht na clainne.

Ag crosbhóthar i gcathair ghríobháin na gcorp a thuirling sibh de na carranna. Suas casán libh, Liam seo agaibhse do bhur dtreorú—déanta na fírinne, thabharfá an leabhar nach bhfaighfeá an uaigh cheart a aimsiú as do stuaim féin—gur stad sibh. An leac, agus cuma bheag bhídeach uirthi i gcomparáid le cuid de na tuambaí maorga mórmhaisithe thíos uaibh a léirigh nach saor ón aicmíocht

an reilig fiú. Chruinnigh sibh timpeall na huaighe, páistí ag
satailt ar uaigheanna i ngaobhar is i ngar. An útamáil i
measc na lánúineacha mar a dhruid nuachar i dtreo céile.
Melissa láimh leat. Do mháthair aisti féin gur leag sí na
bláthanna ar an uaigh. Ag an phointe sin a ghluais Eibhlín
agus Mary chun tosaigh gur rug greim uillinne ar do
mháthair. Is a chrom Mary ar an chaí. Mar ba dhual di, ar
ndóigh. Acmhainn ard drámatúlachta inti gan amhras, mar
a mhaíonn Melissa. Anois, do shúile dírithe ar na focail
shlachtmhara greanta ar an leac: *James Patrick Kelly. Born 21*
December 1923. Died 14 April 1987. Mary, Queen of Heaven,
pray for him. R.I.P.

Na mná—do mháthair is Mary, ba dhócha—a chrom ar
an Phaidrín a reic. Na freagraí fann go leor, dar leat, is
sibhse ag iarraidh an liodán a tharraingt as ceo chúl na
haigne. Shleamhnaigh Melissa a deasóg isteach i do
chiotóg. Is ea, bhí sólás sa tadhall sin fiú má ba dhorrga leat
fós na cuimhní ar an argóint is ar an troid aréir.

Ba é seo an chéad seans daoibh dís teacht le chéile go
Doire ó aimsir na sochraide anuraidh. An deireadh
seachtaine an t-am b'fhóirsteanaí duit dul ó thuaidh, ach is
beag Satharn a bhí saor ag Melissa anois. Ba é sin dán an
bhanaisteora uaillmhianaigh. Ag aisteoireacht ná i mbun
ranga smidte ag ceardlann sheachtrach i gclochar do
chliobóga na cathrach theas a bhíonn sí go hiondúil. An
corr-Shatharn a bhíonn saor aici, b'fhearr léi a scíth a ligean,
déanamh ar an leabharlann nó ó am go ham—go rómhinic a
déarfá agus místá ort—cuireadh dinnéir a thabhairt dá
cairde ón saol amharclannaíochta. Ní hiadsan lena ngothaí
gaigiúla is lena gcaint ghlórach bhréagscleondrach is ansa
leat. Homaighnéasaigh is leispiaigh a bhformhór an rud ba
thúisce a rith leat i dtús báire. Níorbh fhíor é sin, ar ndóigh,
bíodh is go raibh ráfla ann go raibh SEIF ar Gary . . .

Uaireanta, b'fhusa leat is duit teitheadh ón teach ar an
Aoine roimh cheann de na seisiúin sin is imeacht ó thuaidh.

D'fhéadfá an dá chúram a chur díot mar sin, cuairt sciobtha a thabhairt ar do mháthair is gan cur isteach ar chuideachta Melissa.

Ar aon nós, cé nach rachfá ó thuaidh gan tathant uirthi teacht i do theannta, ba ríléir nár thaitin Doire le Melissa. "Ag caint ar an pholaitíocht, ar sheanchnámh spairne gurbh fhearr dearmad a dhéanamh uirthi a bhíonn sibhse i dtólamh. Cén fáth nach féidir libhse Tuaisceartaigh socrú síos is maireachtáil go síochánta le chéile?" Seanphort dá cuid ba ea é sin. Is an dara ceann rud beag níos gaire don chnámh seo agatsa: "Is fuath liom an claochlú a thagann ort nuair a théann tú abhaile, Pat. Is dóigh leat nach mór duit ligean ort os comhair do mhuintire nár fhás tú suas riamh, gurb ionann tú is an stócach a d'fhág Doire deich mbliana ó shin. Cén fáth a gceapann tú nach bhféadfaidís glacadh leat mar atá tú anois? Cibé ar bith, má d'athraigh tú, nach chun maitheasa a chuaigh tú?"

"Siúlaimis ar ais ionsar an teach. Déanfaidh an t-aer maitheas dom. Nimhneach atá mo chloigeann go fóill," a dúirt Melissa i gcogar leat.

Ó bhí an Paidrín críochnaithe, mífhoighdeach a bhí na páistí. Fonn imeachta ort fosta ach leisce ort cúlú go mbogfadh do mháthair, a sheas ceannchromtha cois uaighe. Ina corrán cosanta timpeall uirthi a bhí an ceathrar eile ar fhaitíos gur ar hob titim as a seasamh a bhí sí. Faoi dheireadh, chas sí thart ón uaigh. Dhruid do dheirfiúracha léi.

Ábhar pléide eadraibh beirt—bhuel, údar díospóireachta, déanta na fírinne, agus gan an pósadh seo agaibhse a bheith chomh hachrannach sin de ghnáth—an dóigh a raibh do mháthair ag teacht chun réitigh leis an bhaintreachas. Baineadh stangadh asat lá bhás d'athar gur chuir sí glao gutháin ar shiopa troscán is gur iarr orthu leaba shingil nua a sheachadadh chun an tí láithreach. Imir den diamhasla nó den choilleadh geas ag roinnt leis, dar

leat, mar a d'iompair tú féin is Liam—agus Gerald ar
leataobh ag stánadh oraibh, nár leid í seo faoina dtarlódh
maidin na sochraide?—mar a d'iompair sibhse seanleaba
bhur dtuismitheoirí anuas an staighre lena cur i dtaisce go
cúramach sa chlós cúil go mbaileodh an lucht dramhaíola í
an tseachtain dár gcionn.

Ba mhinic a chíor tú féin is Melissa an eachtra aisteach
sin. Dar leat, siombail ba ea an tseanleaba den nasc idir an
lánúin phósta, nasc a réab an bás. Ag maíomh a bhí do
mháthair gur croíbhriste a bhí sí, gur dílis do chuimhne
d'athar a bheadh sí go deo na ndeor ... Is ar éigean a
choinnigh Melissa cluain ar na gáirí ar chluinstin sin di:
"Níl ann ach sifil seaifil, Pat! Ar mhaith leatsa codladh i
leaba a bhfuair duine bás ann? Cibé ar bith, más sa tóir ar
an siombalachas atá tú, is í an chiall atá taobh thiar den
leaba nua gur ag fágáil slán ag an seansaol atá do mháthair,
gur ar shéala tosnú ar a beatha úr atá sí."

Ba dhoiligh tátal cinnte d'aon chineál a bhaint as iompar
do mháthar le bliain anuas. Is ea, bhí na hoilithreachtaí
reilige ann. Ach i ndiaidh post páirtaimseartha a fháil mar
chúntóir bialainne i scoil a bhí sí ó thús na scoilbhliana
Meán Fómhair seo caite. Sásta go leor a bhí tú gur
cheadaigh an jab di éalú ón teach is cuideachta a dhéanamh
le mná eile. Más ag teacht aduaidh ar cuairt a bhí sí, chuig
Gerald is Joan nó chuig Eibhlín is Matt a chuaigh sí. Bíodh
nach ndúradh focal os ard, bhraith tú nach rócheanúil ar
Melissa a bhí do thuismitheoirí riamh. A slí bheatha ceann
de na húdair mhíshástachta, bhí tú ag déanamh. B'fhearr
leo dá bpósfá státseirbhíseach nó múinteoir nó banaltra dá
mba ghá bean a phósadh a raibh rún aici a cuid féin a
shaothrú in ionad fanacht sa bhaile is ál páistí a thógáil mar
a rinne na mná roimpi. Ar ndóigh, ní hí do mhuintir
amháin a bhí ciontach sa leithéid. Nach raibh scéal ag
Gerald gur ag déanamh nóibhéine naoi lá is naoi n-oíche a
bhí aintín le Joan nuair nach raibh aon chomhartha clainne

ar Joan bhocht tar éis dóibh a bheith pósta ar feadh trí bliana. Ba dhoiligh a rá cén lámh a bhí ag an Mhaighdean Mhuire sa bheirt pháistí a saolaíodh do Joan is do Gerald ó shin i leith.

Níor stop do thuismitheoirí thar oíche libh ó pósadh tú is Melissa. Deireadh seachtaine amháin a d'fhan do mháthair sa teach seo agaibhse le bliain anuas, i ndiaidh gur thathantaigh tú uirthi seal ciúin réchúiseach a chaitheamh libh. Mar bharr ar an mhí-ádh, nach raibh sé socair ag Melissa gur ag stopadh libh a bheadh banaisteoir eile an deireadh seachtaine ceannann céanna. Trí lá mhíshuaimhneacha a bhí ann. Níor bhuail do mháthair le Melissa is le Daphne ach ag na béilí—ag iarraidh script a chur de ghlanmheabhair a bhí an bheirt bhan—ach b'fhollas gur chreid do mháthair gur á seachaint a bhí Melissa is Daphne. Dheamhan cuairt a thug sí oraibh ó shin i leith. Is breá sásta a bhí tú as sin amach bailiú leat ó thuaidh i d'aonar.

"Táimid ag gabháil a shiúl abhaile. An bhfuil éinne ag teacht linn?"

Tuairim mhaith agat gur beag dúil sa siúl a bheadh ag aon duine acu. Ocras an rud ba mhó a bhí ag dó na geirbe acu anois. Ach ba mhór an trua nach raibh Liam le teacht libh. Is ar éigean a bheadh seans eile agaibh labhairt le chéile ós rud é go mbeadh air imeacht ar ball le bheith in am tráth don bhád farantóireachta.

'Ok, feicfimid sibh uile thíos ag an teach."

De réir mar a rinne an dream eile ar na gluaisteáin thíos, thug sibh dís bhur n-aghaidh ar gheataí uachtair na reilige. In bhur dtost a shiúil sibh ar feadh cúpla bomaite gur labhair Melissa.

"Bhuel, is réil go bhfuil pus ort go fóill. An bhfuil tú chun a dhath a rá nó fanacht i do staincín go sroisimid Baile Átha Cliath?"

"Go maith a thuigeann tú cad chuige a bhfuil mé ar

buile. Ní raibh tusa ábalta do bhéal mór a choimeád druidte aréir. Nárbh fhéidir leat gan do chaidéis a chur sa scéal? Ba é seo an t-am ba mheasa le tabhairt faoi Gerald. Deireadh seachtaine ar bith eile seachas an ceann seo . . . Rótheann atá néaróga achan duine. Ba cheart gur thuig tú sin . . ."

"Dhera, mura bhfuil cead ag duine a thuairimí a thabhairt gan olc a bheith ag an duine eile dó . . ."

"Ní malartú tuairimí a bhí ar siúl agat, Melissa, ach an tseanmóireacht is an tseanmóireacht cham faoi na Tuaisceartaigh, mar is gnách."

"Sin an bharúil seo agamsa, is tig leis glacadh léi nó gan glacadh léi. Ach ní raibh aon chall leis na maslaí pearsanta. 'Crosán aineolach' agus 'bean bheag léite irisí' a thug sé orm. Ach faoin am sin, ar ndóigh, róshúgach a bhí tusa chun sin a thabhairt faoi deara."

Bhí riar maith den cheart aici ansin, ar an drochuair. Róghafa le slogadh fíona a bhí tú nár mhothaigh gur ag dul i bhfíochmhaire a bhí an comhrá. Gan ach tomhaltas ciúin, cúpla deoch is deis le héalú ó ghriothlán múchta an tí uait nuair a d'fhógair tú gur bhreá daoibh gabháil amach go proinnteach Indiach. Spíonta a bhí Liam i ndiaidh an turais ó Dhún Éideann. Ní mó ná sásta a bhí na deirfiúracha gur ar tí bailiú leat a bhí tú in ionad fanacht cois teallaigh. Ar a shon gur léir go raibh ragús óil ó na cliamhaineacha, ghéill siad d'ordú tostach colgach na ndeirfiúracha. Ceathrar agaibh a d'imigh amach—tú féin is Melissa, Gerald agus Joan.

A cúig nó a sé de phroinntithe Indiacha sa chathair anois le tamall de bhlianta. Tráth ann nuair a bhí tú ag teacht in inmhe nuair ba leis an phobal beag Indiach lear maith de shiopaí éadaigh is bróg an bhaile mhóir. Sna sála ar an arm Briotanach a tháinig glúin nua Indiach—go litriúil—is iad ina ngiollaí tae ag taisteal ó bhunáit dhaingnithe go bunáit ag freastal ar na saighdiúirí. Tar éis don IRA mangaire amháin—beirt, b'fhéidir, is doiligh cuntas cruinn a choinneáil ar na coirp, go háirithe mura mbaineann siad le do threibh—a fheallmharú, a tharraing siad ceird is cochall na cócaireachta chucu féin is a d'oscail tithe itheacháin timpeall na cathrach. Liam seo agatsa, nár thuig riamh an difríocht idir an India thoir is an India thiar, a mhaígh gur ag imirt an díoltais Mhontezúmaigh ar mhuintir Dhoire a bhí siad ó shin i leith . . .

An-mhoill go deo a bhí ar na miasa *Bhoona Gosht*. Ag spiacladh leis an *popadam* is ag diúgadh an fhíona a bhí sibh ceathrar. Lántoilteanach a bhí tú suí siar sa chathaoir bhog, blaiseadh den fhíon is ligean don triúr a bheith ag cabaireacht. Le himeachtaí an lae is lena dtarlódh an mhaidin dár gcionn a thosaigh siad. Rún ag an lánúin eile fanacht i nDoire go dtí an Chéadaoin. Thug tú gliúc ar Melissa feiceáil ar airigh sise aon leid den cháineadh sa ráiteas sin, agus sibh beirt i ndiaidh a fhógairt a luaithe is a shroich sibh an teach inniu go mbeadh sibh ag filleadh ó dheas tar éis an lóin an lá dár gcionn. B'fhéidir gur á shamhlú a bhí tú de dheasca do dhroch-choinsiasa. Anois, dá mba rud é gurbh í Mary seo agatsa a dúirt é . . . ach Gerald is Joan . . . D'fhéach tú ar Joan, a bhí ina suí ar an taobh thall den tábla. Í ag tabhairt chluas ghéar don chomhrá, gan mórán a chur leis an chaint ach tacú lena fear céile. Ar ndóigh.

Bean ba ea í a thaitin leat ón chéad lá riamh, bíodh gur beag acmhainn grinn a bhí inti. Beagáinín róchráifeach, a dhearbhaigh tú ansin, ar a shon gur go gartach soicheallach a chaith sí leat i dtólamh nuair a chaitheá corrdheireadh seachtaine leo blianta na hollscoile. Anois tú in amhras uirthi ó chuaigh sí leis an ghluaiseacht *Charismatic*. Ní foláir go bhfuil rud éigin in easnamh ina beatha, dar leat. Clann, a bharúil tú sular bhain an nóibhéine an bonn ón fhreagra compordach sin. "An deartháir seo agatsa faoi deara é," arsa Melissa. "Sin bean a ghéill a saoirse is a neamhspleáchas iomlán nuair a phós sí, sular saolaíodh clann di fiú. Ina cime sa phósadh sin atá sí. Faoin am seo— agus faoin ama mallaithe sin—níl an cumas inti smaoineamh di féin. Cibé a deir Gerald, déanann sise rud air."

"Bhuel, a chailín, nach méanar dó é? Nach mór an trua gan bean chéile ghéilliúil mar sin agamsa?"

"Nach tú atá idir shúgradh is dáiríre freisin. Ach ní cóir go mbeadh ar aon bhean a leithéid de chacamas a fhulaingt."

A fhios agat le fada nach rócheanúil ar Gerald seo agatsa a bhí Melissa. Nó seisean uirthi ach oiread, de réir cosúlachta. Ní hé gur ag argóint nó ag geamhthroid le chéile a bheidís. Ach an fhoirmiúlacht dheimhin sin sa dóigh inar chaith siad le chéile agus an tiúin leath-fhrimhagúil ina nglórtha beirte na noda soiléire gurbh é seo an modh comhréitigh trína bhféadfaidís cur suas lena chéile. Is ea, agus ceist chonspóideach an Tuaiscirt a sheachaint. Bhí lá ann nuair a ghoill sé ort nár chairde cléibh do bhean chéile is do dhearthair. Anois, b'fhearr an comhréiteach ciotach ná an ghangaid oscailte.

Is ea, cruacheist an Tuaiscirt. Ar an chruacharraig sin a bhuail siad faoina chéile le linn duit a bheith ag folmhú an tríú buidéal fíona—is ag caochadh súil mhacnasach na glasóige ar Joan (bhuel, *bhí* glincín maith sa ghrágán agat!). Ar na hIndiaigh mhallaithe a bhí an milleán ar fad i ndáiríre, is a mhoille is a bhí siad leis an bhia.

"An deartháir stuacánta seo agatsa nach bhfuil sách aibí le rud a phlé gan a bheith i dtaobh leis na maslaí is leis an díspeagadh," a d'fhreagair Melissa ar maidin nuair a bhris tú an tost sách fada le fiafraí di cad nó cé a chuir tús leis an troid. "Bhuel, is cuma sa tsioc cé a chuir tús leis. Mé féin a chuir clabhsúr air," a dhearbhaigh Gerald go caithréimeach mailíseach, agus sibhse ag gabháil isteach san Ardeaglais.

Faoin am ar thuig tú gur argóint bhinbeach a bhí ar siúl

is go raibh imní ag teacht ar na freastalaithe Indiacha, ag béicíl faoi chúrsaí oideachais ó thuaidh a bhí siad dís. Seasamh difriúil na beirte ar eolas go paiteanta agat: "Dá mbrisfí cumhacht na n-eaglaisí is dá n-oilfí na páistí sna scoileanna tuata céanna, laghdódh sé sin ar an fhuath seicteach is ar an amhras. Dá dtiocfadh Caitlicigh is Protastúnaigh le chéile, is iad beag beann ar na hinstitiúidí móra eaglasta atá ar a ndícheall chun a stádas féin a chosaint, níorbh fhada go bhfaigheadh na gnáthdhaoine amach cé hiad na naimhde is mó atá acu, is cé atá ag teacht i dtír ar mhiotaseolaíocht is ar bhréagstair na tíre seo. D'fhéadfadh an gnáthphobal teacht ar shocrú polaitiúil a dhéanfadh a leas féin."

"Má mheasann tusa gurb é an comhoideachas réiteach na bhfadhbanna uile seo, léiríonn sé sin a haineolaí is atá sibhse Státairí ar stair an oileáin seo. Ach ar ndóigh, níl neart agaibhse ar an aineolas sin, agus gan na hinstitiúidí beannaithe rialtais is eaglasta seo agaibhse i Leath Mogha sásta a admháil cad é mar a fuair sibhse as 'tsaoirse' is an 'normáltacht' sin atá in ainm is a bheith agaibh."

Ní raibh an chuid seo den chomhrá in aon phioc éagsúil leis na leaganacha bríomhara eile den díospóireacht ar an cheist chéanna a bhí cloiste go mion minic agat ó casadh Melissa ort—is Gerald ar Melissa. Tagtha ar chomhréiteach de bhur gcuid féin faoin Tuaisceart a bhí tú féin is Melissa: b'annamh a phléigh sibh é le chéile anois ar chor ar bith, ach amháin nuair a thit eachtra fhuilteach éigin amach sa bhaile. Is ar ndóigh, i dtimpeallacht mheánaicmeach Bhaile Átha Cliath níor dheacair neamhhiontas a dhéanamh den chogadh beag salach atá á fhearadh níos gaire ná trí scór míle ón phríomhchathair. San fhaisean an Afraic Theas, Nicearagua, An tSalvadóir. Díbeartha as comhaigne an phobail ó dheas imeachtaí fuilteacha ó thuaidh. Róghar don chnámh institiúideach é, gan aon agó ...

An t-ionsaí pearsanta paiseanta an difríocht idir na

malartuithe tuairimí eile is an ceann seo. Gan 'crosán aineolach' nó 'bean bheag léite irisí'(diúracán díreach *Exocet* an ceann deireanach sin, dar le Gerald, de réir dealraimh!)—gan iad seo cluinte agat, ar a shon gun mhothaigh tú Melissa ag tabhairt 'bastard bómánta' ar do dheartháirín, go díreach sular éirigh sí ón tábla, rug ar a seál (bhuel, nach cuid bhunúsach d'fheisteas an aisteora an éide gháifeach) is amach an doras léi. Fonn sciotaíola ort i dtús báire gur thuig tú gur ag stánadh ort a bhí an lánúin eile go bhfeicfidís cad a bhí fút a dhéanamh. An chéad fhonn eile ort fanacht mar a raibh tú. Rug tú ar do ghloine, is tú ar hob a rá gur mhithid an ceathrú buidéal a ordú, gur thug Joan sonc dá huillinn di. "Gabh amach ina diaidh, 'Pháidí, go bhfeice tú go bhfuil sí ceart go leor. Ní cóir di a bheith ag siúl sráideanna na cathrach léi féin ag an am seo den oíche." Shiúil sibh libh ar feadh cúpla bomaite gan a dhath a rá. Ansin stad Melissa, a rosc dírithe ar uaigheanna is ar liaga ar a taobh deas. "Is gráin liom an chathair seo, is gráin liom a ndéanann sé duit, Pat. Is gráin liom an dóigh ina scriosann sí daoine." Fíochmhaire an rois chainte a bhain geit asat. Ar tí freagairt a bhí tú gurbh fhearr di gan a bheith chomh tugtha don cháineadh nuair a leag do shúil ar an uaigh bheag néata os bhur gcomhair. Ba uirthi a bhí Melissa ag breathnú. Anois a thuig tú cad air ar tarraingíodh a haird. An difríocht idir an leac seo is na cinn ar gach taobh di an cuaille brataí laistiar de ar chomhartha é gur uaigh Phoblachtach í seo. I gcuid eile den reilig a bhí an cheapach Phoblachtach. Ach thíos anseo a adhlacadh an t-óglach seo, ar chúis éigin, baineadh sí le claonadh polaitiúil a mhuintire nó ná baineadh.

Rinne Melissa gáire searbh.

"A leithéid de bhómántacht, de dhiomailt, de chac. Cén cur amach a bheadh aige ar ghrá, ar ghrá daonna nó ar ghrá tíre?"

D'amharc tú ar an scríbhinn ar an leac. Faoin ainm, bhí

dáta anbhás an ógfhir. Is a aois: naoi mbliana déag. Faoi sin idir uaschamóga, líne ghairid amháin: 'He loved his country.' Stop tú os comhair na huaighe. Níor aithin tú an t-ainm. I bhfad Éireann i ndiaidh duit an chathair a fhágáil is dul ó dheas a maraíodh an stócach seo. I luíochán eile de chuid an SAS nó i bpléascadh anabaí, is dócha. Ba chuma dó cé acu faoin am seo. Ach ghoill sé ort nárbh fhéidir leat a ainm a cheangal le haon cheann de na heachtraí anbháis sa chathair i lár na n-ochtóidí. Choinnigh tú súil ghrinn ar nuachtáin is ar bhealaí teilifíse Bhaile Átha Cliath is cluas ghéar ar nuacht an raidió. Fós d'éalaigh an smidín fánach eolais seo uait ag an am. D'athair a bheadh in ann cuntas cuimsitheach a thabhairt duit ar ar tharla. Agus ar mhuintir is ar phór an ógfhir freisin. Nó b'fhéidir gurbh í do chuimhne a bhí ag loiceadh ort. Ag sos caife seal ó shin, agus luíochán Ghiobraltár faoi chaibidil ag díorma ag an chéad tábla eile, chuala tú corúisc Chorcaíoch ag dearbhú: "I gcionn bliana, is ar éigean a bheimid in ann cuimhneamh ar a dtugtar ar an triúr. Dhera, an féidir le haon duine againn ainmneacha na ndaoine a maraíodh Domhnach na Fola i nDoire a liostú? Leathchuid acu? Duine ar bith acu, fiú amháin?" Ní dúirt tú a dhath, ar ndóigh. Ach chrom ar na hainmneacha a reic i d'intinn. Bernie McGuigan.... Willie McKinney.... John Johnston, a d'éag ní ba dheanaí.... agus.... Bhí an ceart aici.

Agus tú i do sheasamh os comhair na huaighe seo, ag smaoineamh a bhí tú gurbh fhiú síntiús a fháil le haghaidh an *Derry Journal*. Choimeádfadh móreagrán na hAoine suas chun dáta thú le scéala is le seanchas an bhaile. Íorónta go leor a bheadh sé sin. Ar imeacht go Baile Átha Cliath duit i bhfad siar, d'fhiafraigh do mháthair díot ar chóir di an páipéar a sheoladh chugat uair sa tseachtain. Nach go sotalach poimpéiseach a chuir tú suas don tairiscint. B'fhada a bhí tú ag dréim le briseadh saor ó gheimhleacha is ó laincisí na háite seo. B'fhearr leat is duit gan

leathanaigh loma luchartha lochartha an *Journal* a bholú go
deo arís.

Bíodh sin mar atá, ba go rialta a chonaic tú an diabhal
rud i gcaitheamh bhlianta na bunchéime nuair a lonnaigh tú
féin is Seán Mac Giolla, mac léinn eile de bhunadh Dhoire,
le chéile. Ní ba mhinice ná tusa a chaolódh Mac Giolla leis
go Doire—gach re seachtain, le bheith cruinn. Thugadh sé
an *Journal* aduaidh leis nó cheannaíodh é i siopa i Ráth
Maonais inar díoladh scifleoga de pháipéir ó cheithre hairde
an oileáin. Éisteacht na cluaise bodhaire a thugtá dó, mar a
chuirfeadh Mac Giolla síos ar imeachtaí bhur
gcomhscoláirí—gur pósadh an gamall seo, gur bronnadh
céim ar an leathbhrín sin ó phlispín de *polytech* i Sasana, nó
gur gearradh téarma fada príosúnachta ar an fhútar úd.
Bhain na nithe sin le saol, le domhan, le cruinne nár díobh
thú feasta. De réir a chéile, níor bhadráil Mac Giolla thú leis
na smúit fhaisnéise seo is ó d'fhill sé ar an Tuaisceart, i
dteach do thuismitheoirí amháin agus tú ar cuairt a leag do
shúil ar an *Journal*.

Ceann de na cúiseanna a shonraigh tú Melissa i dtús
báire gur éagsúil go hiomlán lena raibh cleachtadh agat a
bhí sí, a cúlra, a slí bheatha is a dearcadh ar an saol. In Áth
na Sceire i gContae Chill Mhantáin a rugadh is a tógadh
Melissa. Críochnaithe a bhí dhá bhliain dá bunchéim
Bhéarla in UCD, agus í gafa leis an chumann drámaíochta,
nuair a chinn sí ar éirí as an ollscoil, piocadh léi go Londain
Shasana is clárú go lánaimseartha i scoil
amharclannaíochta. "Nach méanar duit go raibh d'athair
bocht breá sásta íoc as do chuid guagachta is
corrthónachta," a dúirt tú nuair a d'inis sí an scéala duit. Le
linn na trí bliana a chaith sí i Londain, chumaisc sí ar feadh
tréimhse le fuiníoch filéardaí de Phoncánach darbh ainm
Cody Hickok III, ó Whitefish, Montana. 'Wild Bill' a bhaist
tú ar Mhac an tSnagaire sa tsúil chaoch go maolódh an
díspeagadh ar arraingeacha an éada.

"Ar smaoinigh tú riamh ar an bhuachaill bó seo a phósadh? Déarfainn go mbeadh an-ráchairt go deo ar do chuid tallann faoi spéartha móra Montana."

"Smaoinigh mé air. Agus ní go Montana a bheadh ár dtriall ach oiread. Ag obair mar léiritheoir le NBC i Nua-Eabhrac atá Cody anois."

"Bhuel, cad chuige nár phós tú é?"

"Pósta uair amháin cheana a bhí sé. Cibé ní faoi bheith ina leannán sí, b'fhearr liom gan a bheith sa dara Mrs Cody Hickok III. Agus dá mba mhian liom déanamh ar na Stáit, bheadh orm é a phósadh. Ansin tá a cailíní, Kit agus Carson, ann. Ní raibh—agus níl—a oiread sin dúile agam i gCody, i leaschlann láithreach nó i Meiriceá. Lena chois sin, bhí an ceathrú Cody uaidh fosta."

Chaith sí samhradh le Wild Bill is lena chúram sna Stáit Aontaithe, a d'fhógair sí. Is ea, bhí sí i Nua-Eabhrac agus amuigh san Iarthar Fiáin. Is ea, chonaic sí Sléibhte Creagacha Montana agus Páirc Náisiúnta Yellowstone. Is ea, bhí na radhairc uile feicthe aici ach níor leor iad lena mealladh le cur fúithi ann, ar sise go dian dásachtach.

"Mar sin, tháinig tú ar ais anseo is pósfaidh tú ógfhear saonta Éireannach éigin?"

"Is ea, sin nó tusa! Ar aon nós, suite de atá mé nach raibh tusa pósta riamh. Ní ghlacfadh éinne leat."

Tréadlia ba ea athair Melissa. Mainicín páirtaimseartha a máthair a bhí le feiceáil corruair ag moladh is ag móradh buanna, buntáistí is luachanna ghlantach gréithe is earraí uachtarlainne ar fhógraí teilifíse. Lá, is tú ag séideadh faoi Melissa, dúirt tú:

"Mura mbíonn tú cúramach, a phlúróg, sin mar a chríochnóidh tusa do chuid laethanta. I do réalta mhór teilifíse ag díol gallúnaí is buíc."

Tháinig cuthach uirthi is thug sí fút.

"A ghlaomaire, má dhéanann tusa an beag is fiú den ghairm seo agamsa choíche arís, beidh daor ort. Go

macánta proifisiúnta a shaothraíonn Maim is a shaothraím
ár gcuid. Is ní bheidh aon fhear in ann a mhalairt a chasadh
linn go deo."
   Ón tús thaitin neamhspleáchas is miotal Melissa leat. Ní
imreodh aon duine cos ar bolg uirthi. Sheasfadh sí an fód
go daingean diongbháilte. Ba bhua é sin a dhéanfadh a leas
i saol na hamharclainne ach go háirithe, a thuig tú roimh i
bhfad. Ní nach ionadh, chuig drámaí ba mhó a chuaigh
sibh sna laethanta tosaigh, go speisialta chuig na seónna ina
mbíodh lucht aitheantais Melissa. De réir mar a chuir sibh
dís aithne ar a chéile, rachfá ina cuideachta go cóisirí
amharclannaíochta. Anois, is le fada an lá, dubh dóite den
chomhluadar sin a bhí tú. Faighte amach agat nach cairde a
bhíonn agat ach céilí comhraic go háirithe i measc na
n-aisteoirí. Bhí barraíocht bolg le beathú ó umar beag an
téatair i mBaile Átha Cliath. Míonna fada díomhaoine a
chaith sciar mhór aisteoirí, dá réir, is Melissa orthu, ar
ndóigh.
   Le déanaí, ba bheag obair stáitse a bhí déanta ag
Melissa, ainneoin go raibh súil aici go bhfaigheadh sí páirt
measartha mór go luath i léiriú ar dhráma le Noel Coward.
Bhí a fhios agat nach mbeadh an ghuaim agat le déileáil leis
an easpa rialachta is leis an ghnáthamh neamhrialta ar cuid
de dhlúth is d'inneach an tsaoil amharclainne iad. Tríd is
tríd, ar shlí neamh-mhairgiúil mhaothlach a d'fhreagair sí
do na sealanna dífhostaíochta. Ach amháin anuraidh nuair
nach raibh de theacht isteach aici ar feadh i bhfad ach na
táillí ó ranganna an tSathairn. Níorbh é sin an rud faoi
deara an lagmhisneach a bheith uirthi ach gur theip ar
phlean chun sraith sceitsí athbhreithnithe staire a stáitsiú i
sráidbhailte agus i ngráigeanna ar an dá thaobh den
Teorainn. Foireann thofa as gach cearn den oileán a bheadh
ann, ar bhall di Melissa, a raibh suim airgid ón dá
Chomhairle Ealaíon, ó Chomhairlí Contae is Ceantair is
slám beannachtaí ón dá Rialtas laistiar de. Cuireadh an

chamchuairt ar ceal níos lú ná seachtain sula raibh sí le tosú, nuair a d'aistarraing dhá Chomhairle Ceantair Albanacha a ndeontas is an cead chun a n-áiseanna a úsáid. I ndiaidh foghlaim a bhí siad gur ina homaighnéasach a léireofaí an Rí Billí. Mhol polaiteoirí áitiúla is nuachtáin Bhaile Átha Cliath don fhoireann leanúint leis an chamchuairt is na drámaí a stáitsiú i ndúichí is in áiseanna nach raibh faoi smacht ag na hAontachtaithe. Dhíothaigh teachtaireacht ghairid theileafóin ag bagairt orthu siúd a mhaslódh "cuimhne an Rí ráin oirirc gan on gan chaime is oineach mhuintir Uladh" aon suimíní suime a bhí ag na haisteoirí san amhantar. Ní raibh a dhath ina gconradh, a dhearbhaigh urlabhraí dá gcuid ar an teilifís is ar an raidió, a thug le fios go mbeadh orthu an mhairtíreacht a fhulaingt ar son na n-ealaíon. Nó na bpinginí.

Ar buile a bhí Melissa, ar ndóigh, nuair a scoireadh an conradh is an fhoireann. Fuair na baill uile céatadán réasúnta den airgead a bhí dlite dóibh, ach ba í cúis an scoir ba mheasa a chuir le báiní í.

"Dhera, is dócha nach féidir linn a bheith ag súil lena mhalairt ó na fir allta thíos ansin. Scanradh a bhí orthu, tá a fhios agat. Scanradh a n-anama go dtiocfadh an gnáthphobal ina sluaite chuig na léirithe seo againne agus go bhfoghlaimeoidís rud éigin faoin stair is faoin dóigh a bhfuil sí á lúbadh is á casadh chun tacú leis na seanmhiotais is leo siúd atá ag teacht i dtír ar na miotais is ar na daoine araon."

Rinne tú gáire búrúil gairbhéiseach.

"Tuigeann tusa anois, 'Lissa, cén saghas mursantachta a raibh orainn cur suas leis ó na hAlbanaigh i gcaitheamh na mblianta. Iadsan agus Bóraigh na hAfraice Theas, tá siad ar comhchéim rí-íseal maidir le cumas samhlaíochta, meabhair chinn is acmhainn grinn."

"Ná bí ag iarraidh a bheith glic, Pat. Go maith atá a fhios agat go mbeadh an fhreagairt cheannann chéanna ó na hantoiscigh bhuile ar an taobh eile dá léireofaí Bobby Sands mar bhuailteoir mná céile ná Patrick Pearse mar homaighnéasach, abair."

"Bhuel, bhí orainn cur suas leis an dara hachasán cheana agus níor thugamar amas aduaidh ar Theach Laighean. Sin má fhágann tú as an áireamh an muscaire seo ar cuireadh na múrtha fáilte roimhe ag na geataí agus ar bronnadh jab inphinsin air i bhfeighil na dtrodán sa Chlárlann Talún."

"Tá a oiread sin déistine orm leis an phraiseach seo is leis an tír seo gur ag smaoineamh ar dhroim láimhe a thabhairt leis an aisteoireacht ghairmiúil is dul le rud éigin eile atá mé, Pat."

"Cén rud eile?"

"Níl a fhios agam. Filleadh ar an ollscoil. Dul leis an iriseoireacht. Murach tusa, d'fhéadfainn dul isteach i gclochar."

"Ag earcú daoine sa Státseirbhís atáthar athuair. Gheofá teacht ag obair liom—nó ag obair fúm!"

"Ó, is ea, an Státseirbhís. Sin an post cuí domsa. Ar chuala tú trácht ar mhórán páistí riamh a dhearbhaigh: 'Is í mian mo chroí a bheith i mo státseirbhíseach faoina bhfásfaidh mé suas.' Sin an difríocht idir mise agus tusa, Pat. Ghlac tú leis an phost atá agat as siocair nach raibh a fhios agat faoi thalamh an domhain cad eile a dhéanfá. Ba dhual dom dul leis an aisteoireacht agus leis an amharclannaíocht."

"Bhuel, b'fhéidir gur dual duit cloí leo mar sin, go háirithe tar éis ar chaith do thuismitheoirí d'airgead ar do chuid oiliúna. Lena chois sin, ní ghlacfadh an Státseirbhís go deo le duine nach bhfuil a oiread is dea-fhocal bídeach amháin le rá aici fúthu. Is créatúir ghoilliúnacha sinn, tá a fhios agat."

Agus coicís ina dhiaidh sin nuair a chling clog an ghutháin agus a tairgeadh páirt di i bpíosa pocdamhais éigin le Hugh Leonard, an gnáthscleondar a líonfadh í sula dtosódh seó nua a thóg áit an éadóchais. Níor luadh athrú poist ó shin.

Ní cinnte a bhí tú riamh cad é an bharúil a bhí ag tuismitheoirí Melissa ort. Cinnte, státseirbhíseach umhal gan uaillmhian ba ea thú nach raibh an rath saolta céanna in ann dó is a bhí i ndán do Wild Bill, níorbh fholáir. Chun an mheá a chothromú beagáinín, ámh, ní bheadh ort an t-ailiúnas a íoc. Tríd is tríd, cainteach cairdiúil leat a bhí an mháthair a dhéanfadh iarracht ar tú a choimeád ag comhrá ar do chuid oibre. Ina theannta sin, gach uair gan teip dá mbuailfeadh sibh le chéile, chuirfeadh sí tuairisc do mhuintire. Bean dhóighiúil í a bhí ag tabhairt na haoise go réidh léi gan aon agó, cé gur sna caogaidí a bhí sí.

Beithíoch de shaghas eile ar fad ba ea an t-athair, ar léir óna iompar gur mhothaigh sé ní ba shocaire i gcomhluadar a chomhchréatúr ná an chineáil dhéchosaigh. Bhí dúil ar leith aige sa ghraifne. Ba leis-sean agus lena mhac beannaithe, Darren, ráschapall darbh ainm Stein. Má bhí do dhóthain foghlamtha agat ó Melissa faoin téatar chun comhrá cuibheasach ciallmhar a choinneáil lena máthair, b'fhusa duit, is tú i do shlíomadóir cathrach nach raibh mórán dúile sna hainmhithe agat, labhairt faoin fhisic eithneach ná faoi chapaill agus faoin tréidliacht. Ina theannta sin, dúnárasach a bhí an t-athair, ainneoin gur thuig tú de réir a chéile nár chóir breathnú ar an tost mar mhasla pearsanta. Sna laethanta luatha sular pósadh tú féin is Melissa, áfach, bhraith tú brú inmheánach ionat féin is brú sóisialta seachtrach chun forrán a chur air. Tar éis duit ráiteas aimhghlic a dhéanamh gur bhreá tréidlia a fheiceáil i mbun a chuid acraí is a chuid oibre, tugadh breith do bhéil mhóir duit. Ag stopadh le muintir Melissa a bhí sibh roinnt míonna ina dhiaidh sin ag tús an Mheithimh. Shroich sibh an teach galánta roimh am tae ar an Aoine. Ag dúil le deireadh seachtaine folláin ciúin sna sléibhte a bhí tú.

"Tig leat imeacht amach le Cainneach tar éis an tsuipéir,

Patrick," arsa an mháthair. "Caithfidh sé dul suas chuig an loca caorach."

Rinne tú dóigh de do bharúil gur ag dipeáil a bheadh sibh. Sin an chúis gur shín an t-athair buataisí rubair is bríste cabhlach chugat sular fhág sibh an teach, níorbh fholáir. Is beag a dúradh i gcaitheamh an aistir síos go dtí an loca chun an tuairim sin a bhréagnú. Déanta na fírinne, is beag a dúradh i gcaitheamh an aistir ar chor ar bith.

Beirt fhear is tréad caorach a bhí ag feitheamh libh thíos. Tar éis don 'Dochtúir Cainneach,' mar a thug na fir air go measúil, tú a chur in aithne dóibh dís, d'fhiafraigh tú de dhuine acu, Séimí:

"An mó uair sa bhliain a dhipeáiltear iad?"

"Dhera, ní á ndipeáil a bheimid anocht ach á gcoilleadh."

D'iompaigh do lí is do ghoile ag an bhomaite chéanna. Ní dúirt tú ach "Feicim." Caithfidh gur mhothaigh Séimí an crith i do ghuth is an bháine i do cheannaithe.

"Beidh tú ceart go leor."

Dheamhan faill a bhí agat teacht ar leithscéal cén fáth ar ghá duit seangú as an áit láithreach lom.

"Pat, is tusa an fear geata," arsa Brian, an dara fear. "Scaoilfimid an cineál baineann is na huain amach i dtosach. Ansin mar a dhéanann an Dochtúir jab ar na reithí, lig amach ceann ar cheann iad. Ach coinnigh greim ceart ar an gheata ar eagla go n-imeoidís uile ina dtáinrith." Isteach sa lias caorach leis an triúr acu. Sheas tú ag an gheata agus greim an fhir bháite agat air. B'fhearr leat a bheith áit ar bith eile ach amháin ar an láthair seo, ach má bronnadh an cúram seo ort, chomhlíonfá é ar do bhionda. *They also serve who only stand and gape.* Bhí d'onóir ag brath air seo. Réitigh tú thú féin i gcomhair an áir.

Ní gan dua a aimsíodh is a ligeadh amach na cinn oiriúnacha. Thug reithe fuileata fiánta nó dhó—a raibh a fhios acu cad a bhí i ndán dóibh?—séirse fút is faoin gheata.

"Ceap an cunús sin!" nó "Sáraigh an focóir mór sin" nó "Bain an bhearna den bhastairdín sin" a screadfadh Séimí nó Brian is dhéanfá beart buach de réir a mbriathra binne. Ag laghdú rud beag a bhí an anbhá a bhí ort mar a chuir tú i gcrích an fhreagracht throm a leagadh ort.

"Pat, imigh sall le do thoil, agus faigh dom an mála agus an stól trí chos ó chúl na veain," arsa an Dochtúr cóir. Ba í seo an chéad uair a labhair sé leat ó tháinig sibh. Rinne tú rud air is d'fhill ar do phost sa bhearna bhaoil.

Shuigh Brian ar an stól ar an taobh istigh den gheata. Chuaigh an tréidlia ag ransáil sa mhála. Faoi dheireadh, thóg sé amach uirlis ar gheall le cnóire é—slán an tsamhail! Leath na súile ort le hiontas.

"An chéad cheann, a Shéimí."

D'ardaigh Séimí reithe, chuach lena chléibh é is leag a thóin ar ghlúine Bhriain, a d'fháisc na cosa tosaigh is deiridh le chéile ina lámh dheas is ina lámh chlé faoi seach, ar fhaitíos na bhfaitíos go leagfadh an t-ainmhí an tréidlia le cic scéine. Mar a d'ísligh athair Melissa an cnóire, d'ísligh tú do lámha chun do ghabhal a chlúdach agus lig cnead anbhann asat. Den chéad uair riamh, thiocfadh leat ionannú le créatúr ceathairchosach. Bhí coinne chinnte agat go rachadh an t-ábhar coillteáin le craobhacha, ach d'fhan sé measartha socair, sínte ar a chraodó ar ghlúine Bhriain, gur ligeadh a cheann leis is gur scaoil tú amach as an mhainnear é. De réir mar a chuaigh a thuilleadh reithí faoin chnóire céanna, b'ait leat an radharc falmharánta ina súile.

"Nach mothaíonn siad an phian?" a d'fhiafraigh tú den athair is de Bhrian i gcoitinne. Rinne Brian dranngháire is d'fhreagair:

"Ní mhothaíonn siad a dhath, fad is go ndéantar an jab i gceart. Ní bhaintear na magairlí díobh, níl ann ach go meiltear na feadáin."

Sách dalba a bhí tú anois chun ceist bhunúsach a bhí ag borradh i d'aigne a chur ar Bhrian.

"Cad chuige a gcoilltear na reithí uile? Nach mbeidh siad de dhíobháil ort feasta—tá a fhios agat, don bhliain seo chugainn?"

Chrom sé ar insint duit ar bhealach tíriúil bríomhar gurbh í sin pribhléid an reithe phórghlain. Ansin stop sé is d'amharc aníos chugat.

"Goitse isteach anseo go dtógfaidh mé sos beag. Tá sibhse Tuaisceartaigh sách oilte ar láimhseáil AK47s, moirtéir is *Black and Deckers*. Ní chuirfidh na leaids seo mórán straidhne ort."

D'éirigh sé den stól is rug ar do mhuinchille do do tharraingt isteach sa loca. Rinne tú do dhícheall an fód a sheasamh, do lámh a shracadh siar is mhungail tú go camphusach faoi do chuid fiacla.

"B'fhearr liom gan é a dhéanamh. Bheadh faitíos orm go ngortóinn na caoirigh … nó an dochtúir …"

"Goitse isteach is ná bíodh lá imní ort faoi sin. Coimeád do lámha go teann ar na cosa."

"Níl uaim é a dhéanamh. B'fhearr liom fanacht abhus."

Fós bhí greim daingean ag Brian ar do mhuinchille, mar a d'fhéach sé le tú a bhrú isteach is mar a chúb tú siar uaidh. Gan rún géillte dá laghad agat fiú más ag déanamh seó is ceap magaidh duit féin os comhair athair Melissa a bhí tú. Sea, i dtús báire, mar a d'admhaigh tú do Melissa ní ba mhoille, scanradh roimh na caoirigh a bhí ort. Ach fearg ba mhó a bhí ort anois mar a rinne tú iarracht briseadh saor ó ghreim an stunaire sin.

"Cuir uait na cluichí ábhachta, a Bhriain. Caithfimid an jab seo a chríochnú anocht," arsa athair Melissa. Is scaoil Brian a ghreim díot.

"Níl na Tuaisceartaigh sin chomh crua is a mhaítear," ar seisean le streill mhagaidh.

A dhath eile níor chuir tú leis an chomhrá gur cuireadh clabhsúr ar an seisiún spochta. Faoin am sin, an dóigh gur loic tú ort féin os comhair an Dochtúra ba mhillteanaí a d'adhnáirigh thú. Ach ag déanamh go maolchluasach ar an veain duit, ghlaoigh Séimí ort go fáilí:

"Maise, Pat, déarfainn nach bhfaca tú an ealaín sin riamh ar *Glenroe*? Oíche mhaith is slán abhaile anois."

Agus tú sa veain leis an athair, chinn tú ar labhairt faoin eachtra leis. Ní túisce tosaithe thú, ámh, nuair a dúirt sé: "Is cuma faoi." I do bhalbhán a d'fhan tú an chuid eile den tslí abhaile.

I ndiaidh do na tuismitheoirí imeacht a luí an oíche sin, reic tú an scéal do Melissa. Ba dhoiligh di a gáire a choinneáil istigh, mar a chuir tú síos ar imeachtaí an tráthnóna. Shín sí a lámha thar do ghualainn.

"Nach méanar duit, Pat, nach bhfuil uaim nó fúm spochadóir tuaithe a phósadh ach smuilceachán cathrach a bhfuil faitíos air roimh chaora bheag bhídeach?"

"Caora ollmhór fhíochmhar a bhí ann," arsa tú mar a theann tú isteach léi.

"Ó is ea, torathar ceart de chaora a bhí ann," ar sise sna trithí dubha gáire. "Anois, a bhuachaill, inis dom faoin choimpléasc coillte seo atá agat."

* * * *

"Pat, brostaigh!"

Choill glór Melissa ciúnas na reilige. Caithfidh gur lean sí de bheith ag spaisteoireacht le linn duit a bheith ag moilliú ag an uaigh. Dheifrigh tú ina diaidh. Thuas uait, chonaic tú díorma daoine cruinn le chéile. Ag reic paidreacha sular íslíodh cónra isteach san uaigh a bhí sagart. Mar a bhí déanta ag Melissa romhat, bhí tú ag déanamh, sheachain tú an plód is an plota sin trí aicearra a ghabháil thar uaigheanna. Tháinig tú suas le do bhean chéile tar éis cúpla nóiméad.

"An bhfuil deireadh leis an smutaireacht anois, Pat?"

Mhúch an cheist athmhalta síolta an athmhuintearais a bhí ag fabhrú ionat. "Goitse, beimid mall don dinnéar," an t-aon ní a dúirt tú agus d'imigh tú leat agus fiarán agat léi.

D'fhan tú céim nó dhó chun tosaigh ar Melissa mar a tháinig sibh amach as geataí uachtair na reilige. Suas an mala libh go dtí an timpeallán os comhair Shéipéal Mhuire Naofa. Rogha le déanamh agaibh anois cén bealach abhaile a thógfadh sibh. Le déanamh agatsa, ba chirte a rá. Teoranta go leor go fóill a bhí cur amach Melissa ar an chathair. Gheobhadh sibh gabháil síos an New Road—nó Eastway chun a ainm ceart a thabhairt dó—nó déanamh ar Westway is ar mhullach Chnoc an Rois. Is ea, b'fhearr é sin. Stop tú, rug ar sciathán Melissa lena treorú trasna an timpealláin. Scaoil tú do ghreim uirthi ansin is suas Fanad Drive i dtreo Westway leat agus Melissa taobh thiar díot.

Íorónta go leor é gur beag machnamh a bhí déanta agat ar d'athair ar an lá seo thar gach ceann eile. B'fhéidir gurbh fhearr mar sin é, gur léiriú é, más ag dó na geirbe agat a bhí an bhris fós, go raibh gearb ar an chneá. Sólás de shaghas ba ea é sin. Dian ort, ar an dís agaibh, a bhí an bhliain imithe tharaibh. Murach Melissa, níorbh fheasach cad é mar a ráineodh leat í a chur isteach. Caithfidh nárbh éasca di go minic cur suas leat. B'iomaí seisiún suaite a chuir sí isteach leat, mar ar chíor sibh beatha agus bás d'athar.

"Chonaic mé thú is d'athair le chéile agus sibh ag caint is ag argóint is ag coraíocht le chéile fiú amháin. In ainm Dé, Pat, bhí achan rud go breá normálta eadraibh. Mar is eol duit, i bhfad Éireann ní ba normálta a bhí sé ná an gaol atá agamsa le m'athair."

"Is tá a fhios ag an saol Fódlach chomh normálta is atá sé sin!"

"Cuir uait, Pat. Seo duine a bhí sásta airgead a sholáthar chun mé a bheathú is a oiliúint i Londain ach ar scorn leis suí síos is dreas comhrá a dhéanamh liom fúm is faoi m'obair—nó le Maim ach oiread. An dá ní a spreagann chun cabaireachta é nuair a bhíonn a fhios aige gur ag éalú amach ag foghlaeireacht nó ag marcaíocht le Darren seo againne a bheidh sé is go mbeidh Stein ag rásaíocht. Maidir le do thuismitheoirí, dheamhan locht a bhí agam as an dóigh inar chaith siad liom. B'fhéidir nach raibh siad rócheanúil orm nó gur shíl siad nach raibh mé maith go leor le haghaidh a bpeata ach ní bhfuair mé uathu riamh i nDoire ach an fháilte chroíúil agus an fhéile."

"Is ea, tá a fhios agam nach bhfuil a sárú le fáil sa dóigh sin. Ach ní chuige sin atá mé. Ag iarraidh ciall a dhéanamh de na smaointe, de na blúiríní cuimhní atá i m'aigne faoi m'athair."

"Cén saghas blúiríní, Pat?"

"Cuirim i gcás, níor labhair m'athair liom faoi Dhomhnach na Fola riamh, Melissa. Is ea, dhamnaigh sé Rialtas na Breataine is na Paras as a ndúbheart is bhí an riach ar Widgery le dubh-bhréaga, a deiridh sé. Seo lá ar thángamar beirt slán as ach ní dúirt sé liom riamh cad a mhothaigh sé taobh istigh de."

"Caithfidh gur bhain an eachtra geit as."

"Caithfidh gur bhain. Ach cad chuige nár inis sé sin dom riamh?"

"Ar chuir tú ceist air?"

"Chuir, cúpla bliain ó shin nuair a bhí mé thuas sa bhaile ar cuairt. Sular bhuail mé leat. Ar an Satharn, mé féin is m'athair chuamar amach ag siúl suas Bóthar an Ghleanna is amach Groarty Road, bóithrín aistreánach a shíneann amach i dtreo na Teorann is Ghrianán Ailigh. Ag seadráil faoi Dhoire a bhíomar, faoi na heastáit mhóra tithíochta a forbraíodh le cúig bliana déag anuas. Thuas ansin ar mhullach an chnoic tig leat seasamh is breathnú anuas ar an chathair. An rud is sonraíche an dóigh a bhfuil sí ag leathadh is ag leathnú ar an bhruach thiar—ar an taobh seo againne—den Fheabhal. Áiteanna diolba a bhí scoite iargúlta, dar le muintir Dhoire fiche bliain ó shin, tá dalladh tithe nua ann anois. Ní mé cad eile a d'athraigh le scór bliain, ach tá caighdeán na tithíochta i nDoire i ndiaidh

ardú go hiomlán. Ceist eile arbh fhiú fuil chúpla míle duine
é sin."

"I gcuntas de Valera, Pat, cuir uait an bróisiúr
turasóireachta agus reic an scéal!"

"Ar aon nós, thosaigh m'athair ag insint dom gur
fhreastail sé ar pharáid chuimhneacháin bhliantúil
Dhomhnach na Fola seal roimhe sin, is gur casadh air an
duine seo nó an diúlach sin. Ar an bhealach abhaile, ar
Bhóthar Springtown a bhíomar, chas mé chuige is dúirt: 'A
Dhaid, ag smaoineamh ar an Domhnach sin a bhí mé ar na
mallaibh. Ag iarraidh a bhí mé na ribíní eolais is na
cuimhní a scagadh i m'intinn, na rudaí a chuala is a chonaic
mé a dheighilt ó na nithe a d'inis daoine dom nó a chonaic
mé ar an teilifís nó a léigh mé ó shin.' Ní dúirt sé ach:
'Díothaíodh a oiread sin daoine ó 1969 is doirteadh a oiread
sin fola nach fiú a bheith ag meabhrú nó ag caint air
barraíocht.' Sin an méid."

"Agus cad chuige nár chuir tú a thuilleadh ceisteanna
air?"

"Ba léir nach raibh uaidh a dhath eile a rá. Ní nach
ionadh, ní mó ná sásta a bhí mé leis sin. Uair eile amuigh
faoin bhaile mór a bhí mé nuair a casadh máthair
seancharad liom, Jackie Mac Suibhne, orm."

"Sin mo dhuine a bhí ar scoil leat?"

"Is é. Agus sa Cheis Fhada a bhí sé ó shin. An tráthnóna
sin ag tincéireacht leis an charr seo againne a bhíomar nuair
a d'fhiafraigh mé de m'athair faoi Jackie. 'Tá a fhios agat,'
arsa mise, 'an rud sin a deir achan ionadaí pobail idir thuata
is chléir gurbh é Domhnach na Fola faoi deara do na céadta
óganach dul isteach san IRA. Más fíor sin, cad chuige a
ndeachaigh daoine áirithe thar dhaoine eile isteach ann?
Cuirim i gcás, Jackie Mac Suibhne. Is dócha gur earcaíodh
eisean am éigin i ndiaidh an Domhnaigh sin mura raibh sé
sna Fianna cheana.' D'fhreagair Daid: 'Is iomaí duine óg a
chuaigh san IRA ag an am sin agus ó shin. Bhí cúiseanna

difriúla ag achan duine acu, is dócha. Marbh atá roinnt acu. I bpríosún cuid eile. Ag iarraidh a saol a atógáil atá cuid mhaith acu tar éis an phríosúin. Ar a seachnadh ar an taobh eile den Teorainn atá daoine eile acu fós. Tá an t-oideachas agat, a Pháidí. Tá jab seasta agat. Ag cur amú a shaoil a bheadh an duine a thabharfadh suas na nithe seo, mar i ndeireadh na dála, ní athróidh a dhath a bheag nó a mhór anseo.' Ag moladh dom a bhí sé gan aon bhaint a bheith agam leis na Trioblóidí."

"Agus bhí an ceart ag d'athair, Pat. Féach, má thuigimse snáitheanna éagsúla do chuid cainte, is éard atá á mhaíomh agat go mbraitheann tú ciontach toisc nár líon d'athair d'aigne le seanchas spangach faoin daorsmacht a d'fhulaing do mhuintir a ghríosódh thú le gunna a thógáil is daoine a dhúnmharú ar son na saoirse, mar dhea. In ainm Dé, Pat, fás suas. Sách éargnaí atá tú go dtuigfeá faoin am seo nach ndéanfar leas éinne—do leas féin nó leas do mhuintire—leis an lámh láidir."

"Is ea, tuigim sin. Níl mé chomh dúr sin, tá a fhios agat!"

"*Right*, amharcaimis ar an scéal ón dara taobh anois. Is for-réil go bhféachann tú ar imeachtaí Dhomhnach na Fola anois mar eachtra lárnach i do shaol. Ag druidim le fiche bliain ina dhiaidh, seo thú i lár cuilithe de ghéarchéim choinsiasa. Ar lámh amháin, tá do chara Jackie ann nach raibh go leor idir a dhá chluas aige le fanacht glan ar na paraimíleataithe agus a tharraing trioblóid air féin dá dheasca."

"Sin duine a raibh de mhisneach aige beart a dhéanamh de réir a chuid tuairimí, is cuma an aontaíonn tú leis nó nach n-aontaíonn."

"Amadán ba ea é, Pat. Anois, lig dom críochnú, le do thoil."

"Bhuel, mar a deir tú liom i dtólamh: 'cuir uait an bholmántacht!'"

"Ar lámh amháin, tá buile Mhic Shuibhne ann. Ar an lámh eile, bhí d'athair ann, gnáthoibrí a thóg a chlann chomh maith is a bhí ar a chumas, a thuig tábhacht an oideachais is a spreag a pháistí chun dul amach is ar aghaidh sa saol. Seo duine a chonaic an t-ár is an t-anbhás is an bhrúidiúlacht is an crá croí a ghin siad, ar chuid díobh Domhnach na Fola is na stailceanna ocrais is an dóigh ar diomlaíodh an óige mar a chaith na mílte tréimhsí fada sa charcair, agus na coirp chochallacha cois Teorann is an tslí inar réabadh córas is pátrún bheatha is chearta sibhialta an phobail mar a d'fhéach fir fhiáine le córas ní ba chothroime is ní ba chóire a bhunú trí chumhacht cham an ghunna."

"Bhuel, sin an leagan seo agatsa den stair, Melissa. Is iomaí ceann eile atá ann, tá a fhios agat."

"Chonaic d'athair sochaí á scriosadh féin agus thuig sé gurbh é an t-aon bhealach le teacht slán as ná fanacht amach as, gan an iomarca machnaimh a dhéanamh air—is cinntiú, más rud é nárbh fhéidir leis-sean éalú go fisiciúil ón láthair, nach mbeadh a chlann rannpháirteach sa ghealtachas sin."

"Más gealtachas é."

"Ansin ... seo chugainn i lár stáitse, Patrick Pious Kelly, nó Páidí mar is fearr aithne air ó thuaidh, ar Hamlet athchruthanta é atá á thuairteáil ag an chiontacht gur chlis sé ar a mhuintir trína dtréigean in am an ghátair. Tá seachrán céille chomh mór sin ar an ghaige bocht seo gur geall le mogh sa tsean-Róimh é a thugann fogha fíochmhar faoina mháistir as gan é a dhíol le máistir eile in ionad é a shaoradh. Rogha a thug d'athair duit, Pat—ceann a bhí ag gach duine eile. Is é sin fanacht i nDoire is páirt a ghlacadh san fhoréigean, fanacht ann is do shúile is do shamhlaíocht a dhúnadh a oiread is ab fhéidir ar a raibh ar siúl i do thimpeall, nó bailiú leat as an áit ag an chéad áiméar. An cinneadh ar ar tháinig Mac Suibhne nó d'athair, gan aon phioc níb fhiúntaí nó ní ba thairbhí nó níb inmholta nó ní ba dhlisteanaí ná an ceann seo agatsa a bhí siad. Is ná lig d'aon duine ná do do choinsias fabhtach a mhalairt a chasadh leat. Níl ann ach gurbh iadsan na cinn a d'oir dóibh dís ag an am.

"Is maidir le holltábhacht Dhomhnach na Fola duit anois, Pat—agus críochnóidh mé ansin—ní mar sin a bhí sé i dtólamh. Nár fhill tú ar an Choláiste nuair a d'athoscail na scoileanna an tseachtain dár gcionn? Nár shuigh tú scrúduithe an 'O'-Level dhá bhliain ina dhiaidh sin? Ní raibh ort freastal ar sheisiúin le comhairleoirí síceolaíocha mar a tharlaíonn go minic sna Stáit Aontaithe tar éis do ghealt éigin slad a dhéanamh i McDonalds toisc nach bhfuair sé go leor *ketchup* ar a bhorgaire. Níor thosaigh an fhéincheastóireacht chéasta seo, nó an chuid is measa di, i gceart go dtí gur cailleadh d'athair. Is é mo thuairim gur ceangailte le chéile atá na nithe seo. Luíonn sé le réasún go dtiocfaidh leigheas ar an chrá seo mar a ghlacann tú le bás d'athar. Chomh simplí leis sin atá an scéal."

Ar na mallaibh ag machnamh ar chlann a bhí tú ní ba mhinice ná riamh. Chinn sibh i bhfad siar nach raibh aon deabhadh oraibh. Bhí bhur jabanna agaibh ach dá dtitfeadh sé amach de thimpiste gur ag iompar a bhí Melissa, go gairdeach a ghlacfadh sibh leis an fhíric bheag bheatha sin. Sásta go leor a bhí tú leis an socrú sin. Bhí neart ama agaibh. Le tamall, áfach, ag athmeas an tsocraithe sin a bhí tú. Go míchéadfach a thréaslaigh tú a shaothar le Kieran Phillips ón oifig seo agatsa, a phósadh thart ar dhá bhliain in bhur ndiaidh, ar chluinstin duit gur ag iompar clainne a bhí a bhean chéile, Geri. An tráthnóna céanna ag am tae, bhain tú an ceann den scéal. Rinne Melissa seitgháire.

"An é go bhfuil cárta scóir agaibhse fir san oifig, Pat, agus gur mian leat gan a bheith thíos leis, mar gheall ar chumas fireannachta Kieran, mar dhea? Nó an dóigh leatsa go bhfuil an cadhnra sa chlog bitheolaíoch seo agamsa chóir a bheith ídithe? Nó go bhfuil an buaiceas seo agatsa caite, b'fhéidir, a chábúnaigh!"

Faoin am ar luaigh tú an cheist don cheathrú huair, suite de a bhí Melissa gur nasctha le bás d'athar a bhí an leannán smaointe seo ar leanaí.

"Pat, b'fhéidir gur mithid clann a bheith againn, ach tá súil as Dia agam nach gcreideann tú gur féidir an stair a athscríobh chun do shástachta pearsanta féin trí aon leanbh de mo chuid. Fágfaidh mé thú sula ligfidh mé duit d'ualach ciontachta a aistriú chuig naíonán neamhurchóideach. Is éard a mholfainn gur chóir dúinn feitheamh go ceann bliana eile. Tabharfaidh sin seans duit an meascán mearaí seo a chur díot....Ansin beidh ábhar breá maíte agat san oifig. Idir an dá linn, tig linn dul ag cleachtadh le haghaidh na hócáide sin!"

Agus sibh ag cúinne Westway, ag gabháil le fána a bheadh sibh feasta. Stop tú gur tháinig Melissa suas leat. Uaireanta chuir tú déistin ort féin. Seo tú ag imreas leis an duine a bhí ag seasamh leat le bliain anuas. Níorbh aon naomh cruthanta í. Níor thaitin sí leat minic go leor ach b'ise an mháthair a bhí uait le haghaidh bhur gcuid páistí. Bhreathnaigh tú uirthi is shín amach do lámh. Stán sí ar feadh soicind sular rug sí uirthi.

"Tá brón orm, 'Lissa. Ní as tabhairt fút mar gheall ar an argóint le Gerald aréir. Go maith a thuill tú sin. Ach as a raibh ort cur suas leis le bliain. Bhí mo cheann ina roithleán is seo anois mé ag troid leis an té a sheas go dílis liom. Tá lúcháir orm go bhfuil na deasghnátha teaghlaigh, teallaigh is reilige réidh. Is go bhfuilimid ag filleadh ar Bhaile Átha Cliath—ag filleadh abhaile—gan mhoill. B'fhéidir go raibh orm fanacht le haghaidh an lae seo chun an saol atá thart a adhlacadh go huile is go hiomlán. B'fhéidir gur dual an tosú úr amárach."

Theann sí chuici thú do d'imchlúdach lena seál.

"Tá áthas orm gur ag imeacht abhaile atáimid freisin, Pat."

D'fhan sibh mar sin gur mhothaigh sibh an fhaíreach ó

chúl oscailte cheann de na feithiclí armúrtha a bhí ag casadh isteach i Fanad Drive. Ba dhoiligh na gártha magaidh a scagadh óna chéile, diomaite de bhlúirín amháin den chnáid seo.

"Aidhe, 'mheit, an bhfuil cúpla *Mates* uait?"

Caibidil 3

Agus síbh dís in bhur seasamh ar an chosán, feiceann tú na díograiseoirí dúthrachtacha ar geall le cloigeann ollphéiste lúbaí iad ag déanamh ar chúinne Bhóthar Iniscarn. Fanann tú go mífhoighdeach frisnéiseach leis an lámh a threoróidh isteach i measc na streachlán thú. Go drogallach míchéadfach a ghéilleann tú di ar ball beag.

Go mall a shníomhann sibh suas Iniscarn go gcasann sibh ar clé. Seo Bealach Rathkeale. Gan cur amach róchruinn agat ar na sráideanna seo thuas ar mhullach an Chreagáin. Is ní hiontaofa a bhfuil fágtha de chomharthaí sráide ó d'fhoghlaim muintir sheiftiúil na cathrach gurbh éasca an dubh a chur ina gheal ar na saighdiúirí ainbhiosacha trí na comharthaí a mhalartú. Ach seaneolas agat ar Rathkeale ó chónaíodh aintín leis an mháthair seo agatsa seo tráth is gur ghnách leat tarraingt ar an teach achan Chéadaoin blianta na bunscoile nuair a thugadh an mháthair cuairt ar a "hAintín Jinnie."

Stadann sibh gach cúpla céad slat go mbaintear ceann Southway amach. Seo mullach an Chreagáin i gceart anois. Na stíobhaird nár bhac libh ó i bhfad siar ag iarraidh ord agus eagar a chur oraibhse, eireaball scifleogach na hollphéiste daonna seo. "Scaipigí amach le bhur dtoil." "Tá dalladh spáis ann." An teachtaireacht chéanna, arís agus arís eile. Dála ceirnín a ndeachaigh an tsnáthaid i bhfostú ann leath bealaigh tríd. Is ansin chun tosaigh, na díograiseoirí diabhalta sin i mbun iomann na n-agóideoirí.

> Armoured cars and tanks and guns
> Came to take away our sons,
> But every man must stand behind
> THE MEN BEHIND THE WIRE.

"Come on, sibhse ag an chúl. Tig libhse sin a bharraíocht."
Finbarr Thingmebob agus an callaire ina ghlac aige.
In the little streets of Belfast...
Leath slí anuas atá an dream tosaigh nuair a chromann sibhse
ar ghabháil le fána. Deireadh leis an tithíocht anois. Áit rite
sceirdiúil í seo mar a bhraitear go smior, cheal dhídean na dtithe,
fuacht ghaoth bhiorach Mhí Eanáir. Thíos fúibh, an chathair
iomlán nach mór le feiceáil. Lone Moor Road agus the
Brandywell go díreach fúibh. An reilig ar bhur lámh chlé. An
Feabhal os bhur gcomhair. An Droichead gona dhá leibhéal.
Corrghluaisteán le tabhairt faoi deara ar bhruach thall na
habhann. Amhail mioltóg. Sin Doire Trasna, an ceantar mór
Albanach arbh é bloc ard an Ospidéil ag gobadh san aer i bhfad
uaibh imeall thoir na cathrach. Feiceann tú héileacaptar ag éirí ó
Bheairic Ebrington, bunáit an Airm thoir i nDoire Trasna. Sibhse
i bhfad Éireann níos airde ná é faoi láthair. Ciandornán a innill is
síorchurfá rabhcán an lucht léirsithe ag teacht le chéile go
siansánach míshiansach.

But every man must stand behind
THE MEN BEHIND THE WIRE.

"A mhic, seo milseán faoi do choinne."
Fear téagartha blagadach atá ag caint leis an athair ag
tairiscint milseáin duit. Toffo. Gabhann tú buíochas leis an fhear,
is do rosc ardaithe i dtreo a aghaidhe, is tugann tú cluas le comhrá
na díse. An cluiche mór rugbaí inné idir chamáin acu. Éire i
gcoinne na Fraince. An dara leath den chluiche feicthe agat ar an
teilifíseán. Na hÉireannaigh a bhuaigh. An rud is annamh is
iontach.
"Nach breá an t-úd sin a ghnóthaigh mo dhuine Moloney."
An t-athair.
"Is ea, Moloney ó London Irish. Is dócha go bhfuil jab mór
aige thall. Is deas an rud é na hÉireannaigh a fheiceáil ag gabháil
ar aghaidh sa saol i Sasana."

"*Athrú mór é, cibé ar bith.*"

"*Mhothaigh mé gur sna péas abhus atá cúpla duine de na tosaithe ar an fhoireann Éireannach,*" *arsa an fear mór.*

"*Bíodh geansaí uaine orthu ag an deireadh seachtaine nó na bíodh, RUC iad i dtólamh.*"

Breast orthu! Ag tosú ar an pholaitíocht atá siad athuair. Druideann tú siar rud beag uathu go mbí tú ar imeall an tslua. Termonbacca ar bhur dtaobh dheas anois. Teach na nDílleachtaí. An chathair aicsí fúibh go fóill. Cló úr ar an phictiúr os do chomhair de bharr na gréine is fhuacht briosc Mhí Eanáir, dar leat. Áit ar dóigh Southway chun suíomh agus leagan amach na cathrach a fheiceáil i gceart. Í tógtha sa ghleann ar an dá bhruach den abhainn. Más é an tOspidéal thoir an t-áras is feiceálaí ar an bhruach thall, is mó ceann suntasach don leith abhus. Cloigtheach an Choláiste. Ardteampall Cholm Cille. Nár thrasnaigh tú a thairseach riamh. Corr-rian de Bhallaí na Cathrach, an chuid díobh a amharcann anuas ar Thaobh an Bhogaigh is an áit a gcaitheadh na hAlbanaigh anuas a bpiginí is a gciaróga ina gcomhartha cumhachta agus tarcaisne don dríodar Náisiúnaíoch fúthu. Colún Walker suite go siombalach is go straitéiseach is go sotalach ar na Ballaí os cionn Thaobh an Bhogaigh ag taispeáint cé atá thuas, cé atá thíos. An tOirmheannach George Walker an diúlach a dhruid Mór-Gheataí na cathrach i 1688 nó 1689. Ba chuma sa sioc cén bhliain a thit sin amach. Mír Albanach de stair na cathrach is ea í sin. Ar an taobh clé den Cholún árasáin mhóra Rosseville Street, mar ar troideadh Cath Thaobh an Bhogaigh trí shamhradh ó shin. Lúnasa 1969. An dara léigear i stair na cathrach. Mír Náisiúnaíoch an iarraidh seo, nuair a seoladh na saighdiúirí isteach. Ina slánaitheoirí a tháinig siad isteach an lá sin.

Thuas go díreach os bhur gcionn atá an héileacaptar. É ag iomaíocht le comhghlórtha na n-agóideoirí. Tá éirithe le dúshlán an héileacaptair an rud a ndeachaigh de na stíobhaird a chur i gcrích a dhéanamh: cloigeann, cabhail is cúl na hollphéiste á chur ag canadh.

... Being Irish means we're guilty,
So we're guilty one and all.

Armoured cars and tanks and guns ...

Ní fada go ngineann gliogaireacht an innill na maslaí.
Crochtar na meirgí agus na placaird níos airde sa spéir.
"Tagaigí anuas anseo, a fhocóirí, in ionad a bheith ag
gliúcaíocht orainne ó na focóirí sin d'innill spéire! Tabharfaimid
troid chothrom daoibh ansin, leoga!"
Gáire ón slua. A thuilleadh eascáiní blasta ag síothlú suas i
dtreo an héileacaptair. Dá mba leor briathra le long spéire a
leagan ... Ach fanann an diabhal héileacaptar thuas os cionn bhur
gcloigne. Ag breathnú anuas ar an dríodar. Ina cholún insiúlta.
Is ní cianóga a chaithfear inniu ach diúracáin deoirgháis is piléir
rubair. Chomh dócha lena athrach, scaoilfidh an tArm cúpla rois
ar ball sula gcuirfear clabhsúr ar imeachtaí an lae. Nárbh é sin an
patrún a raibh sibh uile cleachtach air? B'ionann inniu is gach lá
léirsithe eile. Go maith a thuigeann sibhse, na seanagóideoirí, sin.
Nár chuid den chluiche idir an pobal Náisiúnaíoch is an tArm é?
Bíodh sin mar atá, ba mhór an claochlú a bhí i ndiaidh teacht
ar dhearcadh mhuintir Dhoire i leith na saighdiúirí ón am sin dhá
bhliain go leith ó shin, fiú. B'fhollas é sin, ar a shon gur deacair
duit údar an athraithe sin a thuiscint nó a mhíniú. Gan ach dhá
bhliain déag slán agat, ar mháirseáil isteach dóibh. Go soiléir a
mhaireann cuimhne agat ar chúpla eachtra go fóill. Seo an
samhradh sula ndeachaigh tú chun na scoile nua. Gan cead agat
dul i ngiorracht do cheantar na gcíréibeacha—Sráid William,
Sráid Rosseville is na hárasáin mhóra. Ó Liam seo agatsa ba mhó
a fuair sibh cuntais reatha ar dhul chun cinn na troda. Thíos ar
Thaobh an Bhogaigh a chaith seisean an chuid ba mhó dá am,
diomaite de chorrsciuird an ais chun an tí le greim bia a alpadh, le
slám ciarsúr a chuardach—an ciarsúr tais a tumadh san fhínéagar
an íocshláinte mhiorúilteach ar an deoirghás cealgach, a
dearbhaíodh—agus le bleaist maíte a dhéanamh as a chuid gaiscí.

Ainneoin nár chreid tú leathchuid acu ag an am, bhí iris shnasta Bhaile Átha Cliathach feicthe agat ó shin i leith—Nusight, nó ainm mar sin a bhí uirthi—ina raibh dalladh grianghraf ó chíréibeacha Lúnasa 1969. Iontas na n-iontas, cé a bhí le feiceáil i gceann acu ach an deartháirín seo agatsa agus é ag crústach bollán leis an RUC. Ar thús cadhnaíochta gach ionsaí agus ag cúl an éalaithe a bhíodh sé, de réir an chlú a bhí amuigh air sa Choláiste ar ghabháil ann duit i dtús báire.

Lá ligeadh duit dul suas le Gerald seo agatsa chuig an chrosbhóthar i gCnoc an Rois ag bun Westway ar chiumhais an Chreagáin. Cúpla céad slat ó Bheairic na bPéas a sheas sibh. An Bheairic faoi léigear. Na sluaite, na sé dronga de Leath Choinn a cheap tú, cruinn le chéile i bhforbhais ar an áit, agus iad ag gáire is ag cadráil go caithréimeach. Na stócaigh is na fir ag bailiú leo ar a seal le rúisc fháiméad cloiche a theilgean i dtreo an árais. Is corr-pheitrealbhuama. Tú ar bharr amháin creatha. Scanradh ort go rithfeadh sciobscuad amach de ruathar ón Bheairic oraibh. Bhuail na péas amach faoi dheireadh, theith achan duine agaibh an méid a bhí ina chorp, bhrúigh na péas chun tosaigh gur tháinig cith cloch anuas sa mhullach orthu is gur chúlaigh siad. An svae tugtha agaibh libh an babhta seo. An bhéicíl bhuach ón scaifte athchruinnithe. "S.S. R.U.C. S.S. RUC." An neirbhís is an chaithréim snaidhmthe ina chéile i do bhroinne mar a lig tú na glamanna gáireachtacha ar na péas mallaithe maidhme.

An lá dár gcionn is an cath faoi lánseol sa chathair, ag bailiú connaidh a bhí tú féin is Jackie Mac Suibhne—seo an ócáid ar rug Bean Mhic Lochlainn oraibh—le haghaidh thine chnámh Lá Fhéile Muire san Fhómhar. Traidisiún Caitliceach sa chathair. A dtine chnámh féin ag na hAlbanaigh an oíche roimhe sin chun éacht Walker is na nApprentice Boys a chomóradh. Ar scor ar bith, i ndiaidh cúlbhalla an gharáiste sa tsráid thall a dhreapadh a bhí sibh. Bhí na céadta bonn sa chlós. Thart ar fhiche ceann nó mar sin a thóg sibh, is chrom ar an fhoghail a stiúradh chun ionad na tine sa pháirc mhór. Boinn ghluaisteáin amháin a bhí sciobtha agaibh. Ar chríochnú na hoibre sin daoibh, Jackie a smaoinigh ar chúpla bonn tarrracóra a ghoid a chuirfeadh dlaoi chíocrach mhullaigh ar shaothar maslach an lae. Ag iarraidh an chéad bhonn mór a ardú thar an bhalla a bhí sibh nuair a mhothaigh sibh an glór ó chúlfhuinneog uachtair theach Mhic Lochlainn: "Sibhse, tagaigí amach as an áit sin go beo ná cuirfidh mé fios ar na poilíní." Níor chorraigh ceachtar agaibh. "Ta a fhios agam cé hé sibhse. Amach libh anois, a phleotaí." Fós, níor bhog sibh. "Má bhíonn orm dul síos chugaibh ..." Is de réir dealraimh ar a bealach anuas a bhí sí. Thapaigh sibhse an deis, léim thar an bhalla—nach tú a bhí buíoch den uinéir críonna cineálta a d'fhág na boinn cois cúlbhalla—is d'éalaigh libh, cé gurbh éigean an chreach seo a fhágáil in bhur ndiaidh. "Tá a fhios agam cé leis sibh. Beidh mé ag caint le bhur n-aithreacha. Tig libh fios feasa an scéil seo a mhíniú do na péas," an chaor thine dheireanach a scaoil an t-ábhar brathadóra libh.

Ní ba mhoille agus sibh ag spraoi thart ar ionad na tine, Jackie ba thúisce a chaith ceann de na boinn le fána anuas sa mhullach ar na gluaisteáin a bhí ag teacht amach ón eastát beag Albanach ar an taobh eile de Bhóthar an Ghleanna. I dtús báire, go drogallach a ghéill tú don chathú buille a thabhairt do na hAlbanaigh ar son do threibhe. Ar fheiceáil na chéad fheithiclí ag casadh isteach sa bhealach mór daoibh, roll sibh dhá bhonn le fána is d'fhan in bhur seasamh, ag breathnú ar thoradh bhur gcuid saothair. I bhfostú i log leath slí síos an pháirc a chuaigh ceann de na boinn ach lean an dara ceann ar aghaidh. Ar an drochuair— agus tú ag cuimhneamh siar air anois, ní suite de a bhí tú gur drochrud ba ea é—níor bhuail sé an gluaisteán. Leanadh den spórt, bíodh nár buaileadh aon sprioc, go bhfaca sibh feithicil de chuid na bpéas ag lúbadh aníos an bóthar. Meáite ar fhanacht le tabhairt fúthu a bhí Jackie, ach rug tú greim uillinne air is d'imigh sibh as amharc i gcathair ghríobháin na sráideanna beaga cúnga. An oíche sin, agus tú ag filleadh ó shiopa Mhicí Mhic Ghiolla Chomhaill, chonaic tú leoraí armúrtha páirceáilte thíos ar Bhóthar an Ghleanna. Na comharsana ag dearbhú gur ann leis an dúiche bheag Albanach a chosaint a bhí sé. Deimhneach a bhí

tú féin gur de dheasca Bhriseadh na mBonn a bhí sé ann.
Triúr fear ina seasamh ag cúl na feithiclí. Éidí dubha orthu,
agus cnaipí a gcasóg druidte go muineál, murab ionann is casóga
na ngnáthphéas. An triúr ag caitheamh toitíní is ag gáire. Crot
scanrúil a bhí orthu, dar leat, a bhain leis na casóga sin. A fhios
go maith agat cérbh iad na fir seo, bíodh nach bhfaca tú riamh iad.
Na B-Specials, dream ar leor a n-ainm le scanradh a chur ar
Náisiúnaithe. Dúirt tú le do mháthair go raibh siad ann, ar
shroisint an tí duit. Níor ceadaíodh duit gabháil amach arís an
oíche sin.

Sin a raibh de chuimhní agat ar na círéibeacha sular seoladh
na saighdiúirí isteach. An Bheairic faoi léigear. Briseadh na
mBonn. Na Specials. Dhá bhliain fhada ó shin. Na mílte fada
siar an bóthar. A oiread sin feicthe agaibh is a oiread sin
máirseála curtha díobh ó shin i leith.

Is iontach leat an dóigh gur féidir a bheith páirteach i léirsiú, i
slógadh, gan géilleadh go hiomlán dó. Tig le d'aigne a bheith i
bhfad i gcéin, ag brionglóidí ar rud éigin eile, fiú má tá do
cholainn ag géilleadh do riachtanais an léirsithe. Stadann tú
nuair a stopann do chomhléirsitheoirí. Thíos chun tosaigh uaibh,
feiceann tú an leoraí ag tiontú isteach sa Lone Moor Road. Ag
féachaint taobh thiar díot, ritheann sé leat go bhfuil lear maith
daoine i ndiaidh sleamhnú isteach sa slógadh, nó b'fhéidir go
bhfuil sibhse ag teacht suas leis an dream tosaigh de réir a chéile.
Gan an chuid seo de Southway a bheith chomh sceirdiúil leis an
réimse uachtarach ag mullach an Chreagáin. A cúig i ndiaidh a
trí an t-am anois. Ag gabháil ó sholas roimh i bhfad a bheidh sé.

"An bhfuil tuirse ort?" An t-athair.

"Rud beag."

"Déanfaimid ár scíste anocht faoina rachaimid abhaile. Beidh
do shá coisíochta déanta agat," ar seisean. "Tá slua breá anseo.
Scaifte mór ó Bhéal Feirste."

"Tá."

"Beidh aistear fada rompu anocht. Is iad ar a n-airdeall ar
eagla go ndéanfaí luíochán orthu. Dála Burntollet."

Blúire beag eile de bhéaloideas Náisiúnaithe na cathrach. Mar
a ndearna Clann Bhullaí, agus péas is B-men orthu, ionsaí ar na
máirseálaithe. Bhí do dheartháir Liam ann, ar ndóigh. Leag bríce
é. Sé ghreim sa chloigeann is éiric trí scór punt a shaothraigh sé
dá dheasca. Is olc an ghaoth nach séideann do dhuine éigin...
    Ag bun Southway casann sibh isteach sa Lone Moor Road.
An Brandywell, páirc imeartha Derry City os bhur gcomhair ar
an taobh deas. Gan aon chluiche ann inné. Ag imirt i gcoinne
Glenavon sa Lorgain a bhí City. Chaill siad. Na Wasters.
    Ag siúl le mála taobh le ballaí íochtaracha na reilige atá sibh
anois. Corrdhuine ag gabháil isteach ann. Ar bhur dtaobh deas,
tá roinnt leaideanna óga ag imirt sacair i bPáirc an Choláiste.
Roinnt cluichí imeartha agat féin ann le dhá bhliain anuas. Peil
Ghaelach, ar ndóigh, ós rud é nach gceadaítear an sacar sa
Choláiste go hoifigiúil, ar a shon gur chuala tú caint go gcuirfear
tús le sraith sacair ar ball. Traidisiún fada peile Gaelaí sa scoil.
Nár bhain siad Corn Mhic Ruairí am éigin sna seascaidí.
Chuaigh an teaghlach seo agaibhse suas go dtí an cluiche i
gCabhán—nó Cluain Eois, b'fhéidir. Gan a sé nó a seacht de
bhlianta slán agat ag an am, cibé bliain a bhí ann. Aithne ag
Gerald is ag Liam seo agatsa ar roinnt mhaith den fhoireann.
    Is annamh a úsáideann an Coláiste an Pháirc seo anois.
Táthar ag tógáil scoile nua thíos ar Bhóthar Bhun Cranncha ar an
bhealach amach i dtreo na Teorann. Cheana féin na páirceanna
peile nua in úsáid ar an láthair sin. Is ansin a d'imir sibh gach
Satharn sa chéad téarma i mbliana, bíodh nach raibh seomraí
feistis cearta agaibh. I scioból mór a d'fhág sibh bhur mbalcaisí.
Maítear go mbeidh an Coláiste nua iontach mór is galánta. Breá
an t-athrú ón tseanáit fhuar é sin is beidh bialann ann... so, is
dócha nach mbeidh ort brostú abhaile am lóin nó a bheith i dtaobh
leis an chipper logánta achan Aoine.
    Cén tslí a rachaidh sibh anois, in ainm Dé? Trasna Ardán
Elmwood nó síos Stanley's Walk. I bhfad Éireann níos foirsteanaí
duit dá leanfadh sibh ar aghaidh go díreach. Ach go leor taithí
agat ar an ealaín seo le bheith cinnte go dtoghfar an cúrsa is

caismirní. Cúrsa fada ciorclach chun achan deis a thabhairt do na
leisceoirí nár fhreagair don ghairm slógaidh fós. Is ea, ag dul síos
Stanley's Walk atá an dream tosaigh agus an diabhal leoraí sin.
Stopann sibh. Briste atá an rithim. Fanann sibh go réitíonn
na stíobhaird cibé fadhb atá ann. An scaifte taobh thiar díobh ag
éirí neamhshocair corrthónach. Come on, brostaígí, ar aghaidh
libh ... Sea, ag bogadh atáimid athuair. An dream go díreach chun
cinn oraibh ar a ndícheall le beogacht a ghríosú. Gasra Béal
Feirsteach iad, a bharúlfá. An blas giorraisc díoscánach sin.
Rabhchán dá ndéantús dearscnaitheach féin á rá go glórach acu.
É bunaithe go han-scaoilte ar "Ten green bottles."

> *Ten Green Howards walking up the Falls*
> *Ten Green Howards walking up the Falls*
> *And if one Green Howard should accidently get shot*
> *There'd be nine Green Howards walking up the Falls ...*
> *Nine Green Howards ...*
> *Eight Green Howards ...*

Gáire taitneamhach ó chuid de mhuintir Dhoire. Roinnt acu
ag canadh fosta. Ansin cromann siad ar a leagan fann féin de
phopamhrán:

> *Last night I saw my daddy planting a bomb*
> *o-ee-cherpa-cherpa, cheep-cheep*
> *Woke up this morning and the Barracks was gone,*
> *o-ee-cherpa-cherpa, cheep-cheep, cherpa-cherpa, cheep-*
> *   cheep, cherp.*

Caithfidh muintir Dhoire taispeáint do na Béal Feirstigh
shotalacha go bhfuil seasamh an fhóid iontu féin, go háirithe is
sibhse ar bhur bhfód dúchais. Ach tost míshuaimhneach ó chuid
de mhuintir Dhoire. Is follas deighilt polaitíochta a bheith ann fiú
más ceangailte le chéile ag an naimhdeas don imtheorannú atá an
pobal Náisiúnaíoch uile.

Den chéad uair, lucht an dá chathair ag cabaireacht le chéile.
Na canúintí éagsúla, míreanna as comhráite á meascadh le chéile i
d'aigne. Na dúchasaigh ag cur síos ar chúrsa an léirsithe. Ar na
radhairc mhóra ... Celtic Park ar leis an GAA í ... "Nach náireach

an bhail atá uirthi ... Ba chóir daoibh Casement Park a fheiceáil."
The Gasyard taobh thiar den pháirc imeartha ar Stanley's Walk ...
Na cuairteoirí i mbun caibidle ar a dturas ... ar imeachtaí na
bpéas, na nAlbanach is na saighdiúirí ar a slí go Doire ... ar an
aistear abhaile anocht ...
"Cárb as daoibh?"
"Andersonstown ... New Barnsley ... The Glen Road ... The
New Lodge ... Moyard."
"Is ea, Moyard, trasna an Springfield Road ó Ballymurphy ...
'Sticky Corner,' tá a fhios agat. Is leor 'Sticky Corner' a scríobh ar
na litreacha agus déantar iad a sheachadadh i gceart ..."
"Moyard ... is ea, mar ar maraíodh Father Murphy an oíche a
tugadh an t-imtheorannú isteach ..."
"Níl sé ródhona. A fhad is a bhíonn tú i measc do mhuintire
féin ..."
"Moyard ... tá na hAlbanaigh thuas os ár gcionn ... i
Springmartin ..."
"I measc do mhuintire féin ... níl sé ródhona ..."
"Bhí siad ag scaoileadh urchar anuas orainn ..."
"Bhuail an peitrealbhuama an pig ... rith duine de na bastaird
amach ..."
"Bí curamach ... sin an chomhairle is fearr i mBéal Feirste ...
má bhíonn ort gabháil amach de shiúl oíche ... bí cúramach..."
"Ag cuidiú le créatúr bocht eile a bhí sé ..."
"A éide trí thine ... an bastard dubh ..."
"Na saighdiúirí gorma ... sin an dream is measa ... Iadsan is
na focóirí ón Albain ..."
"Níl sé ródhona ..."
"Tháinig an gluaisteán aníos taobh thiar de ..."
"Sínte ar an talamh a bhí sé, agus é ag béicíl ..."
"Nár thugamar uile ar scoil na pinginí ar son na mblack-
babies ..."
"Buaileadh sa cholpa é ..."
"Bhí sé marbh ..."
"D'iompraíomar aníos é ..."

"Agus é ag screadaíl in ard a sciúiche..."

"Ag teacht anseo ansin ár ndúnmharú atá na focóirí ite bananaí...."

"Go dtí an teach seo againne....Rómhall a bhíomar..."

"Marbh a bhí an créatúr..."

"I Moyard, is ea..."

"Ar an Springfield Road, tá a fhios agat..."

"Marbh a bhí an bastard dubh..."

Óg atá bunáite na gcuairteoirí. Fonn cadrála, fonn malartaithe scéalta orthu. Iad in ann ionannú le muintir Dhoire, de réir dealraimh, ar a shon gur i gcathair anaithnid atá siad. Ar a suaimhneas, slán sábháilte atá siad. Nach i measc a gcomhagóideoirí, a gcomh-Náisiúnaithe, a gcomh-Éireannach atá siad?

Fiche bomaite i ndiaidh a trí an t-am anois. Na póstaeir is na meirgí ag foluain faoi leoithne ghaoithe. Corrcheann go deas geal. Dath liath, dath dubh ar an chuid is mó acu. "Release All Internees"..."End Special Powers Act." Is doiligh a rá cá mhéad duine atá anseo inniu. Beidh oraibh éisteacht leis an nuacht níos déanaí, agus figiúirí an BBC a dhúbailt, figiúirí UTV a mhéadú faoi thrí is cúpla míle a chur le meastachán leiciméirí Bhaile Átha Cliath chun uimhir réasúnta cruinn a fháil.

Leath bealaigh anuas Stanley's Walk atá sibh anois. An lorraí le feiceáil céad go leith slat chun tosaigh. Taobh thiar díot, tá na sluaite ag casadh isteach sa bhóthar seo go fóill. Iad beag beann ar orduithe na Stíobhard. Díormaí Bhéal Feirste ró-uaibhreach róthiarnúil le géilleadh d'údarás na cathrach bige. Gasraí Dhoire rótheanntásach leis na maoir—"Sure, níl ann ach mac le Páidí Beag Ó Dochartaigh"—chun glacadh leo mar shaoistí uilechumhachtacha. Go mall foirmniseach, dála comhairí, a ghluaiseann sibh ar aghaidh ag déanamh ar bhur gceann scríbe, The Guildhall, i gcroílár na cathrach.

Caibidil 4

Faoiseamh amháin a mhothaigh tú ar fheiceáil shoilse fanna na cathrach ar an bhruach thiar den abhainn duit. A trí nó a ceathair de mhílte, deich mbomaite mura raibh na péas ar an seandroichead—agus níos lú ná sin fós dá dteilgfeadh mac dílis éigin de chuid Uladh bollán tríd an fhuinneog—agus ar ais sa bhaile a bheifeá. Bhuel, i do bhaile dúchais.

Ní raibh ach dornán daoine fágtha ar an bhus. Mic léinn ollscoile a mbunáite, de réir dealraimh. Nárbh iomaí uair a thaistil tú ar an bhus seo blianta na bunchéime. Col agat leis an diabhal aistear seo, leis an diabhal bóthar seo. Má d'fhág siadsan, is corrscealp gloine ó chith cloch Chlann Bhullaí nár thaitin mana Bhus Éireann, agus CIÉ roimhe sin leo, a marc ort, nach tú a bhain cúiteamh claonta cam de shaghas éigin astu trína raibh i do bholg a chaitheamh aníos cúpla babhta. Aisteach go leor—bíodh nár thuig tú an chúis, ba léir bonn síceolaíoch a bheith léi—níor tharla a leithéid riamh agus tú ag teacht aneas. Bhí ábhar breá staidéir ann le haghaidh sícanailísithe nó síceolaithe a bheadh in ann fréamhacha an fheiniméin a lorg sa bhraistint ciontachta a bhain le tréigean an fhóid dúchais, b'fhéidir. An leigheas seo agatsa—ní ar an chiontacht a bhí ann i gcónaí, de réir breithiúnas Melissa, do shícanailísí príobháideach féin—cúpla piolla a shlogadh chun an bolg a shuaimhniú agus staonadh den bhia is den léitheoireacht.

Má cheap tú tráth dá raibh gur ag caitheamh leathchuid de do shaol ar an bhus damanta seo a bhí tú, b'annamh tú air le seal maith de bhlianta anuas. Sa charr a thiocfá go hiondúil. Ba mhór an trua gur ag Melissa a bhí sé an deireadh seachtaine seo.

Geall a bheith thart a bheadh an seó anois. Seans go gcuirfeadh sí glao gutháin ort níos déanaí. Faoi dhíthneas a bhailigh sí léi ar maidin tar éis do Gary scairt theileafóin a chur uirthi. D'fhógair sé go raibh taom céislíntis i ndiaidh Daphne a leagan is d'fhiafraigh de Melissa an ndeifreodh sí anuas go Cill Chainnigh don dá léiriú dheireanacha ós rud é gur ghlac sí an pháirt cheannann chéanna roinnt blianta ó shin. Beag fonn a bhí uirthi géilleadh don achainí—nó don ordú—a mhaígh Melissa, mar a phacáil sí a mála. Go háirithe ó roghnaigh Gary Daphne don pháirt an iarraidh seo ina hionad. "Ach tá a fhios agat cad a tharlóidh feasta má dhiúltaím dó anois ar uair na práinne..." a dheabhaigh sí. Ba í sin cinniúint an bhanaisteora uaillmhianaigh athuair.

Ualach trom a bheadh uirthi anocht, ar a shon gur iompair sí cheana é. Í ar an ardán aisti féin do ghníomh iomlán. Agus cuimhneamh ar théacs na monalóige lena chois sin. "Is ionann é agus an rothaíocht," ar sise. "Ní chaillfidh tú an bua sin go deo. Fad is a ráiníonn leat an chéad abairt a chur díot, sleamhnóidh an chuid eile amach ina sruth cainte. Rud iontach míorúilteach is ea an chuimhne, go speisialta má bhíonn a fhios agat gur ag stánadh ort ón taobh eile de na soilse dallraitheacha atá slua, is corrghligín orthu atá ag dúil leis an stadaireacht."

Íorónta go leor a bhí sé gur sa pháirt chéanna a bhí Melissa nuair a cuireadh sibh in aithne dá chéile an chéad lá riamh. Kieran Phillips ón oifig a thathanaigh ort dul ina chuideachta chun amharc ar an dráma. "Nach ón taobh tíre seo agatsa do mo dhuine Friel?" ar sé. Is ea, bíodh is go raibh leisce ort a admháil nach bhfaca tú aon dráma dá chuid riamh.

Faith Healer a bhí ann. I bpáirt Grace a bhí Melissa McMullan "a bhí i ndiaidh a dintiúirí a shaothrú mar gheall ar fheabhas a cuid aisteoireachta i léirithe i Londain, i nDún

Éideann agus i mBaile Átha Cliath," a thug an clár oifigiúil le fios. Róghar don stáitse a bhí tú féin is Kieran sa dóigh gur ríléir an smideadh ar cheannaithe na n-aisteoirí. Gan aon ghá leis an cheathrú mír, dar leat, nó b'fhéidir gur róthraochta a bhí tú i ndiaidh gheastal na seachtaine le d'aird a dhíriú i gceart ar an mhonalóg. Ar aon nós, breá sásta a bhí tú faoin am ar tháinig deireadh leis an seó. Pionta mear nó dhó is abhaile go dtí do leaba leat ansin, dar leat.

(Dála an scéil, caithfidh tú éirí as a bheith ag úsáid an fhocail sin "seó." An dearg-ghráin ag Melissa air. Shamhlaigh sí le *quiz*seónna is le *game*seónna taibhseacha tógálacha inchinn-mharfacha teilifíse agus ní le gairm uasal ársa na hamharclainne é. Bhí tráth ann cúpla bliain ó shin nuair a bhagair sí "seó-bhosca" ort. Gach uair dár pheacaigh tú tríd an fhocal mallaithe a úsáid, bheadh ort caoga pingin a chur isteach faoina coinne mar phíonós. Leigheas sin an peacach ag an am.)

Ar an drochuair—ba bharrúil greannmhar libh beirt é anois—níor bhain tú do leaba féin amach go luath an oíche sin. Bhí ó Kieran fanacht le labhairt le Grace/Melissa ó ba chara scoile le deirfiúr leis í. Go drogallach a d'fhan tú leis ar imeacht sa tóir uirthi do Kieran. Ar ball is tú ar hob caolú leat ó phríomhdhoras na hamharclainne, shiúil an bheirt acu amach is rinne sibh triúr ar an teach tábhairne. Imní ort i dtús báire gur ag briseadh isteach ar chúirtéireacht Kieran a bhí tú. Tharla go raibh, a d'fhoghlaim tú ó dhá fhoinse iontaofa ní ba dhéanaí. De réir dealraimh, bhí súil ag Kieran go mbeifeá pioctha leat abhaile. Beag cuireadh a fuair tú uaidh ina dhiaidh sin. Ba chuma. Gan iad de dhíobháil ort feasta. Cibé ar bith, nár shábháil tú é le haghaidh Geri!

Cuaille mór ar an taobh deas den bhóthar ag fógairt gur ar imeall na cathrach sibh anois. Cé gur dorcha a bhí sé amuigh, thiocfadh leat rian na bhfocal a aithint:

Londonderry. Historic City. Dúil sa ghreann dubh ag an té a chum sin. Is maidir le hainm na cathrach, an raibh an leagan sin aon phioc ní ba ghránna ná Derry nó Doire nó Doire Cholm Cille fiú amháin? Doire Chalgaigh, an ceann ba shine is dócha, ab fhearr leat féin, cibé saghas beithígh a bhí sa Chalgach siúd.

Cúpla bomaite eile is bheadh libh. Deich i ndiaidh a deich. Gan sin a bheith ródhóna. An t-ádh dearg oraibh gur gairid an mhoill a cuireadh ar an bhus ag bunáit Arm na Breataine cois Teorann ag Achadh na Cloiche, murab ionann is na drochlaethanta sna seachtóidí is ag tús na n-ochtóidí. Ar ndóigh, dá mbeifeá ag tiomáint, sa bhaile a bheifeá uair an chloig ó shin. Ach gan neart ag ceachtar agaibh ar ar tharla. Dá mba ghnáthdheireadh seachtaine é, gheofá an chuairt ó thuaidh a chur ar ceal, ainneoin gurbh fhearr leat gan díomá a bheith ar do mháthair, tar éis duit a dhearbhú go dtiocfá, agus gan mallacht na ndeirfiúracha a tharraingt sa mhullach ort féin. Gan aon éalú ón cheann seo agat, áfach. Ar a shon gur ortsa a bhí an milleán.

I bhfad Éireann ní ba chompordaí is ní ba shuaimhní a bheifeá dá mbeadh Melissa i do chuideachta. Is ea, níor mhór duit a bheith san airdeall ar eagla go n-éireodh idir an bheirt bhan ach, ar a laghad, bheadh tacaíocht fhisiciúil is mhorálta agat ag an dinnéar sin amárach. Súil le Dia agat go mbeadh Mac Giolla is Sandra ann. B'fhiú glaoch airsean roimh ré is dá mbeidís ag dul ann thabharfaidís síob duit.

Dheamhan tásc nó tuairisc ar na péas ar an droichead. Ar an leibhéal íochtarach a thrasnaigh sibh an Feabhal, chas isteach ar Shráid an Fheabhail is lean ar aghaidh go díreach go stáisiún na mbusanna. Chóirigh tú do mhála gualainne. Murach an cás taistil, shiúlfá abhaile. Anois, mura raibh bus Bhóthar an Ghleanna anseo, gheofá tacsaí dubh a fháil.

An stáisiún seo ceangailte i d'aigne le d'athair i dtólamh. De nós aige blianta na hollscoile siúl i do chuideachta chun slán a fhágáil agat agus tú ag imeacht ó dheas. Ná a bheith romhat i d'airicis dá mbeadh a fhios aige roimh ré gur ag teacht abhaile a bhí tú. An stáisiún seo an áit dheireanach, an uair dheiridh, dá bhfaca tú beo é. Tusa amháin a thaistil go Doire an deireadh seachtaine sin. Ar an bhus a bhí tú, cibé rud a bhí ar siúl ag Melissa is ag an ghluaisteán. *No*, sa gharáiste a bhí an seanghliogramán. Gnáthchuairt a bhí ann ar gach bealach eile. Tú ag cabaireacht le do thuismitheoirí. Ar chúrsaí oibre, ar an teach, ar an charr … ar Melissa. Cabaireacht an focal ceart air seo. Ní comhrá, nó malartú idéanna a bhí ann. An dearcadh seo agatsa le fada an lá gur beag fonn a bhí ar do thuistí cur síos lom fírinneach a fháil ar do shaol, ar bhur saol, ar fhadhbanna an tsaoil—is an phósta ach go háirithe. B'fhearr leo, is dóibh, an leagan ciorraithe idéalaíoch.

Ceathach céasta a bhí an aimsir, ag fíorú an tseanchiúta sin faoi Mhí Aibreáin. Ina dhiaidh sin is uile, go mear a shleamhnaigh an deireadh seachtaine thart. An bricfeasta go déanach ar an Satharn, an sciuird reatha ar shiopa leabhar thíos faoin bhaile mór, an dinnéar, an tráthnóna ciúin os comhair an teilifíseáin. An tAifreann; dinnéar mór an Domhnaigh; an sacar ar an teilifís nó iniúchadh na nuachtán.

Go luath tar éis dinnéir an Domhnaigh, ghlan an spéir. Thart ar cheathrú chun a cúig a thosaigh tú ag ullmhú le haghaidh an turais aduaidh go Baile Átha Cliath. Sular fhág tú an teach, sháigh do mháthair dhá úll is píosa taifí isteach i do mhála—"ar eagla go dtiocfadh féar gortach fan na slí ort"—is chroith braoinín uisce choiscricthe ort. Phóg tú í ar chlár a héadain is bhuail tú féin is d'athair an bóthar i dtreo stáisiún na mbusanna.

An ghnáthealaín uaibhse i gcaitheamh na siúlóide sin. "Tabhair dom do mhála, a mhic." "Tá sé *alright*, a dhaid. Níl sé trom." "Seo duit cúpla scilling chun bolgam tae a cheannach i mBaile Mhuineacháin." Agus greim uillinne ort, é do do stiúradh trasna crosbhóthair chiúin. An chaint éadrom eadraibh, go hiondúil. Seans gur ag ríomh scéal scéil a chuala sé faoi dhuine de do lucht aitheantais a bhí sé. An tráthnóna sin, ag cur síos a bhí sé ar eachtra a tharla cúpla seachtain roimhe sin nuair a bhuail an guthán thart ar a dó a chlog ar maidin. Bothánaí—is dochtúir measúil de chuid na cathrach—a raibh braon maith ar bord aige a bhí ann, a dhiailigh an uimhir chontráilte agus é ar lorg tacsaí.

"A Mhicí, seo John Hynes. An dtiocfaidh tú anuas chun mé a thabhairt abhaile?" a d'impigh ridire an drabhláis.

"Is ea, fan mar a bhfuil tú agus beidh mé leat i gcionn bomaite," a d'fhreagair d'athair.

Rinne d'athair smiota gáire anois agus é ag maíomh gur dócha gur ag fanacht lena shíob go fóill a bhí an rianaí mí-ámharach.

Is cuimhin leat—ach an cuimhin, déanta na fírinne, nó an cleas de chuid na samhlaíochta é?—is cuimhin leat tú féin á rá leat féin gurbh é a acmhainn grinn a shábháil d'athair ón cheartaiseacht mhúchtach is a mhaolaigh a cheartchreideamh i dtaobh an tsaoil, na cumhachta is na mboc measúil.

Phóg tú é ar an ghrua sular shuigh tú isteach sa luasbhus. Ag imeacht duit, chonaic tú é ina sheasamh ag breathnú oraibh ag tarraingt ar na céanna is ar an droichead. Cailleadh d'athair deich lá ina dhiaidh sin. Stróc faoi deara é, a tuairiscíodh.

Tar éis duit tuirlingt den luasbhus, bhailigh tú an cás taistil ón chúl. Súil agat nach in aimhréidh a bhí an chulaith mhoncaí. Shiúil tú amach as clós an stáisiúin. Diabhal bus logánta a bhí in amharc nó in éisteacht is, dá réir, rinne tú ar stad na dtacsaithe dubha. Bhí dhá fheithicil páirceáilte ansin. Ina seasamh ag comhrá le chéile ar an chosán a bhí na tiománaithe. Stad tú.

"Cá bhfuil do thriall?" a d'fhiafraigh duine acu díot.

"Go bun Bhóthar an Ghleanna, trasna ó bhácús Milanda."

"Léim isteach. Fanfaidh mé cúpla bomaite eile feiceáil an bhfuil éinne eile ag teacht."

Shuigh tú isteach sa suíochán cúil is chrom ar airgead na Banríona a thóraíocht i do phócaí. Gan a fhios agat cá mhéad a bhí ar an táille. Thart ar dhaichead pingin, bhí tú ag déanamh. Ní minic riamh a d'úsáid tú an tseirbhís seo. Ar mhúnla an chórais in iarthar Bhéal Feirste a bunaíodh an ceann seo i nDoire. Chun daoine a iompar i limistéir mar ar tarraingíodh siar na gnáthbhusanna ar chúis amháin nó ar chúis eile, níorbh fholáir. Chun taispeáint do na hÚdaráis nach i dtaobh leo is lena seirbhís státmhaoinithe a bhí an pobal Náisiúnaíoch, cinnte. Is chun fostaíocht a sholáthar d'iarchimí polaitiúla. Cúiseamh coitianta i measc Aontachtaithe agus polaiteoirí is na meán cumarsáide i mBaile Átha Cliath, dá réir, gur chuig cistí teanna na n-eagraíochtaí paraimíleata a chuaigh sciar áirithe de theacht isteach na dtacsaithe. Cheadaigh an cúiseamh sin do na péas na tacsaithe dubha a stopadh, a mhoilliú is a chíorláil is na paisinéirí a cheistiú go mion minic. Ba dhéine is ba ghéire an scrúdú a rinne an RUC ar shoilse is ar bhoinn na bhfeithiclí seo ná ar chuid na ngnáth-thacsaithe agus cuireadh an dlí ar na húinéirí dá mbeadh duine sa bhreis ar iompar acu ná mar a ceadaíodh, san áit nár tugadh ach rabhadh don dream eile. Ba léir go raibh sé d'aidhm ag na péas muintir na cathrach a mhealladh gan an tseirbhís seo a úsáid ar ais nó ar éigean trí cheo an amhrais mhídhleathaigh a leathadh uirthi.

I do chás féin ba dhócha gur éirigh leis an dúnghaois sin, toisc gurbh fhearr is gur chompordaí leat gan na tacsaithe seo a thaobhú. Ina theannta sin, spalpas is fearg a chuir Melissa ort an lá sin cúpla bliain ó shin nuair a thug sí scalladh teanga do thiománaí. Ag bóithreoireacht thíos faoin bhaile mór a bhí sibh maidin cheobhránach Shathairn nuair a thosaigh an léidearnach chlagair. Ag bun Shráid Mhór Shéamais ar chiumhas cheantar na siopaí ar bhur mbealach abhaile a bhí sibh, is shín tú amach do lámh ar fheiceáil tacsaí dubh duit. Stop an tiománaí ainneoin go raibh cúpla duine san fheithicil cheana. Rug tú greim sciatháin ar Melissa, bhrúigh isteach sa suíochán tosaigh í is léim isteach sna suíocháin chúil. Chuala tú an tiománaí agus Melissa ag caint le chéile go lách ach d'éirigh sise ciúin roimh i bhfad gur bhain sibh bun Bhóthar an Ghleanna amach. Ansin shín sí punt chuig an tiománaí, ghlac leis an bhriseadh is d'fhógair go fuarchúiseach:

"Ní bhfaighidh tú aon séisín uaimse. Ní bheidh sé ar mo choinsias gur mhaoinigh mé dúnmharú páistí is shaoránaigh eile an oileáin seo."

Ba go búidíneach a ghabh tú fiche leithscéal leis an tiománaí.

"Abair léi nach nglacaim le séisíní," an t-aon fhreagra uaidh.

Fuair tú amach ní ba dhéanaí go bhfuair Melissa radharc ar chóip de *An Phoblacht* ag gobadh amach as a phóca. Is beag focal a labhair tusa agus do bhean le chéile ar feadh roinnt laethanta ina dhiaidh sin.

D'amharc tú ar d'uaireadóir. Bhí tú anseo le thart ar chúig bhomaite. Faoi leathuair i ndiaidh a deich, bheadh imní ag teacht ar do mháthair mura mbeifeá sa bhaile. De réir cosúlachta, ní raibh aon dithneas ar do thiománaí. Dá dtiocfadh bus Bhóthar an Ghleanna anois, b'fhearr duit imeacht leis sin.

"Bhuel, ní dócha go mbeidh éinne eile linn," arsa an tiománaí, ar oscailt an dorais dó.

D'aithin tú é ar an toirt, sular múchadh an solas beag inmheánach os cionn a shuíocháin. Ar a shon nach raibh sé feicthe agat le deich mbliana ar a laghad. Ní hé nach raibh athrú ar bith air. Na ribí liatha gruaige is na spéaclaí na comhartha sóirt ab fheiceálaí den imeacht ama. Ach ba é Jackie Mac Suibhne é ina dhiaidh sin is uile. Is ea, trí bliana déag a bhí ann ó casadh ort é. Óganach naoi mbliana déag ba ea é nuair a gabhadh é. Gearradh téarma príosúnachta scór bliain air as iarracht a dhéanamh péas a mharú. Deich mbliana caite istigh sa Cheis Fhada aige, de réir an chórais ó thuaidh. A óige diomailte.

An chéad smaoineamh a bhí agatsa gan leid a thabhairt dó gur aithin tú é. Sách dorcha a bhí sé lasmuigh, in ainneoin na lóchrann sráide is shoilse siopa, gur dócha nach bhfuair sé radharc ceart ort ar ball. Ar Bhóthar Northland a bhí sibh anois ar scor ar bith. Níorbh fhada uaibh an stad seo agatsa.

"Go bun Bhóthar an Ghleanna atá tú ag dul?"

"Is ea. Lig amach mé taobh leis an bhácús, le do thoil."

"An abhaile don deireadh seachtaine atá tú?"

"Is ea, aneas ar an bhus ó Bhaile Átha Cliath a tháinig mé."

Ní deimhin de a bhí tú gur aithin sé thú. B'fhéidir nach raibh ann ach tiománaí fiosrach a bhí ag iarraidh bleaist fhánach cainte a dhéanamh le strainséir ar léir óna bhlas gur dheoraí óna chathair dhúchais é.

"Bhuel, tuairiscítear gur smúitiúil a bheidh an aimsir don deireadh seachtaine."

"Sin mar a bhí sí sa Saorstát fosta. Ag dúil le spéartha gorma Uladh a bhí mé abhus, ambaiste!"

Rinne sé gáire ach ní dúirt a thuilleadh gur shroich sibh an ladhar ag Bóthar an Ghleanna is gur stop an tacsaí. Thuirling tú den fheithicil is d'fhiafraigh den tiománaí cá mhéad a bhí aige ort. Rinne sé draothadh gáire leat.

"Saor in aisce atá sé. Bain ceol as an deireadh seachtaine, 'Pháidí. Abair le do mháthair gur ag cur a tuairisce atá mé. Slán go fóill."

Is ar éigean a fuair tú áiméar ar bhuíochas a ghabháil leis nuair a thiomáin sé leis amach Bóthar Northland. Sheas tú ar an chosán ar feadh meandair sular chrom tú ar shiúl i dtreo theach do mháthar. Ní fheadar cad a bheadh le rá ag Melissa faoin bhabhta úr ciontachta seo.

* * * *

Gnáth-thacsaí a thóg go dtí an teach ósta thú. Smaoinigh tú ar dhul ar an bhus ach an leisce a bhí ort ócáid fónóide faoin chulaith a thabhairt do chílithe Dhoire Thrasna a thug ort d'aigne a athrú.

Crochta os cionn an phríomhdhorais a bhí meirge: "Fáilte Roimh Ranganna '31, '46, '61 agus '76." Ar dhul isteach san fhorhalla duit, popcheol ó dhioscó an tSathairn ba thúisce a chuala tú. I gcúinne den fhorhalla trasna ón dioscó ag doras sheomra fáiltithe bhí bord ag ar shuigh beirt fhear mheánaosta faoina bhfeisteas foirmiúil agus sagart cuibheasach óg. Thrasnaigh tú chucu, thaispeáin do thicéad is fuair ina ionad lipéad ainm.

Chuir an triúr fear iad féin in aithne duit. Uachtarán Chumann na nIarmhac Léinn ba ea duine acu—cuntasóir é fosta, a raibh a ghrianghraf le feiceáil sa *Journal* cúpla uair sa mhí ar a laghad. Dlíodóir ba ea an dara fear, is ball d'Údáras Chomhairle na bPéas dá mba bhuan do chomhairle. Ag teagasc staire is Gaeilge sa Choláiste a bhí sé féin, a d'fhógair an sagart.

"Is mór an trua nach raibh do bhean chéile in ann teacht leat. Is mise rúnaí an Chumainn, is dúirt an rúnaí oifige gur ghlaoigh tú inné le rá nach mbeadh sí linn anocht," arsa an sagart.

"Is ea, bhí aiféala an domhain uirthi go raibh uirthi tarraingt siar," arsa tú agus súil agat nach n-aithneofaí aon imir den bhréagadóireacht i do ghlór. "An ag dréim le slua mór atá sibh anocht?"

"Corradh le céad go leith duine, idir iarmhic léinn is a n-aíonna, a bheidh anseo. Tá an dá Easpag agus an Méara anseo cheana," a d'fhreagair an dlíodóir. "Tinreamh maith atá againn, go háirithe ó iarscoláirí '46 agus '61. Is iontach an dílseacht don scoil atá acusan, go háirithe ag na hiarscoláirí cónaithe. Ar ndóigh, ní rabhamar ag dréim le slua ollmhór ó 1931. Ach caithfidh mé a rá gur údar díomá é chomh híseal is atá an tinreamh ó do bhliain féin, Patrick.

Cuid mhaith acu a bheith ag obair thar sáile faoi deara sin, ní foláir. Lena chois sin, is le linn do théarma sa Choláiste a cuireadh clabhsúr ar chóras na scoláirí cónaithe. Mar sin, tá fáilte ar leith romhat, Patrick, mar ionadaí de chuid Rang '76."

"Agus fearaimid fáilte ar leith romhat freisin, Patrick, mar nach é seo an chéad uair duit freastal ar cheann de na hócáidí seo le haghaidh ár n-iarscoláirí?"

"Bhuel, níor ráinig liom teacht chuig na cinn eile...ach nuair a mhothaigh mé faoin cheann seo, rith sé liom gur cheart an deis a thapú le bualadh le seanchairde is seanchairdeas a athnuachan. Is trua mar sin nach mbeidh níos mó daoine ón bhliain seo agamsa anseo...."

"Ná bíodh imní ort," a mhaígh an sagart. "Gheobhaidh tú cúpla duine ón bhliain seo agatsa istigh anois. Beidh dalladh ama agaibh chun dreas cainte a dhéanamh ar na seanlaethanta."

Ar fheiceáil ceathrar meánaosta taobh thiar díot, d'fhág tú slán ag an triúr fear is rinne ar dhoras an tseomra fáiltithe. Caithfidh gur mhothaigh an sagart gur imníoch faoina raibh i ndán duit a bhí tú. Nuair a léigh tú sa *Journal* roinnt míonna ó shin go mbeadh Oíche mhór Athchaidrimh le haghaidh lucht na bliana seo agatsa ar siúl, is ar éigean a léirigh tú aon suim ann i dtosach, sa tslí chéanna nár spéisiúil leat riamh Dinnéar Bliantúil na nIarscoláirí nó imeachtaí Chumann na nIarmhac Léinn i gcoitinne. Go réchúiseach neamh-mhairgiúil a luaigh tú ábhar an ailt le Melissa is dúirt gurbh fhéidir gur mhaith léi bualadh le cuid de do sheanpháirtithe scoile. Ní nach ionadh, ar chluinstin di gur i nDoire a bheadh an oíche mhór ar siúl, chuir sí geanc uirthi féin. An tseachtain ina dhiaidh sin a thagair tú don oíche athchaidrimh athuair. Láncheaptha ar ghabháil ann a bhí tú anois dá rachadh sí i do chuideachta. Cár fadfhulangach a chuir sí uirthi féin an iarraidh seo. Rachadh sí.

Cén fáth ar chinn tusa ar theacht anseo? Agus tú ag doras an tseomra fáiltithe, ní soiléir go hiomlán duit a bhí na ceannfháthanna. Admhálach—is ciontach ó d'éag d'athair—gur scartha amach ar fad ó do bhaile dúchais a bhí tú. Ó na daoine ann, óna raibh ar siúl ina saol. Diomaite de do thuismitheoirí, sular cailleadh d'athair, is de do dheirfiúr, dheamhan teagmháil a bhí agat leis an áit. Coimhthíoch, strainséir, a bhí ionat sa bhaile mór inar rugadh is inar tógadh thú. Dá siúlfá thíos faoin bhaile mór ar Bhóthar na Trá nó Plás Waterloo nó Sráid Shipquay nó Sráid Ferryquay nó Sráid Liam, d'fheicfeá corraghaidh inaitheanta—duine a bhí ar bunscoil nó ag an scoil ghramadaí i do theannta nó a chónaíodh sa cheantar inar fhás tú suas—corraghaidh inaitheanta mar aon lena bhean chéile is tachrán nó dhó nó pram. Sin b'fhéidir nó col ceathrair nár bheannaigh tú dó riamh nó leis na cianta cairbreacha. Tar éis chamchuairt na ngnáthshiopaí, ar ais ionsar an teach leat. An liosta is an liostacht chéanna gur tháinig am imeachta ar an Domhnach. Feicfidh mé thú i gcionn míosa nó mar sin, a Mhaim. Tabhair aire mhaith duit féin. Slán go fóill. Agus ar ais go Baile Átha Cliath leat.

So, bhí uait filleadh ar an fhód dúchais, aithne a chur athuair ar an mhuintir ar di thú is an nasc sin a réabadh ar imeacht ón chathair seo duit a athcheangal. Admhálach a bhí tú, ámh, gur lagaíodh an tsnaidhm sin i bhfad Éireann sular chaolaigh tú leat go Baile Átha Cliath sa bhliain 1976. Ag ullmhú le himeacht a bhí tú i gcaitheamh do thréimhse sa scoil ghramadaí. Ba é an t-imeacht—bíodh sé fada nó gairid—críoch loighciúil an chórais oideachais ar tháinig tú tríd. Agus breá sásta a bhí tú ag an am gur cheadaigh an córas sin duit bailiú leat.

An cheist ba phráinní a bhí le freagairt agat sa samhradh 1976 cá rachfá ar ollscoil. Ar Bhéal Feirste ba thúisce a luigh do shúile agus chomh dócha lena athrach a bhí sé gur chuig

Ollscoil na Ríona a bheadh do thriall murach Earrach na bliana sin.

Le bheith i do vaidhtéir ag pósadh Liam is Monica a bhí tú. Béal Feirsteach ba ea í agus bhí cónaí ar do dheartháir ann. Bheadh do thuismitheoirí ag tiomáint ó Dhoire go moch an mhaidin dár gcionn in am tráth don Aifreann ach cinneadh go seolfaí tusa agus Mary seo agatsa go Béal Feirste ar thraein an tráthnóna bhig roimhe sin ar eagla na moille maidin na bainise. Ar chúis nach cuimhin leat, chlis ar Liam teacht i bhur n-araicis ag an stáisiún agus ar chúis ait éigin eile—b'fhiú ceist a chur ar an óinseach sin Mary amach anseo—mhaígh sise gurbh éasca daoibh siúl go bun Ascaill Fitzroy ar Bhóthar Ormeau Íochtair mar a raibh árasán Liam.

Sách aineolach ar léarscáil pholaitiúil Bhéal Feirste a bhí tú gur thug sí cead a cinn di. Faoi ualach do bhagáiste, lean tú í. D'aithin tú cuid de na hainmneacha sráide ón nuacht, Sráid Cromac, Donegall Pass ... stop tú. Gan tú a bheith chomh hainbhiosach sin. Ba é seo ceann Mhíle an Mhurdair, an réimse bóthair ó Cheantar na Margaí go Droichead Ormeau mar ar bhuail limistéir Náisiúnaíoch is dúiche Albanach go fuilteach faoina cheile is mar ar feallmharaíodh roinnt mhaith Náisiúnaithe.

Dorcha in ainneoin chorrlóchrann sráide agus bánaithe diomaite de chorrcharr a bhí Bóthar Ormeau os bhur gcomhair.

"Nach cóir dúinn filleadh ar an stáisiún nó déanamh ar lár na cathrach chun bus a fháil?" a d'fhiafraigh tú de Mary go himníoch.

"Bí ciúin is bí ag siúl," a d'fhreagair sise go míchéadfach diardanach.

Go gasta fuaiscneach a ghluais tú ina diaidh agus súil fhaiteach shíoraí agat ar choirnéil na sráideanna beaga ar do thaobh deas. Ar bhur dtaobh clé ní raibh ach balla ard coimpléisc de chineál éigin. Dheamhan dídean a bheadh ar

an phíosa bóthair seo dá ndéanfadh dream Oráisteach
ionsaí oraibh ó Donegall Pass nó ó aon cheann de na
caolsráideanna taobh leis. Ghéaraigh tú ar do luas. Chuir
an éislinn seo fionnaitheacht ort agus mhothaigh tú
neamhshocair ar bhealach nár bhraith tú i nDoire, áit nár
fhabhraigh riamh—nó le do linn ar chor ar bith—traidisiún
an fhogha sheictigh, má fágadh as an áireamh an oíche áir
tar éis do bhuíon Albanach ionsaí gunnaí a dhéanamh ar
theach tábhairne Top of the Hill. Ach níor chomhtharlú é
gur thall i nDoire Trasna a tharla sé sin agus a leithéid. Tríd
is tríd, saor ó amais den saghas ar chuid rialta de phátrún
beatha Bhéal Féirste iad a bhí do bhaile dúchais. Is ar chúis
an-simplí fosta: lámh an uachtair ag an tromlach
Náisiúnaíoch i nDoire agus guaim chiúin cholgach ag an
Dream Buí orthu féin, dá réir.

Lasmuigh de cheannáras UTV a bhí sibh nuair a chuala
sibh pléascadh i dtús báire agus ansin scaoileadh urchar.
Dornán soicindí ina ndiaidh chonaic sibh carr ag teacht in
bhur dtreo de luas nimhe. Bhrúigh sibh dís isteach i dtreo
fhoirgneamh UTV mar a lasc an fheithicil thart libh. Le
díoscadh coscán a stop sé thíos uaibh sular iompaigh sé
isteach i gceann de na bóithríní cúnga i ndúiche Donegall
Pass. D'fhoghlaim tú ní ba dhéanaí go raibh beairic de
chuid na bpéas ar Donegall Pass, ar a shon nár airigh tú
riamh gur gabhadh éinne i ndiaidh an ionsaithe.

The Rose and Crown agus The Hatfield, dhá theach
tábhairne, ba ea targaidí na nDílseoirí, a fuair tú amach ní
ba dhéanaí an oíche sin. An iarraidh seo, níor maraíodh
aon duine, murab ionann is ócáidí eile. Go slán sábháilte,
más go ballchreathach, a shroich sibh lóistín Liam. Ach
bhain an eachtra bheag sin geit chomh mór sin asat gur
gheall tú nach gcuirfeá fút i mBéal Feirste cois cuain
choíche. B'fhearr duit an tsibhialtacht shéimh shíochánta ar
mhórthréithe Bhaile Átha Cliath iad, dar leat ag an am, ná
fíochmhaire fhiáin fhuilteach Bhéal Feirste.

Agus tú i do shaor cosligthe i gcompord Choláiste na Tríonóide, ábhar iontais duit ba ea é nár tháinig ach beirt ón bhliain seo agatsa aduaidh go dtí an ollscoil sin. Tú féin is Seán Mac Giolla. Ar bhealach, b'fhearr leat mar sin é. Tús nua a bheadh ann. Is nach tú a bhain sult as an tsaoirse. A bhuí le Rialtas na Breataine, bhí deontas agat ar feadh ceithre bliana a cheadaigh duit leathchuid den am a mheilt ag plé cúrsaí troma an tsaoil i dtithe caife *Bewleys* agus an chuid eile ag priosláil i dtábhairní lár na cathrach.

Ba dhoiligh duit ón tús meon Mhic Ghiolla a thuiscint. Ní dheachaigh seisean ar chúl sceiche lena chuspóirí saoil. Do dhála féin, níor shábháilte leis nó lena mhuintir Béal Feirste. Is institiúid den dara grád ba ea ollscoil Chúil Rathain. Ar aon intinn a bhí sibh dís faoi sin. Lena chois sin, ní raibh fúibh an ollscoil a robáil rialtas Stormont ó do chathair dhúchais a thaobhú. Go Baile Átha Cliath a bhí bhur dtriall, mar sin. Ach murab ionann is tú, ní raibh rún dá laghad ag Mac Giolla fanacht sa phríomhchathair. Mhoilleodh sé ann sách fada chun an bhunchéim a shaothrú, is d'fhulaingeodh sé bliain pheannaide i bPurgadóir Bhéal Feirste chun an teastas múinteoireachta a fháil. Ansin, de réir a ollscéime, gheobhadh sé post buan ar ais i nDoire Chalgaigh. Socair ina aigne ón chéad lá a bhí na spriocanna dobhogtha seo uile. Agus nárbh eisean a bhuail an tsúil sprice fosta mar pósta ar choslia de bhunadh Dhoire dárbh ainm di Sandra agus ag teagasc i gclochar ar imeall na cathrach a bhí Mac Giolla anois.

Más amhlaidh nár thuig tú é ag an am, is ar éigean a cheil tú do chuid tarcaisne, ar chur síos ar a phleananna do Mhac Giolla. Cad a bhí i ndán dó i nDoire ach an cúngach saoil, caolaigeantacht is spídiúlacht an bhaile bhig. Réidh leis sin a bhí tú, a d'áitigh tú.

Faoin bhliain dheireanach den bhunchéim, ag ullmhú is i bhfách le filleadh ó thuaidh a bhí Mac Giolla fós. Le scil a chuir alltacht ort—is le cruálacht fhaobhrach ar ábhar formaid duit é—bhris sé saor ó mhac léinn leighis a bhí an-tógtha go deo leis. Mar a d'fhéach seisean le snáithíní a shaoil i mBaile Átha Cliath a ghearradh, ag tathú na gceann seo agatsa a bhí tú. Rinne tú scrúduithe iontrála na Státseirbhíse, ní toisc go raibh aon dúil dá laghad agat i bpost inti ach toisc nach raibh aon spéis agat sa mhúinteoireacht, nach dtabharfadh an Bhanríon a thuilleadh airgid duit agus nárbh eol duit cad eile a dhéanfá. Rogha an dá dhíogha ba ea an Státseirbhís, bíodh gur phost compordach é ón tús is fós. Faoin am seo, uaitse féin a tháinig aon bhrú chun tabhairt faoi chúrsaí is faoi scrúduithe le haghaidh ardú gráid.

Déanta na fírinne, ba dheacair duit a rá go ndearna tú an rogha chontráilte. Idir long is lamairne, bhí saol measartha sáil agat, go háirithe ó casadh Melissa ort is gur thosaigh sibh ar dhul i gcionn tí le chéile. Bhí bhur mbail leithleach féin á cur agaibh ar an teach i dTeach na Giúise de réir a chéile. Cuibheasach sásta a bhí tú leis an cheantar—é gar do na sléibhte is gan é a bheith róscoite, bíodh gur bharrúil leat i gcónaí an saghas bómántachta a chleacht roinnt mhaith de na comharsana—"Ó, amuigh i dTeach na Giúise atá cónaí ort. I dTamhlacht," a deireadh an t-ainbhiosán nó an té mioscaiseach. "Ní hea, i dTeach Mealóg," a d'fhreagródh an brealsún buirgéiseach, a chonaic luach a thí á laghdú. Ar ndóigh, níorbh ionann mealltaí crannmhara sléibhtiúla Áth na Sceire is diolbhacht dhearóil Theach na Giúise ach níor ghearán Melissa faoi sin riamh, cé gur thug tú fúithi nuair a thosaigh sí ag scríobh 'Teach Mealóg' mar chuid den seoladh. Anois dá mbeadh dhá thuarastal rialta ag teacht isteach, d'fhéadfadh sibh a bheith ag smaoineamh ar aistriú go ceantar eile. Cé nach ngluaisfeá go hÁth na Sceire go deo. Ar aon nós, ní ag dul áit ar bith a bheadh sibh go ceann i bhfad. *Now*, dá bhfaigheadh Melissa conradh réasúnta fadtréimhseach le RTÉ…

Agus tú anseo anocht ar an oilithreacht seo, sa tóir ar do

chuid fréamhacha, ar thuig tú go hiomlán bunús na
guaigínteachta a bhí do do chiapadh le tamall anuas? Is ea,
deimhin de a bhí tú gur scaoil bás d'athar saor braistintí
ciontachta faoi thréigean an dúchais. Ach an raibh tú in ann
a rá go macánta nár chuid den fhadhb an cumann seo
agatsa le Melissa is an t-athrú a bhí i ndiaidh teacht ar do
dhearcadh faoi Bhaile Átha Cliath? An cinnte a bhí tú nach
ag iarraidh éalú ó chruachás eile a bhí tú? Nach teitheadh a
bhí ar siúl agat i bhfeisteas oilithrigh is na féinaithne? I
dtaca le Melissa de, chreid tú—bhuel, cheap tú—gur lánúin
cuíosach séanmhar a bhí ionaibh. Bhí bhur dtrioblóidí
agaibh, ach bhraith tú compordach léi. Bean mheabhrach
ba ea í, bean do dhiongbhála ar achan slí. Bhí sí gach pioc
chomh stuacánta leat féin. Bhí uirthi a bheith mar sin. Agus
má shíl daoine áirithe gur stróinéisí í, bhí a fhios agat gur
dhuine bách bog, murab ionann is géilliúil, í laistiar
d'aghaidh fidil phoiblí an aisteora. Is maidir léi, chreid tú
arís—Ok, ba é do thuairim é—gur sona a bhí sí.

I dtaca le Baile Átha Cliath de, bhí ort a admháil nach
raibh tú chomh socair ann anois is a bhí tú blianta na
hollscoile. Rómhor, róchallánach is róshalach a bhí sé anois.
Nó b'fhéidir gur mar sin a bhí sé i gcónaí ach nár thug tú
faoi deara iad. Ar aon nós, bheadh leisce ort gabháil amach
de shiúl oíche anois ar Shráid Uí Chonaill ar eagla go
n-ionsódh buíon ropairí thú. Mar an gcéanna, b'fhearr leat
na tábhairní i dTamhlacht a sheachaint. Ina theannta sin,
tharla gur tugadh fút le déanaí mar gheall ar do bhlas
Tuaisceartach. Níorbh aon rud nua é sin, ar ndóigh. Ba
chuimhin leat gur stop Garda thú oíche amháin le linn do
chéad bhliana i mBaile Átha Cliath. *Ok*, ní raibh aon solas
rothair agat agus b'fhéidir gur ag luascadh ó thaobh go
taobh a bhí tú tar éis duit uchtán piontaí a ól agus nach
ndearna sé ach an dlí a bhagairt ort, ach nuair a chuala sé an
blas seo agatsa, is éard a d'fhógair sé: "Níl do leithéid
uainne thuas anseo. Bailigh leat abhaile chuig do thír féin."

Ar an téad chéanna, níorbh annamh a caitheadh go fuarchúiseach doicheallach leat aimsir na stailceanna ocrais ag tús na n-ochtóidí. Go speisialta ar na hócáidí sin nuair a bhí scaifte mór Tuaisceartach sa chathair le freastal ar léirsithe ag tacú le cearta na bpríosúnach ó thuaidh. B'fhada tú ag rá leat féin nárbh fhiú bacadh le maslaí mionlaigh dhrochmhúinte. Ach anois le seal anuas, bhí cuid de na nithe diúltacha a dúradh i ndiaidh goilleadh ort chomh mór sin gur thug tú scalladh teanga do chailín bocht i siopa lá. Ag caint le custaiméir faoina laethanta saoire i Sligeach a bhí sí, agus tú istigh chun nuachtán a cheannach. Níor ghearánta di an aimsir, an lóistín nó an radharc mara is tíre ach "lofa" le Tuaisceartaigh mhallaithe a bhí an áit. Tháinig corrabhuais uirthi nuair a d'amharc tú uirthi is a labhair léi go fiata. Mura raibh tusa is do mhuintir maith a dóthain di, caithfidh nach raibh do chuid airgid is do chustaiméireacht maith a dóthain ach oiread is amach an doras leat. Is cúpla seachtain ó shin, agus Melissa as baile, chuaigh tú chun *pizza* a fháil sula ndeachaigh tú abhaile sa tráthnóna. Caithfidh gur bhain an freastalaí an chiall chontráilte as a ndúirt tú, ach leagadh *pizza* nár ordaigh tú os do chomhair. Mhínigh tú an scéal don fhreastalaí, is mar a chúlaigh sé uait chuala tú é ag mungailt faoina fhiacla gur dheacair na focóirí de Thuaisceartaigh a shásamh. D'éirigh tú, shiúil síos ionsar an both fáiltithe is mhaígh gur mhaith leat labhairt leis an bhainisteoir. An-leithscéalach go deo a bhí sise ach arís mhóidigh tú nach gcaithfeá cianóg rua go deo ina háit feasta.

"Ná bí chomh híogair sin, Pat," a mhaígh Melissa nuair a d'inis tú di cad a tharla. "B'fhéidir gur chaill an stócach sin a jab mar gheall ort."

Faoi dheireadh d'éirigh tú dubh dóite dá cúiseamh is d'fhreagair:

"Ní mór duitse a bheith san airdeall ar a ndeir tusa faoi na Tuaisceartaigh fosta."

Is ea, b'fhéidir gur chóir duit a admháil gur rud beag luathghoineach a bhí tú le déanaí mar a d'fhéach tú le teacht chun réitigh leis an suaitheadh aigne agus gur dhócha gur dhathaigh sé sin do dhearcadh ar Bhaile Átha Cliath.

Ar aon nós sách géarchúiseach a bhí tú is tú ag déanamh réidh le haghaidh na hoilithreachta seo, ag ullmhú le teacht ionsar an Oíche Athchaidrimh seo, gurbh fhéidir gurbh í seo an áit chontráilte le tosú ag tóraíocht do chuid fréamhacha. Má tosaíodh ar ghearradh na n-iallacha is na snáitheanna a cheangail le do chathair dhúchais thú sa scoil ghramadaí, an dócha go mbuailfeá le céatadán ard den mhuintir ar di thú ag ócáid mheasúil mheánaicmeach de chuid na scoile céanna? Ach cén áit eile a dtosófá?

Sheas tú ag an doras is d'amharc ar leagan amach an tseomra. Ina seasamh le chéile ina ndíormaí beaga nó taobh leis na táblaí a bhí na daoine. Gheofá deoch sula dtabharfá d'aghaidh ar an slua seo.

"Hi, Kelly, goitse anseo."

Seán Mac Giolla a bhí ann. A bhuí le Dia. Dheamhan freagra a fuair tú nuair a ghlaoigh tú air ar an nghuthán ar maidin. Thrasnaigh tú chuige.

Tar éis dó filleadh ar Dhoire go buan, chuirteá scairt theileafóin ar Mhac Giolla ó am go chéile is tú sa bhaile ar cuairt. Ach ansin thosaigh sé ag siúl amach le Sandra Butler is ina dhiaidh sin ba go hannamh a bhuail tú leis ó shin. Fuair tú féin is Melissa cuireadh chuig a bpósadh anseo i nDoire. Ba chuimhin leat—ar éigean—blúire de chomhrá meisciúil a bhí agat le Mac Giolla sa leithreas i gcaitheamh na bainise. Ag tréaslú obair an lae dó a bhí tú.

"Tá an chuma ar an scéal nach fada a bheimid ag feitheamh le lá mór seo agatsa, a Pháidí," a d'fhreagair sé. "Sin fámaire breá mná atá agat ansin."

Bhí go leor biotáille ar bord agat gur ag éirí maoithneach modartha a bhí tú.

"'Bhfuil a fhios agat, 'Sheáin. In éad leatsa atá mé le fada an lá. Tá a fhios agat an tslí ina mbínn i gcónaí ag séideadh is ag fochaid fút. Á rá go raibh níos mó uaillmhéine ag turcaí Nollag ná mar a bhí agat is nach raibh i ndán duit ach an bás beo i nDoire. Bhuel, is agat a bhí is atá an chiall is an ceart. Caithfidh mé sin a admháil go neamhbhalbh anois. Thuig tusa ón tús cad a bhí uait agus nach tú a chuir romhat sin a fháil. Agus mise, an bastard caoch, nach bhfuil tuairim dá laghad agam cad tá uaim sa saol seo.''

B´fhéidir gur ar an lá sin thar aon lá eile a thosaigh frídíní an amhrais is na neamhshocrachta ag fabhrú ionat faoi threo is faoi threoir do shaoil. Is dócha nárbh é, i ndáiríre. D'fhéach tú leis an taom a mhíniú do Melissa ní ba dhéanaí an tráthnóna sin is tú rud beag ní ba staidéartha. D'úsáid sise na seoraí cainte ceannann céanna is a d'úsáid tusa tráth is Mac Giolla is a chuspóirí saoil faoi chaibidil agat—"an easpa uaillmhéine," "meon suarach an bhaile bhig," "an treibheachas," "paróisteachas" agus "ní fada go mbeidh daor air gur fhill sé." Má chosain tú cinneadh Mhic Ghiolla an oíche sin agus tú féin is Melissa ag argóint faoi, d'admhaigh tú taobh istigh gur aontaigh tú léi.

Ní raibh siad in ann a bheith i láthair ag bhur bpósadh ach casadh Mac Giolla agus Sandra oraibh i nDoire nó i mBaile Átha Cliath corrbhabhta ó shin i leith. Ach ba é seo an chéad uair a chonaic tú é le corradh le trí bliana. Le ceathrar a sheas sé, beirt fhear agus beirt bhan. D'aithin tú duine de na fir ar an toirt. Bhí iontas ort Daltún Ó Brolcháin a fheiceáil anseo anocht toisc gur fhág sé an scoil roimh 1976, cé go mbíodh sé i do bhliain féin. Lena chois sin, níorbh eisean an saghas páirtí a shamhlófaí mar chara le Mac Giolla. Fear gnó ba ea Daltún a raibh a ghrianghraf le feiceáil sa *Journal* chóir a bheith chomh minic leis an Fheisire áitiúil. Ba leis a dó nó a trí de thithe tábhairne agus ollmhargadh sa chathair. Ba eisean duine de húinéirí na hóstlainne seo fosta. Sin an fáth a raibh sé anseo, níorbh fholáir. Ba dhuine eisceachtúil sa scoil seo agatsa Daltún. Chlis air scoláireacht chun na scoile gramadaí a shaothrú trí scrúdú an 11-Plus. Ach sách gustalach a bhí a mhuintir, ar leo tábhairne is siopa gaimbín, chun íoc as na táillí faoina choinne. I bhfad sula ndearna sibh uile scrúduithe an 'O'-Level ag aois a seacht mbliana déag daoibh, soiléir dá chomhscoláirí a bhí sé gur ar éigean a gheobhadh Daltún pas modhúil in aon ábhar. D'fhág sé an institiúid ag deireadh na scrúduithe gan filleadh. Ach mura raibh ualach trom cáilíochtaí acadúla is teastas teistiméireachta á n-iompar abhaile ina mhála scoile aige, bhí rud ní ba luachmhaire leis ná sin ina phócaí aige: dornán nótaí féich ó chuid mhaith de na stócaigh sa séú is sa seachtú bliain le haghaidh toitíní, ceirníní is alcóil. Tuairiscíodh in bhur measc ag an am go raibh cuntas reatha le Daltún—ar ráta réasúnta úis, gan dabht—ag múinteoir amháin a raibh clú an ragairne air is nár leor a thuarastal míosúil chun an cheathrú seachtain d'aon mhí a chlúdach. Níor shéan nó níor admhaigh Daltún an ráfla seo, rud a chuir lena cháil mar fhear gnó discréideach.

Oíche ag deireadh na seachtóidí, fuarthas Daltún ina luí ar eang talaimh bhánaithe idir Clochar an Aoire Mhaith is cúl thithe cheantar Shráid na nGael thall i nDoire Trasna. Bhíothas i ndiaidh piléir a scaoileadh isteach ina chuid ioscaidí. In ainneoin an ainm, dúiche de chuid na nDílseoirí ba ea é seo. Agus murar foilsíodh ar leathanaigh an *Journal* iad, leath na ráflaí gurbh é a lámhach Daltún ná boc mór san UDA nach raibh sásta leis an ús a bhí gearrtha ag Daltún ar shlám airgid a bhí aige ar an Albanach is a chuir roimhe an ráta a ísliú de dheoin nó d'ainneoin Dhaltúin. Má chuir easpa treibheachais is seicteachais Dhaltúin alltacht ar a lán—b'fhollas go raibh sé toilteanach ar ghnó a dhéanamh le cách, is cuma cén claonadh polaitiúil a bhí aige—ábhar olliontais ba ea é nach raibh an tUDA*man* in

ann earraíocht a bhaint as bealaí níb fhusa is ní ba
shoréitithe ná sin le hairgead tirim a fháil. Mar shampla, trí
bhanc nó oifig an phoist a robáil, go háirithe ós léir go raibh
teacht aige ar ghunnaí. Uaireanta, ba dhoiligh na
hAlbanaigh a thuigbheáil.

Anois, de réir fhianaise an *Journal*, fear gnó measúil
cílíonta ba ea an tUasal Daltún Ó Brolcháin. Fiú má bhí an
bhacadaíl ina comhartha síoraí dá mhacghníomhartha. Do
dhála féin, sna tríochaidí luatha a bhí Daltún. Ach murab
ionann is tú ar mhaith leat a cheapadh go raibh rian éigin
den óige ort go fóill, tite chun feola is isteach in umar na
meánaoise a bhí sé. Chroith sé lámh leat is mhaígh:

"Is fada ó bhuail mé leat, a Pháidí. Ag breathnú go breá
atá tú. Cluinim ó Sheán gur ag obair i mBaile Átha Cliath
atá tú."

Mhothaigh tú, agus Daltún tiontaithe i do threo, gur ag
smaoineamh siar a bhí sé ar thug sé cairde duit riamh. Rud
nach ndearna sé. Chuir Daltún an triúr eile in aithne duit
ansin: Rosemary, a bhean chéile, Denise, deirfiúr leis, agus
Leon Mac Daibhéid, fear meánaosta. Ghlac tú leis gur le
Denise a bhí an Daibhéadach, cibé áit a bhí Sandra.

Bean ard chuidsúlach leathanghuailleach—stuáil
infhaisin faoi deara an leithne sin, a bharúlfá—ba ea
Rosemary. Caithfidh go raibh sí a cúig nó a sé de bhlianta
níb óige ná Daltún. De réir bhlas a cuid cainte, níor de
bhunadh Dhoire í, murar cuireadh ar oiliúint í sa chlochar i
bPort Stíobhaird. Bhí gúna fada corcra uirthi agus neart
seodra ar sileadh léi. Mar an gcéanna, bhí gúna fada á
chaitheamh ag Denise. An áit a raibh Daltún trom, an-
seang a bhí sise. De réir dealraimh, bliain nó dhó níb óige
ná eisean a bhí sí.

Duine de Rang '61 ba ea an Daibhéadach, a thuig tú ón
chomhrá. Le tuiscint freisin a bhí sé fosta gur pháirtithe
gailf is gnó eisean is Daltún. Tar éis duit a bheith ag
éisteacht leo beirt ar feadh cúpla nóiméad, follasach a bhí sé

ón tslí cháiréiseach airdeallach inar thug an Daibhéadach cluas do Dhaltún go raibh cluiche éigin ar siúl eatarthu. Níor chaith tú naoi mbliana nach mór sa Státseirbhís gan a bheith cleachtach ar an bhrí fholaithe a phiocadh amach as ráitis áibhéalta teangamharfacha polaiteoirí is as meamraiméis Roinne. B'fhiú súil a choimeád ar an dís seo chun gaoth an fhocail a fháil. B'fhéidir go raibh cúrsaí gnó le socrú acu anocht. Seans go mbeadh a fhios ag Mac Giolla.

I ndiaidh bhabhta cainte éadroime, d'imigh an Daibhéadach chun bleid a bhualadh ar ghrúpa eile. Ag dréim leis a bhí tú go gcaolódh Denise léi ach theann sí isteach idir tú is Mac Giolla.

"An ólfaidh tú deoch, a Pháidí, sula dtosaíonn an béile?" arsa Daltún.

"Gloine fíona ghil, le do thoil." Anois bheadh rud éigin ag Daltún ort, faoi dheireadh is faoi dheoidh. "Cad é mar atá Sandra?" a d'fhiafraigh tú de Mhac Giolla mar a rinne Daltún go stabhach gabhlánach ar an bhord deochanna. Tost míshuaimhneach a leath thar an triúr eile. Ansin labhair Mac Giolla.

"Scartha óna chéile atá mé féin is Sandra le tamall. Caithfidh nár chuala tú sin, a Pháidí."

Dhearg do cheannaithe.

"Ó, tá aiféala orm sin a chluinstin, a Sheáin." Ach nuair a d'airigh tú an tsracfhéachaint idir Mac Giolla is Denise, thuig tú gur ní ba chasta fosta a bhí an scéal. Las d'aghaidh a thuilleadh. A fhios go paiteanta agat anois cad chuige a raibh Mac Giolla i gcuideachta Dhaltúin.

Chun an tost a bhriseadh, d'fhiafraigh tú de Mhac Giolla cérbh iad na daoine eile ón bhliain seo agatsa a bheadh anseo anocht. D'fhreagair sé nach mbeadh ach cúigear nó seisear acu ag teacht. Orthu a bhí fear a bhí i gcuideachta Dhaltúin anois agus iad ag tarraingt oraibh. D'aithin tú ó leathanaigh an *Journal* Pól Mac Gualraic, comhairle náisiúnaíoch neamhspleách ar Chomhairle na Cathrach. D'fhógair 'Scurvy,' múinteoir staire de do chuid i bhfad siar, go raibh ábhar maith polaiteora (murab ionann is ábhar polaiteora mhaith) nó ábhar ceantálaí ann, mar gheall ar a ardchumas plobaireachta. Tháinig tuar faoin tairngreacht áirithe sin. 'Merci Beaucoup' a leasainm ar scoil ní de bharr aon bhua i leith na Fraincise nó dea-bhéasa faoi leith a bheith aige. Tharla gur imigh an líon tí le stopadh le gaolta i Sasana samhradh amháin, agus sall ó Ramsgate go Calais na Fraince ar árthach foluaineach leo ar chuairt lae. Chun scigaithris a dhéanamh ar na Francaigh, ar fhilleadh ar scoil dó, shiúladh Mac Gualraic thart, gothaí na Fraince air mar dhea, agus frásaí Fraincise á spré ar fud na háite aige. Níorbh fhada gur baisteadh a leasainm nua air.

Chroich Mac Gualraic lámh leat, shín Daltún gloine fíona chugat is dúirt leis an dream agaibh i gcoitinne. "Beidh Pól ag an tábla seo againn," is lean dá chomhrá leis an chomhairleoir.

"An cuimhin leat Oscar, a Pháidí?" a d'fhiafraigh Mac Giolla agus é ag pointeáil ar chúinne mar a raibh fear ina sheasamh as féin. "De réir cosúlachta, tagann sé chuig achan ócáid shóisialta de chuid na n-iarmhac léinn. Cheapfá nach dtiocfadh sé i ngiorracht scread asail de lucht na scoile seo. Ach ar ais a thagann sé gach uair. Agus é gach pioc chomh corr seachantach is a bhí sé riamh."

Is ea, corr a bhí Oscar i dtólamh. Mura raibh a ainm ceart sonraíoch go leor—Gabriel Michael Wilde—níorbh aon chabhair dó é gur chaith sé cúpla bliain ag scoil 'phoiblí' Shasanach sular thuirling sé ar an institiúid seo agaibhse. De bhunadh Dhoire máthair Oscair a phós Sasanach. Tar éis dóibh cónaí thall seal, tháinig siad le cur fúthu i nDoire Chalgaigh mar a raibh post mar innealtóir ag an athair i gcoimpléasc ceimiceach *Dupont*. Bhíodh aithne ag d'athair air.

Bhí blas ardnósach poimpéiseach an chórais 'phoiblí'

thall ag Oscar. Seans go ndéanfaí neamhaird ar an tochas sin murach gur fhéach Oscar le dream agaibh a chruinniú le chéile i ndiaidh ranganna chun cruicéad a fhoghlaim is a chleachtadh. Níorbh fhada gur cuireadh ar a shúile d'Oscar nach raibh fáilte roimh a chluichí impiriúla. Mar má bhí Uachtarán an Choláiste i bhfách leis an chóras 'poiblí' a aistriú go Doire is a fhréamhú in bhur measc, níorbh é seo an t-am, agus gluaiseacht na gceart sibhialta ag géilleadh don fheachtas míleata Poblachtach, do thriail den saghas seo. Nó d'Oscar bocht neamhurchóideach ar phearsantú ar an mhúnla Gallda é.

Amhail gach duine eile agaibh, rinne Oscar na h'A'-Levels sa samhradh '76. Má bhí sibhse sásta le trí ábhar, ámh, rinne seisean ceithre cinn is shaothraigh na marcanna ab airde sa scoil. Maíodh gur mhol an tUachtarán dó scrúduithe iontrála Oxford a dhéanamh. Ach ní dhearna Oscar rud air agus d'fhan i nDoire gan bacadh leis an oideachas tríú leibhéal ar chor ar bith. "Carachtar" iomráiteach ba ea é sa chathair anois. Luaigh d'athair leat é cúpla babhta. De réir dealraimh, díomhaoin a bhí sé sa dá chiall den fhocal sin. Ghlacfadh sé le jab sealadach ó am go chéile—ag seachadadh litreacha um Nollaig, ag déanamh obair shealaíochta i siopa leabhar—chun an Roinn Leasa Shóisialaigh a choinneáil sásta. Ró-aosta a bhí sé anois le freastal ar chúrsaí oiliúna fostaíochta do lucht fágtha scoile. Ar a shon go raibh sé i dtaobh leis an dól—nó an 'b'reau' mar a thug muintir na cathrach air—bhí sé beag beann ar bhagairtí na Roinne go bhfágfaí gan a sheic rialta é mura ndéanfadh sé tréaniarracht teacht ar an 'fhostaíocht thairbheach.' Mhothaigh tú scéal ó d'athair gur seoladh litir chuig Oscar cúpla bliain ó shin ag cur in iúl dó gur ghá freastal ar agallamh ag comhlacht pacála feola. I láthair ag an áit cheart is ag an am ceart a bhí Oscar, ach nuair a luadh freagrachtaí an phoist, chaith sé aníos in oifig an bhainisteora phearsanra. "Feoilséantóir is ea mé," ar sé, sular chaith sé aníos athuair. Níor chuir an Roinn isteach air ina dhiaidh sin.

Bhí Oscar feicthe agat corruair thíos sa leabharlann logánta agus é ag póirseáil trí imleabhair théagartha. Ach dheamhan focal a bhí labhartha agat leis ó d'fhág sibh an scoil. Bhí teach beag aige thuas ag barr Chnoc an Rois taobh leis an bheairic. Má radadh clocha is peitrealbhuamaí leis an fhoirgneamh sna laethanta luatha, meaisínghunnaí is roicéidteilgeoirí a úsáideadh ó shin sna hionsaithe ar an choimpléacs daingean. Tógadh tithe nua ar a taobhanna, de réir dhúnghaois fhrithsceimhlitheoireachta an Bhriogáidire Frank Kitson, chun foscadh a thabhairt don bheairic. Ba chuid den dídean daonna sin Oscar. Níorbh fhollas go raibh aon chairde ag Oscar, ainneoin go raibh a thuismitheoirí beo fós sa chathair. Mar gheall ar an bhlas Gallda, bhí air cur suas le somacháin shráide a thug "spiaire" is "sculcaire Sasanach" air.

Cad chuige a bhfanfadh duine in áit ar gheall le coimhthíoch é? Rith sé leat gurbh fhéidir gurbh fhiú cromadh ar do thóraíocht le hathsheilbh a fháil ar do fhréamhacha trí labhairt le hOscar. D'fhiafraigh tú de Mhac Giolla faoi na socruithe suíocháin don dinnéar. Ochtar a bheadh ag gach bord is bheadh fáilte romhat suí leis an chúigear acu is le Monsieur Beaucoup, a d'fhreagair do chara.

"An dtabharfaidh mé cuireadh d'Oscar an suíochán deireanach a líonadh?" arsa tusa.

"Oscar?" Ní mó ná sásta a bhí Rosemary, de réir dealraimh.

"Is ea, Oscar. Ós rud é gur sa bhliain seo againne a bhí sé."

A dhath eile ní dúirt Rosemary. Mar sin, nuair a fógraíodh am dinnéir, rinne tú ar Oscar, chuir tú féin in athaithne dó is thug an cuireadh dó. Lean sé thú gan mórán a rá. Bhuail sibh fúibh taobh le taobh sa dá chathaoir a bhí fágtha. Ar do lámh chlé a bhí Seán Mac Giolla.

Agus an t-altú roimh bhia thart agus an béile faoi lánseol, ní cinnte a bhí tú cad é mar a bhainfeá fóideoga. Ní fhéadfá ceist lom a chur ar Oscar cén fáth ar mhoilligh sé in áit dhoicheallach. Níor chuí dul ag cabaireacht faoi chúrsaí fostaíochta ach oiread. Agus ba dhoiligh a bheith ag rómánsaíocht ar na laethanta órga glórmhara ag scoil mar ar crádh é leathchuid den am is mar a ndearnadh neamhiontas de don chuid eile.

"Bhí Seán ag insint dom go dtagann tú chuig Dinnéar Aontas na nIarscoláirí gach bliain, Gabriel," arsa tusa chun tús cúramach a chur le cúrsaí comhrá.

"Is ea."

"Caithfidh gur i dteagmháil le sciar maith de lucht na bliana seo againne atá tú."

"Is ea."

Tar éis deich mbomaite, d'éirigh tú bréan de bheith ag baint seoid feasa den saghas seo as. B'fhollas gur mhó a spéis sa bhia ná sa chuideachtúlacht. B'fhéidir gurbh é sin an chúis gur tháinig sé achan bhliain. Dhírigh tú d'aird ar an seisear eile. Trasna an bhoird uait bhí cúrsaí gnó idir chamáin ag Daltún, ag Mac Gualraic is ag Mac Daibhéid fós. Ag míniú don chomhairleoir a bhí an dís eile an géarghá le scéim chuimsitheach chun áiseanna turasóireachta a fhorbairt ar an bhruach thiar den Fheabhal trí ollchoimpléasc ina mbeadh óstlann is spórtlann is siopaí a thógáil ann.

"Thaispeánfadh staidéar pleanála gur fabhrach atá cúinsí geilleagair is sóisialta ar an bhruach thiar," a d'áitigh Daltún.

"Gheofaí cuid den airgeadú don staidéar—is d'aon scéim forbartha—ón Chomhphobal Eorpach is ó chistí idirnáisiúnta idir-rialtais," arsa an Daibhéadach.

"Scannal millteanach is ea é," a dhearbhaigh Daltún, "go bhfuil ar chuairteoirí fanacht in óstlanna i nDoire Trasna agus ar mhuintir Dhoire teacht trasna na ndroichead chun béile breá óstlainne a fháil." Cinnte a bhí tú gur mhothaigh tú draothadh gáire ar phus Dhaltúin, ar leis scaireanna san áit seo ina raibh sibh faoi láthair.

"Agus, ar ndóigh," arsa Mac Daibhéid, "bheifí in ann na daoine maithe i nDoire Trasna"—chiallaigh sin na hAlbanaigh—"a mhealladh le filleadh ar lár na cathrach."

"Ligfeadh fiontar den chineál seo don dá phobal bualadh le chéile i suíomh sócúlach sóisialta, is dá réir, thiocfadh maolú ar an teannas eatarthu," arsa Daltún.

"Is ea, áis iontach a bheadh ann chun cuid de na cneácha a d'fhág an seicteachas is an pholaitíocht a leigheas," a dhearbhaigh a pháirtí gnó.

Thosaigh siad ag caint ar an láthair ab oiriúnaí le haghaidh an amhantair seo. Bhí neart buntáistí ag roinnt le lár na cathrach, a mhaígh Daltún. Gan teach ósta ann ó scriosadh an Melville i ndóiteán is ó leag buamaí na trí cinn eile, The City, The Woodleigh agus The Ardowen ag tús na seachtóidí. Gan aon agó, a d'áitigh Mac Daibhéid, bhí buntáistí ag baint leis an lár, ach dá mbeadh an t-ollchoimpléasc nua ar imeall na cathrach, gar don droichead nua is don Teorainn, tharraingeodh sé isteach ní hamháin na daoine maithe ó Dhoire Trasna ach turasóirí ar a mbealach go Tír Chonaill is ar ndóigh, na Conallaigh a rinne a gcuid siopadóireachta sa chathair.

Mar a d'éist tú leis an chur is leis an chúiteamh seo, thuig tú gur ag tapú na deise a bhí an bheirt fhear gnó le síolta a bpleana a chur i gcluas is in aigne an chomhairleora. Soiléir a bhí sé nach dílseacht don institiúid léinn amháin a thug anseo iad anocht. Gan a fhios agat an raibh coinsias Mhic Ghualraic aon phioc ní ba sholúbtha ná coinsias a gcomhghleacaithe ar an Chomhairle. Caithfidh gur cheap an dís eile go raibh. Ach soiléir a bhí sé fosta nach raibh Daltún is an Daibhéadach ar aon intinn faoi mhíreanna dá scéim. Suite de a bhí tú anois gurbh fhiú súil ghrinn a choinneáil ar an scéal seo. Má cheap Melissa gur cur amú airgid an síntiús seo agatsa ar nuachtán Dhoire, breá sásta a bhí tú anois nár ghéill tú dá diomú.

Má bhí meon is modh oibre an fhir ghaimbín ag Daltún, ba thrua leat Mac Giolla a fheiceáil ina chuideachta. Le déanaí, i ndiaidh teacht ar an tuairim a bhí tú go raibh toise idéalaíoch lena chinneadh le teacht abhaile, toise nár thug tú faoi deara mar a dhéantá díspeagadh air agus ar sheas sé dó. Anois, an raibh aisling idéalach Mhic Ghiolla ina smionagar ó theip ar a phósadh? Nár chruthú a shaoltaithí phianmhar nárbh fhéidir filleadh ar an dúchas in ainneoin sheacht ndícheall an idéalaí? Ag an am céanna, is tú ag féachaint air ag labhairt leis an bheirt bhan, níorbh fhollas go raibh sé cráite is truaillithe ag fírinne shearbh an tsaoil iarbhír.

Tar éis na milseoige agus sular thosaigh an mhír oifigiúil den tráthnóna, bhailigh Rosemary is Denise leo, go dtí an seomra folctha, níorbh fholáir. Ghabh tú do leithscéal le Mac Giolla as do thagairt mhíthráthúil mhí-ámharach do Sandra.

"Is cuma faoi, a Pháidí. Ní raibh a fhios agat."

"Caithfidh gur dian go leor ort a bhí—is atá—na cúrsaí sin?"

"Ag socrú síos atá achan rud anois. Shíl mé go mbeadh fadhbanna agam sa chlochar. Ach chun cothrom na Féinne a thabhairt do na mná rialta, tuigeann siadsan an difríocht idir an t-idéal is an réaltacht, gur minic nach féidir le daoine fanacht le chéile. Níl ach an tacaíocht phraiticiúil is mhorálta faighte agam ón fhoireann, idir thuata is chléir."

"De réir mar a théimse in aois, is doiligh dom a shamhlú cad é mar a éiríonn le haon lánúin fanacht le chéile."

"Sin an saghas seoraí a deir lánúineacha a chreideann nach dtarlóidh sin dóibh choíche, a Pháidí. Glacaim leis go bhfuil sibhse le chéile go fóill. B'fhéidir gur thug tú faoi deara nár chuir mé tuairisc Melissa. Fanaim anois go

gcloisim go bhfuil lánúin le chéile sula luaim a nuachar le
haon duine." Ansin rinne sé dranngháire. "Ach b'fhéidir
go bhfuil smut breá den fhírinne sa rud a deir tú."

"An bhfuil seans ar bith ann gurbh fhéidir libh
athmhuintearas a dhéanamh le chéile?"

"Seans ar bith, a Pháidí." Agus rinne sé gáire athuair.
"Tabharfaidh mé achoimre duit ar ar tharla is fágfaidh mé
fút—is faoi Melissa—breithiúnas a thabhairt ar a ndearna
mé is ar a ndéanfadh sibhse sa chás céanna. Leispiach is ea
Sandra. Nuair a bhíomar ag siúl amach le chéile, patuar a
bhí an dúil a bhí aici sa ghnéas, ach cheap mé nár leor
leapacha singil, árasáin chúnga is cúlsuíocháin ghluaisteáin
chun an fonn a fhadú fúithi. Dheamhan feabhas a tháinig
ar an scéal tar éis an phósta. I bPáras a chaitheamar mí na
meala. Déarfainn nach raibh ar Sheosaimhín bocht cur suas
leis an oiread sin "Ní anocht, a thaisce" ó Napoléon is a
d'fhulaing mé ansin agus ar feadh ceithre bliana ina
dhiaidh sin. I dtús báire, cheap mé gur chailín deas
modhúil Caitliceach í. Ansin gurbh í an reomhaireacht de
dheasca eachtra scanrúil éigin óna hóige faoi deara é."

"Nár labhair tú léi faoi?" arsa tusa.

"Is iomaí iarracht a rinne mé chun an cheist a phlé léi.
Ní déarfadh sí a dhath ach nach raibh aon spéis aici sa
chollaíocht. D'éirigh mé dubh dóite den chíoradh fánach
seo de réir a chéile."

"Caithfidh go raibh tú amhrasach roimh i bhfad?"

"Agus mé ag smaoineamh siar air, bhí sé tuigthe agam
go raibh rud éigin aisteach ann. Ach níor tháinig an chúis
go cnámh na huillinne gur fhiafraigh mo mháthair díom lá
an raibh Sandra ag iompar clainne. Ní foláir nó go raibh
Sandra i ndiaidh roinnt meáchain a chur suas. Cibé ar bith
bhris mo ghol orm is d'inis mé an scéal do mo mháthair.
Mhol sise dom labhairt leis an dochtúir seo agamsa a mhol
dom an ceann a bhaint den scéal le Sandra. An tráthnóna
sin, nuair a luaigh mé an t-ábhar, thosaigh argóint is

d'admhaigh Sandra gur leispiach í. Sin agus go raibh leannán aici! An bhfuil a fhios agat cad a rinne mé? Rug mé greim uirthi is chaith amach as an teach í. Ansin bhailigh mé a cuid bagáiste is éadaigh agus theilg amach ina diaidh iad. D'imigh sí go ciúin sa charr agus níor tháinig ar ais."

"A Chríost, cé a bheadh ag súil lena leithéid sa chathair seo?"

"Nach tú atá saonta, a Pháidí! Bhí a fhios ag sciar maith de mhuintir Dhoire gur leispiach í sular raibh a fhios agamsa. Insíodh scéal fúm i gcuid de na tithe tábhairne sa chathair. Arsa fear grinn amháin: 'Ar chuala tú faoin fhocóir bocht sin, an Máistir Mac Giolla?' is d'fhreagair a pháirtí: 'Leoga, ní focóir bocht eisean ach *wanker* bocht!' A Chríost, ghoill sin orm. Ach anois...tá Sandra ag cumasc lena cara agus gheobhadh mise an neamhhniú eaglasta luath nó mall."

"Agus cad fútsa is Denise?"

Tháinig draothadh gáire ar aghaidh Mhic Ghiolla is sméid a cheann ar Dhaltún ar an taobh eile den bhord.

"Ní thaitníonn seisean is a seasann sé dó leat, an dtaitníonn, a Pháidí? Ocastóir ceart is ea é a bhfuil an fiar ann, gan dabht ar bith, ach níl Daltún chomh holc sin. Is ea, ag tochras ar a cheirtlín féin a bhíonn sé i dtólamh ach déanann sé maitheas éigin. Bíonn gá lena leithéid i ngach sochaí chun ábhar grinn a thabhairt don slua agus chun ligean do na hidéalaigh ligean orthu féin gur níos fearr ná é atá siad. Ach, déanta na fírinne, a Pháidí, diomaite d'ócáidí sóisialta den saghas seo, is beag teagmháil a bhíonn agam leis. Agus ní hionann eisean is Denise."

"An mbíonn aiféala ort, ar chor ar bith, gur fhill tú ar Dhoire?"

"Bíonn gach re lá."

"Cad chuige a bhfanann tú, mar sin?"

"Dhá shamhradh ó shin bhí mé sna Stáit Aontaithe. Sin an bhliain a scar mé féin is Sandra óna chéile is rinne mé suas m'intinn go bpiocfainn liom le faoiseamh a fháil ón chorraíl abhus."

"Ní thógfainn sin ort, a Sheáin. Dá dtarlódh a leithéid domsa, ní fhillfinn go deo!"

"Chaith mé seal le gaolta i mBostún agus i Nua-Eabhrac ach bhí mé liom féin i Philadelphia agus i Washington, D. C. Ag tnúth le díocas leis an tseachtain i D. C. a bhí mé. Bhí lóistín curtha in áirithe agam i dteach ósta de chuid *Howard Johnson*—comhlacht a bhfuil gréasán mór tithe ósta acu ar fud Mheiriceá. D'imigh mé a chodladh go luath an chéad tráthnóna agus an mhaidin dár gcionn thug mé m'aghaidh ar an Smithsonian, agus ansin san iarnóin ar Leabharlann na Comhdhála. Ag dul ó sholas a bhí sé agus mé ag fágáil na Leabharlainne. Ocras an domhain a bhí orm agus chinn mé ar shiúl ar ais i dtreo an tí ósta agus tráth bia a fháil ar an tslí."

"Ní rud róchiallmhar é sin, déarfainn."

"Tuigim sin anois. Ní raibh duine nó deoraí le feiceáil ar na haibhinní móra fada díreacha sin. Agus chuir na foirgnimh arda fholmha rialtais cáithníní ag rith ar mo chraiceann. Cinnte a bhí mé go raibh duine éigin le léim amach ó scáileanna dorais. Lean mé an bealach íochtarach thart leis an Teach Bán agus is ansin a chonaic mé na chéad daoine ó d'fhág mé Leabharlann na Comhdhála, mar atá, créatúir dhonasacha chifleogacha ina seasamh agus ina suí taobh lena mboscaí de thithe cairtchláir. Chuir duine acu forrán orm is thóg coiscéim nó dhó i mo threo—déarfainn nach raibh sé ach ar lorg déirce—agus rith mé an méid a bhí i mo chraiceann go bhfaca mé soilse na hóstlainne."

"Agus nach ortsa a bhí an t-áthas, mhaífinn?"

"Éist leis seo. An oíche sin sa seomra, chuir mé air an teilifíseán. Ar cheann de na bealaí logánta bhí clár den teideal 'Cathair faoi Léigear' ina ndéanfadh tuairisceoir is foireann cheamara craoladh beo beathach ó láthair mar a raibh dúnmharú i ndiaidh tarlú. Chaith mé cúig lá bhreátha eile i Washington, D. C., ag féachaint ar na radhairc, ach gach tráthnóna sular imigh an ghrian faoi, cheannaigh mé buidéal mór fíona nó sé-phaca beorach, rinne mé ar an *Howard Johnson* agus bhuail fúm os comhair an teilifíseáin chun feitheamh leis an chlár sin."

"Tuigeann gach duine chomh holc is atá sé i Meiriceá. Ach an leor cinneadh ar fhanacht in áit amháin toisc go bhfuil faitíos ort dul áit ar bith eile?"

"Níor fhill mé ar Dhoire is ní fhanaim anseo as siocair go bhfuil eagla orm roimh áiteanna eile. Níor thuig tú mo scéal, a Pháidí. Compordach atá mé anseo, ní in aon chiall fhisiciúil nó ábharaíoch nó chorpartha ar leith ach toisc go dtuigim an áit seo. Liosta le háireamh lochtanna na cathrach seo. Tuigeann tusa iad. Nár ghnách leat cur síos orthu go mion minic? Ach seo an réaltacht seo agamsa, seo an ceann a thuigim, murab ionann is réaltacht ar bith eile, murab ionann is na Stáit Aontaithe, áit nach raibh mé in ann idirdhealú a dhéanamh idir an ficsean is an réaltacht, idir an siamsa is an nuacht."

"Níl ort cónaí i Meiriceá. Ach bhí tú i do chónaí i mBaile Átha Cliath is ní raibh rún agat moilliú ann. Thuig tú ón tús go mbeifeá ag teacht ar ais anseo. Is rinne tú sin."

"Má rinne tú magadh fúm ansin, a Pháidí, feictear dom gur ag déanamh dia beag díom atá tú anois. Uaireanta, an bhfuil a fhios agat, in éad leat a bhí mé toisc gur bhraith tú sách muiníneach asat féin le cúl a thabhairt don seansaol. Uaireanta chreid mé go raibh an ceart agat. Ar ghabháil go Baile Átha Cliath dom i dtús báire, déarfainn gur bhain mé earraíocht as an chaint seo faoi fhilleadh abhaile chun an cumha a mhaolú is a leigheas. Faoi dheireadh na hollscolaíochta, b'fhéidir go raibh imir den stuacánacht ag roinnt le mo chinneadh, gur airigh mé gur dhoiligh dom dul ar mo chúl sa rud a bhí fógartha agam chomh minic sin. Sin, is an easpa samhlaíochta, níorbh fholáir. Ach anois, is cuma cad iad na ceannfháthanna a bhí leis, sásta atá mé gur tháinig mé ar ais."

"Bhuel, más sásta atá tú ...?"

"Níl tusa ag smaoineamh ar theacht chun cónaí i nDoire, an bhfuil tú, a Pháidí? Cad a déarfadh Melissa faoi sin? Tá feabhas ag teacht ar an saol amharclannaíochta abhus. Leoga, nach bhfuil clú idirnáisiúnta ar *Field Day*?" agus rinne sé gáire.

"A Thiarna, nílimid ag smaoineamh ar fhilleadh," arsa tusa, "ach—bhuel..." Ar hob a rá a bhí tú nár smaoinigh tú air sin riamh fiú amháin, ach ar fheiceáil Rosemary agus Denise duit, stop tú. Bheadh oraibh leanúint leis an chomhrá seo ar ball. Trasna uait, bhí meastacháin de líon na nECU a sholathródh an Comhphobal Eorpach do scéim forbartha á malartú ag Daltún, ag Mac Daibhéid is ag an chomhairleoir. Is taobh leat bhí Oscar ag scríobh ar phíosa páipéir.

"Hi, Gabriel, an bhfuil coimisiún faighte agat ón *Journal* chun tuarascáil a bhreacadh ar na himeachtaí anocht?" arsa tú chun gíog de shaghas éigin a tharraingt as.

"Níl."

"Mura mbíonn tú cúramach, a Pháidí, beidh tusa ina úrscéal mór," a mhaígh Mac Giolla go frimhagúil.

Sula raibh seans agat fios feasa an scéilín seo a fhiosrú, d'fhógair Rúnaí Aontas na nIarscoláirí ón Ardbhord go raibh an chuid fhoirmiúil den oíche ar tí tosú. Bheadh cúpla focal le rá ag Uachtarán an Aontais. Mar a bhog seisean i dtreo an tseastáin is mar a tharraing sé burla cártaí amach as póca a sheaicéid, bhí súil as Dia agat gur óráid ghairid ghonta ghreannmhar a bheadh ann.

I dtús báire, d'fhear an tUachtarán fáilte roimh na haíonna uile, go háirithe rompu siúd a thriall ó áiteanna ciana le bheith i láthair. Bhí iarmhic léinn a raibh cónaí orthu i Sasana is in Albain anseo anocht. Chuir sé na haíonna speisialta in aithne daoibh: na heaspaig, an Méara, Uachtarán is Leasuachtarán an Choláiste, ionadaithe ó

Aontais na nIarscoláirí i scoileanna gramadaí eile na cathrach agus ó na hinstitiúidí féin. Ar an drochuair, bhí an Feisire áitiúil as baile faoi láthair, agus é ar lorg infheistíochta don chathair sna Stáit Aontaithe, ach léadh teachtaireacht uaidh inar chuir sé a dhea-mhéin chugaibh. Bhí litreacha comhghairdis ó iarscoláirí nach raibh ar a gcumas a bheith i láthair. Ansin chuir an tUachtarán caint ghearr bhríomhar de inar leag sé an bhéim ar thábhacht na heagraíochta seo agaibhse chun spiorad agus teagasc morálta reiligiúnach is oideachasúil na seanscoile a choimeád beo. Bhí freagrachtaí troma oraibh uile in bhur saol pearsanta is proifisiúnta chun na luachanna Críostúla a dháileadh oraibh cois teallaigh is sa scoil a bhronnadh orthu siúd a bhí faoi bhur gcúram sa teaghlach is san ionad oibre. Ar chríochnú sin dó, b'aoibhinn leis, ar sé, gur mhithid obair inspioráideach bhaill de bhur gcuid a onórú is a chomóradh.

"Is fear é," arsa an tUachtarán, "a bhfuil a oiread sin déanta aige chun caighdeán maireachtála mhuintir na cathrach a ardú is a fheabhsú. Is fear é a chonaic le linn a óige a bhaile dúchais á leagan bríce i ndiaidh bríce, bloc i ndiaidh bloic. In ionad imeacht agus a chuid buanna a úsáid in áit eile agus ar son daoine eile, rinne sé suas a aigne go bhfanfadh sé i measc a mhuintire féin is go dtabharfadh sé é féin suas don obair atógála. Is nárbh é a d'íoc go daor as a chinneadh cróga. Tuigeann sé féin go pearsanta cad is brí le foréigean. Ach in ainneoin a léin phearsanta féin—nó de bharr an léinn sin—is eiseamláir iontach é d'aos óg na cathrach. Tig le Doire Cholm Cille—le Colm Cille naofa féin—a bheith mórtasach as éachtaí a gcuid mac is iníonacha i ngach cúinne den domhan, ach níorbh fholáir ná go bhfuil an-bhród go deo orthu as éachtaí an mheamair mhacánta seo atá ag streachailt ar a bhionda le haghaidh a mhuintire sa bhaile. Ar ndóigh, is ag caint ar iarscoláire tréitheach de chuid an Choláiste atá mé, ar fhear gnó, ar fhear mór carthanachta, ar fhear sínteach soghníomhartha. Ar thodhchaí Dhoire Cholm Cille. Ar Dhaltún Uasal Ó Brolcháin!"

Mar a dhírigh an tUachtarán ar an chulaith ghaisce seo, deimhin de a bhí tú go n-ainmneodh sé seanstrompa éigin. Thit an lug ar an lag agat leath bealaigh tríd ar thuiscint duit cé a bhí i gceist aige. D'fhéach tú ar Mhac Giolla a raibh cár go cluais air. Ar seisean go searbh i gcogar leat:

"Is ea, seo an réaltacht a thuigim, a Pháidí. An bhfuil tú cinnte gur mian leat filleadh abhus?"

Ag cur clabhsúir ar a óráid a bhí an tUachtarán anois.

"Tá macasamhail de Chros Cholm Cille ó Mhaoin Chontae Chill Dara le bronnadh againn ar Dhaltún mar aitheantas ar a bhfuil curtha i gcrích aige ar son na cathrach seo. Iarraim ar Dhaltún teacht aníos chun glacadh leis an ghradam seo."

Mar a rinne Todhchaí Dhoire a shlí bhacach mhartraithe i dtreo an tseastáin, thosaigh daoine ag éirí óna suíocháin chun bualadh bos a thabhairt dó is gártha molta a ligean.

"Bhuel, a Pháidí," arsa Mac Giolla leat, "seo do dheis mhór chun do mhíshástacht le luachanna *nouveau-riche* Dhoire a léiriú."

Sheas tú. A dhála féin. Amhail achan duine eile. Ach amháin Oscar. Ba dhoiligh a rá, ámh, cén acu an seasamh (nó an suí) prionsabálta nó an neamhhiontas faoi deara dó fanacht mar a raibh sé. Ar scor ar bith, bhí lúcháir ortsa anois nach raibh Melissa i do chuideachta. Ní hamháin ionas nach bhfeicfeadh sí a fhimíní is a bhí tú ach toisc nach raibh a fhios agat cad a dhéanfadh sise dá mbeadh sí abhus. Ach ag an phointe seo, ní hí an fhimíneacht seo agatsa ba mhó a chuaigh chun síocais duit. Nó go mbronnfaí gradam den chineál seo ar ghliodaí cam—nár státseirbhíseach thú a thuig modhanna oibre na bpolaiteoirí? Nó go molfaí Daltún go hard na spéire mar caithfidh gur thuig gach duine anseo go maith gurbh é an leagan leataobh aondathach de stair Dhaltún a cuireadh os bhur gcomhair. Ach gur thuig tú gur ag machnamh go fo-chomhfhiosach ar theacht chun cónaí i nDoire a bhí tú le tamall anuas.

Ar ball agus tú ag caint le Mac Giolla, bhain sé preab asat nuair a d'fhiafraigh sé díot an raibh tú ag smaoineamh ar fhilleadh ar Dhoire. Go fíreannach a d'fhreagair tú an cheist: níor smaoinigh tú ar sin a dhéanamh. Ach nárbh é sin an rud a bhí ag fabhrú i d'aigne le seal, ach nár admhaigh tú é duit féin? Nó do Melissa. Nárbh é an filleadh an toradh loighciúil ar an tóraíocht seo ar na fréamhacha? Do d'ullmhú féin le haghaidh an chinnte sin—le haghaidh na cinniúna sin—a bhí tú.

Tar éis an tseó seo anocht, arbh fhiú luachanna suaracha na cathrach móire a mhalartú le haghaidh chuid na cathrach bige? Is an pósadh seo agatsa a chur i mbaol. Mar suite de a bhí tú gur le leisce a ghluaisfeadh Melissa aneas. Dá dtiocfadh sí ar chor ar bith.

"A dhaoine uaisle—a chairde—is iontach liom an gradam seo atá bronnta agaibh orm." Shuigh sibh síos mar a thosaigh Daltún ag óráidíocht. "Caithfidh mé mo leithscéal a ghabháil libh sa mhéid nach bhfuil mé cleachtach ar an chaint phoiblí. Ní polaiteoir mé." Ag an phointe sin chuala tú scolgháire múchta ó Mhac Giolla taobh leat. "Is iomaí cor a chuir an stair i saol corraitheach na cathrach seo le fiche bliain anuas. Ó na drochlaethanta dorcha ag deireadh na seascaidí is ag tús na seachtóidí nuair a féachadh leis an chroí a stoitheadh as lár an bhaile mhóir go tús na hatógála sna hochtóidí. Anois cathair idirnáisiúnta is ea Doire, a bhfuil éileamh nach beag aici ar airgeadú ó Mhór-Roinn na hEorpa is ó Mheiriceá Thuaidh chun í a fhorbairt. Ag crosbhóthar atá ár gcathair álainn, ámh. In ainneoin na hoibre iontaí atá déanta againn chun buanna a muintire a chraobhscaoileadh i mbaile is i gcéin, tá drochíomhá ag Doire fós. Is é an cúram atá orainn mar cheannairí pobail a léiriú go bhfuil ceannasaíocht láidir anseo atá ag iarraidh na constaicí atá ag cur isteach ar dhul chun cinn na cathrach a shárú. Ceann de na bealaí is éifeachtaí leis an mhianach ceannasaíochta sin a thaispeáint obair a sholáthar d'aos óg lár na cathrach. Tá scéim phleanála a dréachtú agam faoi láthair chun ollchoimpléasc turasóireachta a fhorbairt i gcroílár na cathrach. B'fhearr liom gan barraíocht a rá faoi ag an bhomaite seo, mar tá roinnt mionphointí le socrú go fóill ach tig libh a bheith ag súil lena thuilleadh dea-scéala faoin amhantar corraitheach seo roimh i bhfad. Agus tá a fhios agam gur féidir le muintir Dhoire a bheith ag dréim le dea-thoil údaráis na cathrach, mar is fiontar forásach é seo a dhéanfaidh croílár Dhoire a athnuachan. Mar an gcéanna, tá a fhios agam gur féidir le muintir Dhoire a bheith ag brath ar dhea-mhéin gach duine agaibh chun tacú le scéim a dhéanfaidh leas Dhoire."

Ba dhoiligh gan a bheith tógtha le soibealtacht Dhaltúin. Tríd an scéim seo aigesean a nochtadh ar ócáid phoiblí mar seo, ní hé amháin go raibh sé tar éis an chuid ba mhó den chreidiúint a fháil dó féin ach bhí sé i ndiaidh an Daibhéadach a sháinniú trí bhéim a chur ar shuíomh lárchathrach. Ghlinnigh tú ar Mhac Daibhéid. Ina shuí go righin agus a lámha trasna ar a chéile aige a bhí sé. Dheamhan caint a rinne sé, ar a shon gur ag cogarnaíl leis a bhí an Comhairleoir Beaucoup.

Mar a chuir Daltún clabhsúr ar a aitheasc, sméid Mac Giolla a cheann ort. De réir dealraimh, ar a chúilín seamhrach agus é ag baint sult as seó aonfhir Dhaltúin, a bhí seisean.

"Fan go gcluinfidh ár bhFeisire oirmhinneach faoin scúp seo. Ní mó ná sásta a bheidh seisean go bhfuair Daltún an chreidiúint is an phoiblíocht go léir. Ní mé an bhfuil Daltún ag machnamh ar an ainmniúchán a lorg don chéad olltoghchán eile. A Chríost, ba bhreá liom sin a fheiceáil. Scirmis shuarach a bheadh sa doirteadh fola le fiche bliain anuas i gcomparáid leis an chomhrac aonair áirithe sin!" Chuir ciniceas Mhic Ghiolla olc ort. An tsaontacht a chuir sé i do leith ar ball. Níor cheap tú riamh gur dhuine saonta tú. Go maith a thuig tú an earnáil phoiblí is caimiléireacht na bpolaiteoirí. Má bhí ionchas agat leis an chaimiléireacht sin i mBaile Átha Cliath, cad chuige a gcuirfeadh a macasamhail iontas ort abhus i nDoire. Ní fhéadfá a bheith ag súil lena malairt i ndáiríre. Ach bhí tú. Ba mhian leat a chreidbheáil go ndeachaigh fealsúnacht ghluaiseacht na gCeart Sibhialta i bhfeidhm ar mheon mhuintir na cathrach. Ní hea. Ar mheon na meánaicme nua ar chuid di tusa. Ba sibhse an tríú nó an ceathrú glúin a oileadh faoi chóras an 11-Plus a dháil scoláireachtaí chuig an scoil ghramadaí ar an chuid thofa agaibh. An ghlúin seo agatsa a bhí ag tosú ar bhur gcúrsa tríd an chóras sin nuair a thosaigh na Tríoblóidí. Do dhála féin, d'fhág roinnt mhaith an chathair ag an chéad áiméar. Chaith corrdhuine ón bhliain seo agatsa tréimhse i bpríosún. Maraíodh duine amháin nuair a phléasc buama a bhí á iompar aige. Tromlach na ndaoine a d'fhan i nDoire nó a d'fhill ar an áit ó shin, chomh dócha lena athrach a bhí sé go raibh siad ag iarraidh a saol a chur isteach go ciúin sibhialta ina n-eastáit phríobháideacha nó—amhail Mhic Ghiolla—ag iarraidh an greann nó an greann dubh a úsáid le héalú ó dhearóile an fhásaigh ina dtimpeall. Ansin bhí leithéid Dhaltúin ann a d'amharc ar an chorráil chathartha, de réir dealraimh, mar dheis chuí ghnó chun speilp a shaothrú. Agus, ar ndóigh, bhí Oscar ann, siabhránach nach raibh a fhios aige cad a bhí ar siúl aige leathchuid den am. Sibhse, an mheánaicme nuathofa, i ndiaidh loiceadh scun scan ar bhur gcathair dhúchais a bhí sibh. Trína tréigean go fisiciúil mar a bhí déanta agat. Trína tréigean go trópach mar a bhí déanta ag Mac Giolla. Trí theacht i dtír uirthi mar a bhí Daltún á dhéanamh. Trína chuid buanna a spealadh, mar a rinne Oscar. Beag maith a rinne sibhse do Dhoire Chalgaigh, i

ndeireadh na dála. Sa dóigh chéanna a ndearna an
mheánaicme sheanbhunaithe Albanach neamart sa chathair
le linn a ré ach amháin nuair a d'fhóir sé dóibh féin, ag
déanamh an ruda chéanna a bhí an mheánaicme nua
cheannasach. Níor athraigh a dhath, murach claonadh
treibheach na haicme sin. Is ní cearta sibhialta a bhí uathu
ach oiread ach an ceart le bheith meánaicmeach, an cead go
mbronnfaí an stádas is an chumhacht chóir aicmeach orthu.

Ós rud é go raibh an chuid fhoirmiúil den tráthnóna
réidh is go mbeadh ceol ag tosú ar ball, thosaigh daoine ag
séirseáil thart ar fud an tseomra. Ag imeacht abhaile a bhí
cuid acu, de réir cosúlachta. Thuas ag an Ardbhord, bhí
scaifte timpeall Dhaltúin ag tréaslú a ghradaim dó, níorbh
fholáir. Bhí grianghrafadóir ón _Journal_ ag iarraidh na
móruaisle a mhealladh is a rangú le roinnt fótagraf a
thógáil. Ba le dua a bhí ag éirí leis áitiú ar Dhaltún seasamh
san áit cheart fada go leor chun an tasc a chur i gcrích.

Chaith tú seal ag labhairt le cúpla iarmhúinteoir de do
chuid agus Scurvy, do sheanmhúinteoir staire, orthu.
B'ionann nach mór an comhrá a bhí agat leo beirt. Cad tá ar
siúl agat anois? An dtaitníonn an post sin leat? An
dtaitníonn Baile Átha Cliath leat? Pósta atá tú? An bhfuil
aon chlann agaibh? An minic a thagann tú abhaile? Cad é
mar atá na deartháireacha seo agatsa? Cad tá ar siúl acu?
An dtaitníonn an post sin leo? Má bhí a fhios ag Scurvy
riamh cérbh leis thú, níor thagair sé do d'athair.

Ba mhór an faoiseamh duit é nuair a tharrtháil Mac
Giolla uathu thú. Bhí grianghraf de lucht na bliana seo
agatsa le tógáil. Rangaíodh sibhse uile. Daltún sa lár. Mac
Gualraig is Mac Giolla ar a dhá thaobh agus na
neamhdhaoine eile amuigh ar na himill. I ndiaidh an
oirdéil cháisiúil is shiúcrúil sin, arsa Mac Giolla leat.

"A Pháidí, beidh cúpla duine againn ag gabháil ar ais
chuig teach Dhaltúin ar ball. An dtiocfaidh tú linn? Beidh
fáilte romhat ar ndóigh. Déarfainn go mbeidh sároíche
scléipe ann."

"Go raibh maith agat, a Sheáin, ach sílim go mbeidh mé ag bualadh an bhóthair ar ball. Ar luasbhus luath na maidine a bheidh mé ag imeacht, má ráiníonn liom éirí in am."

"Ar bhain tú taitneamh as an oíche?"

"Bhain, ar bhealach. Ní mé cad leis a raibh mé ag dréim. Le fáil amach cad tá ar siúl go fírinneach i nDoire, is dócha. Le fáil amach an bhfuil a dhath le tairiscint agam don áit."

"Bhuel, ní féidir a bheith ag dréim le barraíocht ag rud mar seo, a Pháidí. Tagann an chuid is mó de na daoine chuig na hócáidí seo chun cúrsaí gnó a shocrú. Ródhorcha atá sé lena bplé ar an mhachaire gailf. Tagann siad anseo chun leanúint leis an phlásántacht is leis an tláithínteacht. Ansin ar a gcuntais chostais a chuirtear an táille."

"Ní imrím galf, is fuath liom cúrsaí gnó agus níl aon chuntas costais agam."

"Ná bí chomh dáiríre sin, a Pháidí. Is ná bí ag súil le caighdeán níos airde ó dhaoine anseo ná mar a gheofá áit ar bith eile. D'fhéadfainn a rá gurb é seo an áit chontráilte le teacht ar an Doire fíreannach atá uait agus gur ghá dul amach i measc na cosmhuintire. Ní thuigim cad is brí leis an fhocal sin 'fírinne.' Ní fheicim ach an réaltacht. Ach cibé rud atá ann, tá a oiread d'fhírinne na cathrach seo le fáil anseo anocht is a gheofá i measc dreama ar bith eile. Fírinneach nó fíor dár n-aicmí féin a bhímid, do dhuáilcí is do shuáilcí na haicme sin. Saonta is simplí a bheadh an té a chreidfeadh a mhalairt."

"D'fhiafraigh tú díom ar ball an rabhamar ag smaoineamh ar fhilleadh abhaile. Bhuel, ar chúl m'intinne a bhí an smaoineamh sin, is dócha. Ach de réir mar a fheicim, níl aon ról anseo dom."

"Braitheann sin ort féin, a Pháidí. Ach más amhlaidh go bhfuil tú le filleadh, bí deimhin de go bhfuil tú á dhéanamh ar na cúiseanna cearta. D'áitigh mé nach tábhachtach a bhí na ceannfháthanna seo agamsa. Ach ní raibh púicíní an idéalaí nua-aiséirithe orm mar atá ortsa anois. Bain díot na púicíní sin, is más féidir leat a fhreagairt go hionraic ansin gur mian leat filleadh is glacadh le réaltacht an tsaoil abhus, tar ar ais is gearrfear scornach muice le fáilte Uí Néill a fhearadh roimh an mhac díobhlásach. Ach mura bhfuil tú in ann déileáil leis an réaltacht idir mhaith is saith, fan i mBaile Átha Cliath, cuir díot an bhaothántacht is bíodh saol sona sócúlach agat is ag Melissa. Sin mo chomhairle duit... Féach, caithfidh mé bailiú liom. Tá bean álainn mhífhoighneach ag feitheamh liom. Cuir glao gutháin orm faoina mbeidh tú sa bhaile arís is abair leis an bhean sin atá agat gur ag cur a tuairisce atá mé. Goitse chun slán a fhágáil ag Denise."

Rinne tú rud air. Ba chóir slán a fhágáil ag an dream eile a bhí ag do bhord freisin. Ach arís i lár grúpa a bhí Daltún is taobh leis a bhí an comhairleoir, an Daibhéadach is Rosemary. Ar fheiceáil Oscair duit, ámh, chuaigh tú suas chuige. Ina shuí ag an bhord ag scríobh a bhí sé fós.

"Gabriel, tá mé ag imeacht abhaile anois. Tabhair aire mhaith duit féin."

"An dtabharfaidh tú síob dom?"

"Níl carr agam. Tá mé chun tacsaí a fháil."

"Rachaidh mé leat."

Ní dócha gurbh í an dúil i do chuideachta chaomh ach an dúil i síob saor in aisce faoi deara an achainí. Ba chuma. Ag dul sa treo céanna a bhí an dís agaibh.

D'éirigh libh tacsaí a fháil gan mhoill. D'inis tú don tiománaí déanamh ar Chnoc an Rois i dtús báire. Agus sibhse sa suíochán cúil, is gan fonn cainte dá laghad ar Oscar béalbhinn, d'fhiafraigh tú de faoin úrscéal a luaigh Mac Giolla. Faoin am seo, ba chuma leat is duit cad a choimeád i nDoire é. I dtús, ní dúirt Oscar a dhath. Ansin, gan choinne:

"Ní úrscéal é."

"Cad tá ann mar sin?"

"Leabhar fáistineach."

"Cad faoi?"

"Faoi Cholm Cille."

"Faoina shaol?"

"Faoina dtarlóidh nuair a fhíorófar na tairngreachtaí uile."

Ba dheacair a rá cén rud ba mhó a chuir iontas ort, ábhar leabhar Oscair nó gur ráinig leat abairt shlán a mhealladh uaidh. Ar an drochuair, cineál teoranta a bhí an cur amach seo agatsa ar fháistiní Cholm Cille. An t-aon ní a tháinig chun an bhéil chugat go gcluinteá fadó gur thuar Colm Cille nach mbuailfeadh splanc thintrí éinne de bhunadh Dhoire go deo. Ba thairngreacht í seo a chuaigh go mór i gcion ort is tú ag fás suas. Agus an doineann ann mhothaigh tú slán sábháilte mar nach faoi choimirce phátrún bhur gcathrach a bhí tú? Fiú má maraíodh fear ón chathair ar mhachaire gailf i rith stoirme i dTír Chonaill, údar sóláis duit ba ea é gur taispeánadh nárbh í an tintreach a mharaigh é ach an chraobh a leag an chaor thintrí! Mar an gcéanna, nuair a dódh beo beathach bean ó Dhoire Trasna ar thrá éigin thoir i gContae an Dúin, níor bhagair sin ar do chreideamh. Albanach ba ea é is ní fhéadfadh na hainniseoirí sin a bheith ag súil le coimirce an naoimh bheannaithe.

Chuartaigh tú ciúta débhríoch a choimeádfadh Oscar ag bleadráil is a cheilfeadh chomh fánach is a bhí do chuid eolais ar thairngreachtaí Cholm Cille.

"Cén mhír ar leith de na tairngreachtaí a bhfuil spéis agat ann, Gabriel? Más amhlaidh go bhfuil an sonas is an saibhreas i ndán do Dhoire, b'fhéidir gur mhithid dom cur fúm anseo go pras."

"An t-ár is an matalang amháin atá i ndán do Dhoire."

"An gcreideann tú, Gabriel, go dtarlóidh tubaiste mhillteanach éigin anseo i nDoire?"

"Á tarlú cheana atá sí. Níl ann ach an tús. Níos measa a bheidh sí roimh i bhfad."

"Ach cén tslí ina bhfuil sé ag tarlú, Gabriel?"

"Thuar Colmcille Naofa go ndíothófaí Doire. Faoi lánseol atá an neamhniú le fiche bliain. Cuirfear clabhsúr air go luath."

Faoin am seo, cinnte a bhí tú nach bolstaic amháin ach fear buile a bhí in Oscar. Ní déarfá a dhath eile leis. Ar an drochuair, áfach, b'fhollas go raibh tú i ndiaidh cigilt a chur ar a théada gutha.

"Tá staidéar déanta agam ar na tairngreachtaí. Tá ollchairt ullmhaithe agam ina ndéantar caileantóireacht ar réimse agus ar chineál agus ar dhátaí na dtubaistí a thit amach cheana is na gceann atá le tarlú amach anseo."

Mar bharr ar an donas, ag cúléisteacht leis an chomhrá seo a bhí an tiománaí. Níor fhéach sé leis an gháire a choinneáil istigh.

"An bhféadfá breathnú ar do chaor mhór chriostail, *Mister*, agus a insint dom cén beithíoch a bhuafaidh rás a trí a chlog ag Doncaster amárach? Tá cúig phunt agam ar bhromach agus focain tubaiste a bheidh ann má chailleann sé."

D'éirigh leis an trasnáil mhíthráthúil seo Oscar a chur ina thost. D'fhan sé ciúin druidte gur shroich sibh an teach seo aigesean. Thuirling sé den tacsaí is d'imigh leis gan aon chuid den táille a thairiscint duit.

"Craiceáilte atá an leathdhuine sin. Eisean agus a chuid tairngreachtaí! Thall i nGransha ba cheart don ghealt sin a bheith," arsa an tiománaí mar a chuaigh sibh le fána síos Park Avenue. Ag tagairt d'ospidéal na ngealt a bhí sé.

"Is follas go gcreideann seisean sa stuif sin uile."

"Is ea, is creidimse gur mise Georgie Best. Tá an áit seo ag éirí níos aistí in aghaidh an lae. Ní mé cad faoi deara é— na beacáin dhraíochta nó an fhluairíd san uisce nó rud éigin mar sin."

Má thaitin acmhainn grinn an tiománaí leat, breá sásta a bhí tú gur oíche spéirghlan réil a bhí ann.

Caibidil 5

Tá cuma lom dhearóil ar na tithe i Stanley's Walk. Tithe beaga cúnga iad—"Two up, two down," dála do thí féin. Leathchuid acu folamh, na fuinneoga druidte le brící. Tá buanbholadh bréan broghach san aer ón mhonarcha gháis ar bhur dtaobh deas. An t-aer mífholláin, luchtaithe leis an mhúch ón choimpléasc sin. An tsíormhúch a leathann ar fud phlástar na mballaí is na n-éadaí ar crochadh sna clóis bheaga agus a líonann scamhóga a gcónaíonn sa dúiche seo. Is deas an smaoineamh é.

Béal Feirsteach preicleach os do chomhair a thagraíonn don bholadh. It was septic there in the Derry air. Buanbhroim Dhoire. É níos measa ná C. S. Gas. Ba chóir daoibh é a chur i mbuidéil lena theilgean ar na péas is ar na saighdiúirí. Chuirfeadh sin an ruaig orthu go mear, tig leat a bheith siúráilte de sin. Níb éifeachtaí ná peitrealbhuamaí a bheadh sé. Scairt mhór gháire ó ghligíní Bhéal Feirste. An preicleachán breá sásta lena acmhainn grinn.

Seo an bealach a thriallann tú gach lá. Chun an Choláiste ar maidin, ionsar an baile ag am lóin, ar ais chuig an Choláiste, agus abhaile arís i ndiaidh na ranganna. Luaigh an t-athair tamall ó shin gurbh fhiú rothar a fháil faoi do choinne. Cé gur mhinic a phollfaí na boinn, agus a bhfuil de smionagar gloiní scaipthe ar na bóithre, chiorródh an rothar an t-aistear duit, go háirithe ag am lóin.

Ar thosú duit sa Choláiste, ba ghnách leat aicearra a ghabháil anseo trí Dove Gardens, Meenan Square agus Cable Street. Tráthnóna i gcaitheamh do chéad seachtaine, ag siúl abhaile a bhí tú. Lomlán le téacsleabhair shnasta nua a bhí do mhála scoile is bhí a thuilleadh á iompar faoi d'ascaill agat. Agus tú ar Shráid Cable, rug stócach greim casóige ort is thug bos idir an dá shlinneán duit. "An síleann sibhse, College snobs, go bhfuil cead agaibh siúl trínár gceantar?" Sula raibh deis agat rith, shnap sé na leabhair a bhí faoi d'ascaill uait is chaith thar sconsa gairdín iad. "Fan amach as an cheantar seo feasta nó brisfidh mé do phus," ar seisean. D'fhan tú. Is fanann fós, fiú má chuireann sin le do thuras ionsar an scoil is abhaile.

Mar a chasann sibh ar clé isteach sa Lecky Road, mothaíonn tú greim an athar ar do dhufalchóta. Má airíonn tú é ag amharc anuas ó am go chéile, is beag atá ráite aige leat. Corrabairt. An bhfuil tuirse ort? Ní bheimid rófhada anois. Cad chuige nár thug tú do chuid lámhainní leat? Gan aon phéire air féin. Ag comhrá le fear éigin atá an t-athair anois. Tugann tú éisteacht dóibh. An pholaitíocht faoi chaibidil acu, ar ndóigh. D'fhógair an Dream Buí go n-eagróidís cruinniú agóide sa Guildhall dá gceadófaí daoibhse máirseáil. An ceann seo agaibhse mídhleathach díochmharcach. Ach cé a dhéanann an reacht ach an dream ceannann céanna. Ar aon nós, inné a chinn siad ar a n-agóid a chur ar ceal. Ní raibh ann ach an cur i gcéill, a chloiseann tú an t-athair ag rá. Gnáthchur i gcéill na nOráisteach. An lámh láidir á bagairt acu de shíor agus gan aon téagar taobh thiar di.

Gan ach triúr Albanach ar an tsráid seo agaibhse. Baintreach fir agus beirt seanmhaighdean. Bobby Crookshank is na Coulters. Ní bhacann na seanmhná le héinne agaibh. Is annamh a fheiceann tú taobh amuigh iad, ach amháin ar an Domhnach nuair a thagann carr lena dtabhairt ionsar a dteampall. Diomaite den tiománaí sin, níl cuairteoir ar bith eile feicthe agat riamh. Chuala tú áit éigin gur mac le duine acu an fear sin is gur póilín é. Caithfidh nach bhfuil aon chairde acu. B'fhéidir gur marbh atá na gaolta is na cairde eile. Más ball den phéas an mac, beidh air a bheith cúramach feasta.

Lán de bheogacht atá Bobby. Stopann sé i dtólamh chun dreas cainte a dhéanamh leis an mháthair nó le duine de na comharsana. Am ar bith, diomaite den Dara Lá Déag de Mhí Lúnasa, lá mór na nAlbanach i nDoire. Neamhiontas a dhéanann sé daoibh go léir ansin. Roinnt blianta ó shin, thóg an mháthair sibh síos go

*Bóthar na Trá chun breathnú ar mhórshiúl na Apprentice Boys.
Sular thosaigh ré seo na gcíréibeacha ar ndóigh. Chonaic tú
Bobby ag siúl le lucht a lóiste. A chulaith is babhlaer air. An
tsais. An scáth fearthainne ina ghlac aige. A ghaosán san aer,
gan pioc airde oraibh. An mhaidin dár gcionn, bhí Bobby chomh
mín moiglí libh is a bhí sé riamh.*

*Is beag teaghlach óg Albanach atá sna sráideanna seo agaibhse
anois. Ní nach ionadh. Nach bhfuair siad na tithe breátha nua
sna heastáit bheaga ar Ascaill Northland agus thuas Bóthar an
Ghleanna. Tromlach na nAlbanach sa dúiche, is pinsinéirí nó
daoine breacaosta iad. Oíche dá raibh d'Uncail Micí ar cuairt,
mhothaigh tú an t-athair ag insint scéil faoi dhuine acu, Sammy
McLean. Ag deireadh na gcaogaidí agus feachtas eile de chuid an
IRA faoi lánseol, amuigh de shiúl oíche le buíon B-Men a bhí
Sammy. Ar patról a bhí siad thuas ar Lowry's Lane, cabhsa
clábarach crannmhar tuaithe a cheanglaíonn mullach Bhóthar an
Ghleanna le cúl Chnoc an Rois. De réir an scéil, chuala Sammy
corraitheacht is seamsánacht ó pháirc. Ghlaoigh sé ar cibé duine a
bhí ann teacht amach agus a lámha in airde aige. Dheamhan
freagra a fuair sé. Ina ionad sin, b'fhollas gur ag iarraidh éalú leo
a bhí na daoine sin. Cinnte anois a bhí Sammy go raibh sé i
ndiaidh teacht ar ghrúpa gunnadóirí Poblachtacha a bhí ag
ullmhú le hionsaí a dhéanamh ar bheairic Chnoc an Rois.
Meaisínghunna a bhí á iompar ag Sammy. Scaoil sé urchair lán
pileárlainne i dtreo na dteifeach mar a rinne cuid dá pháirtí
freisin, sular chúlaigh siad ón bhearna bhaoil le fios a chur ar a
thuilleadh péas. An mhaidin dár gcionn nuair a cuardaíodh an
pháirc, níor aimsíodh coirp na sceimhlitheoirí. Nó aon fhir
ghunna leonta. Nó aon lón cogaidh diomaite de chartúis chaite ó
ghunnaí na B-Men. Folamh a bhí an pháirc. Bhuel, diomaite de
dhá ghabhar mharbha. Mar bharr ar an donas, gabhair Albanacha
ba ea iad.*

*Gladhbóg ghrágánach is ea Sammy anois nach gcuireann
isteach nó amach oraibh. Cónaíonn sé lena mháthair. Chuala tú an
mháthair seo agatsa ag rá seal ó shin gur dócha go mbeadh an*

bheirt acu ag aistriú sall go Doire Trasna. An bhaint a bhí ag Sammy leis na B-Men faoi deara sin, níorbh fholáir. Nó tusa faoi deara é, b'fhéidir. Tamall tar éis duit cluinstin faoi oidhe na ngabhar, chonaic tú Sammy amuigh ag spaisteoireacht sa pháirc taobh thiar de na tithe seo agaibhse. Thapaigh tú an deis le rith chuig binn theach Mhic Lochlainn, d'fhan gur sách fada a bhí Sammy uait nach bhféadfadh sé breith ort is lig tú bleaist mhaith meigeanna asat. Mar a thiontaigh sé thart, rith tú leat. Ó dhoras do thí, chuala tú Sammy. Ag caitheamh jioranna agus crístíní a bhí sé.

An chuid is aosta agus an chuid is nua den chathair taobh le taobh, ar an dá thaobh de Lecky Road, mar a bhfuil sibh anois. Árasáin is tithe measartha nua Dove Gardens agus Meenan Square ar do lámh chlé. Sin an ceantar a sheachnaíonn tú, ar eagla go mbuailfeá leis an mhaistín sin athuair. Síos uaibh ar an taobh deas, na Wells, St. Columb's Wells agus seanbhathlaigh de thithe. Roinnt acu folamh, ach tá toit ag ardú ó chorrshimléir. Sin an dúiche taobh le Fahan Street ar a dtugtar an Bogside. Taobh an Bhogaigh. Cuireann sé cantal ar mhuintir na cathrach go luaitear an logainm áirithe sin le leathchuid den chathair ar an bhruach seo den abhainn. Aineolas na dtuairisceoirí teilifíse agus na n-iriseoirí faoi deara an mheancóg sin. Roinnt acu siúd anseo inniu, de réir cosúlachta. Criú ón BBC thuas sa Bishop's Field ar ball. Go hiondúil fanann siad thuas ag ceann an mhórshiúil. Ionchas acu le babhta craice, a déarfá, i ndiaidh a bhfuil de chasaoidí déanta ag na hAlbanaigh.

Rogha eile le déanamh ag stiúrthóirí an léirsithe chun tosaigh. An bealach is giorra dul ar aghaidh go díreach, thart le Free Derry Corner, isteach chuig Sráid Rosseville. Ach tá baracáidí de ghluaisteáin dhóite trasna Lecky Road ar thaobh Rosseville le míonna anuas. Tá dóthain spáis ann le siúl thart leis na baracáidí. Sin an rud a dhéanann muintir na cathrach ar scor ar bith. Na baracáidí seo fuíoll an bhabhta dheireanaigh chíréibeacha. Seo ceann de na bláir chatha ó bhun Shráid Fathana go mullach Shráid Liam. Cá bhfuil an leoraí sin ag gabháil. Damnú air. Ag tiontú ar clé isteach i Westland Street atá sé. Ní bheidh críoch leis an chaismirneach seo choíche. Cúig bhomaite is fiche i ndiaidh a trí. Amuigh, ag siúl, ag stopadh, ag siúl, le suas le huair go leith atá sibh anois, ó d'fhág sibh an teach le siúl sa tsochraid. Tá ocras ag teacht ort. Friochadh a bheidh agaibh don tae anocht. Ansin beidh ort suí síos chun na ceachtanna Laidine a chríochnú. Dá gcinnfeadh an t-athair ar imeacht abhaile ar ball, seans go mbeadh an tae agaibh go measartha luath, is thiocfadh leat tabhairt faoi na ceachtanna sula dtosaíonn an scannán anocht.

Buntáiste de shaghas is ea é nuair nach mbíonn cur amach agat ar chathair nó ar an chúrsa taistil. Muintir Bhéal Feirste is na cuairteoirí eile, níl tuairim dá laghad acu go bhfuil siad ag siúl thart i gciorcal mór amháin. Bhuel, ní ciorcal slán é i ndáiríre ach cúrsa ar geall leis an fhigiúr '8' é. Cibé ar bith, ag tabhairt cúrsa iomlán na háite atá sibh.

Ag déanamh a shlí suas Westland atá an leoraí anois. É fós i bhfad Éireann chun tosaigh oraibh. Ar a dhá thaobh, tá daoine ag siúl. Mar gheall ar chúinge an bhóthair, tá díormaí eile ag máirseáil ar na casáin phábháilte. Nó ar na codanna atá pábháilte go fóill. Goideadh céatadán maith de na clocha pábhála ag amanna éagsúla le cúpla bliain anuas mar ábhar baracáidí nó mar ábhar círéibe. Ní nach ionadh, dheamhan deabhadh atá ar na hAlbanaigh cinn nua a sholáthar.

Thuas chun tosaigh, fanann go leor stuacán ar na cosáin, in ainneoin orduithe na stíobhard dóibh coimeád sna línte máirseála. Tig leat daoine a fheiceáil ina seasamh i gcúl an leoraí. Finbarr ann fós. Corrbhéicíl dhothuigthe á scaoileadh uaidh. Chun a chumhacht is a phostúlacht a léiriú, is dócha. A ghlam níos measa ná a ghreim, a deir an mháthair. Gan tú in ann ceannaithe na ndaoine eile i gcúl an leoraí a aithint. Caithfidh go bhfuil Bernadette Devlin ann gan dabht is mhothaigh tú ar Nuacht a hAon ar Raidió Éireann go mbeadh boc mór Sasanach éigin— Tiarna nó Diúc nó rud éigin mar sin—anseo fosta. Seo an t-am is measa den lá. É ag gabháil ó sholas rud beag, sa dóigh gur doiligh rudaí nó daoine i bhfad uait a phiocadh amach i gceart. Is tá sé ag éirí níos fuaire fosta.

Come on, *téigí trasna Sráid Blutcher.* Come on, *le bhur dtoil,
in ionad gabháil suas chomh fada le Laburnum Terrace. Ní
dhéanfaidh na buggers rud ort, ar ndóigh. Caithfidh siad an cúrsa
is faide a roghnú. Aidhe, ag gabháil díreach ar aghaidh atá siad.*

*Murab ionann is an Creagán, cur amach maith agatsa ar na
sráideanna seo, óna bheith ag siúl ionsar an Coláiste. Diaidh ar
ndiaidh, tá tithe nua is sráideanna nua á dtógáil mar a mbíodh
Sráid Nelson agus Sráid Wellington. Bhí Frankie Boyle, cara le
Gerald seo agatsa, thuas sa teach tamall ó shin. D'fhógair sé gur
thosaigh na círéibeacha in 1969 toisc nár ligeadh do na daoine
thíos i Sráid Nelson agus i Sráid Wellington muca a choinneáil i
gclóis a dtithe, mar a choinnigh a seacht sinsear rompu. Nár
bhain an ciaramáboc is an suaitheadh polaitiúil is na racáin le
cearta vótála nó le heaspa jabanna nó le cothrom na Féinne nó le
cúrsaí tithíochta. Ach le cead chun cúpla muc a bheathú i gcúl an
tí. Ar deargbhuile a bhí na tuismitheoirí ar chluinstin sin dóibh.
Ní dúirt siad a dhath le Frankie, ach nuair a luaigh Gerald ní ba
dhéanaí gurbh fhéidir go raibh an ceart ag Frankie, íde na madraí
(is na muc!) a thug an t-athair dó. Ag géilleadh do dhramhaíl
chainte is cháinte na nAlbanach a bhí Gerald, dá bhfaomhfadh sé
bréaga mar sin a chreidbheáil faoina mhuintir féin. Daoine
cneasta macánta ba ea muintir Shráid Nelson agus Shráid
Wellington riamh. Daoine nach raibh mórán de mhaoin an tsaoil
acu riamh. Seanmóir fhada a thug an t-athair dó. Ní nach
ionadh, ní ba dhiscréidí a bhí Gerald leis an chéad teoiric mhór eile
a bhí ag Frankie: nár bhuaigh na Gaeil aon chath ó tugadh an
práta isteach in Éirinn. Comhcheilg chliste shuarach de chuid na
Sasanach ba ea é chun an gus is an éitir a bhaint as na Gaeil
bhochta. B'fhéidir go raibh an ceart ag Frankie anseo. Ní raibh tú
féin in ann smaoineamh ar aon bhua glórmhar ó thug Walter
Raleigh nó cibé duine a bhí ann an práta beannaithe isteach sa tír.*

*Ag cúinne Blutcher Street, tá neart daoine ag ruatharach. Sin
na daoine céillí a thuigeann gur féidir leo aicearra a ghabháil is
bualadh le ceann an mhórshiúil ag barr Little Diamond. Ní duine*

*díobh an t-athair. Sráid Blutcher. Sin ceann de na ceisteanna a
bhí agaibh sa rang Fraincise. An ceacht deireanach roimh
laethanta saoire na Nollag a bhí ann is bhí tráth na gceist
ullmhaithe ag Carol. Blutcher. Cérbh é? Cé a bhí ann? Na
foirne bunaithe ar na ranganna deasc. Cuireadh an cheist ar an
dara rang deasc. Gan a fhios ag éinne acu. Nó ag éinne agaibhse
sa tríú foireann. Ach "Sir! Sir!" ó Bill Curran ar an chéad
fhoireann. A sciathán á luascadh aige fearacht mhuileann
gaoithe. Nod ó Carol. Smaoinígí ar ainmneacha na sráideanna eile
láimh le Sráid Blutcher. Nelson is Wellington. Fós, gan tuairim
ag éinne acu nó agaibh. "Sir! Sir!" de shíor ó Curran. Faoi
dheireadh, ligeadh dó an cheist a fhreagairt. "Sin an duine a
shábháil na Brits ó léasadh a leasa ag Waterloo. Níor bhain
Wellington. Bhí lámh an uachtair ag Napoléon ach tháinig
Blutcher ag an bhomaite deiridh chun Wellington a fhuascailt."
Cónaí ar sheanmháthair Curran ar an tsráid. Ba chóir go mbeadh
a fhios aige. "Maith thú, Curran. No greenfly on you, my boy.
Agus breathnaígí ar an litriú ceart: B-L-Ü-C-H-E-R." Cílí
cruthanta is ea Carol. Karl O'Doherty a ainm ceart. Níor
dheacair teacht ar leasainm cuí faoina choinne. "O Carol, I am
such a fool/Darling, I love you, though you treat me cruel..."*

"A Pháidí." Geiteann tú. Jackie Mac Suibhne atá ann.

*"Cheap mé gur tusa a bhí ann. Is geall le zombie thú! Dá
stopfá, d'fhágfaí ar do bhéal is ar do shrón thú!"*

Baintear lasadh as do ghrua.

"Ní fhaca mé thú."

*"Bhí mé taobh thiar díot. Lig mé béic ort ach is léir nár
mhothaigh tú mé."*

"Cá bhfuil Martin Farren?"

*"Bhí air dul abhaile. I bhfeighil na leanaí atá sé. Tá a
mháthair ag imeacht go Bun Cranncha le haghaidh an bhiongó."*

*"Ó." Le tuiscint go soiléir atá sé nach mbacfadh Jackie leat dá
mbeadh Martin saor. Arsa Jackie leat i gcogar ansin:*

*"An bhfuil tú ag teacht trasna go Little Diamond? Tig linn dul trí
Bull Park. Seans go mbeadh roinnt craice againn leis na saighdiúirí."*

"Fan anseo, a Pháidí. Beimid ag imeacht abhaile i gcionn bomaite."

Ró-ard a bhí an cogar. Caithfidh go raibh an t-athair ag éisteacht libh.

Is mian leat imeacht le Jackie. Sin i bhfad níos fearr ná an síorshiúl faidréiseach seo. Ach is doiligh duit cur i gcoinne an athar chomh hoscailte easumhal sin.

"Níl a fhios agam. Is dócha go gcaithfidh mé fanacht abhus."

"Ach beidh neart daoine eile thall ansin. Beidh tú ceart go leor, a Pháidí."

Breathnaíonn tú suas ar an athair. Labhraíonn sé go díreach le Jackie an iarraidh seo.

"Beimid ag gabháil abhaile ar ball. Ullamh a bheidh an tae. Nílimid chun fanacht leis na hóráidí." Tá greim ag an athair ar mhuinchille do dhufalchóta athuair.

"Ní bheimid i bhfad. Ansin beidh sé sa bhaile in am tráth dá chuid tae." Paltóg ar an chluas a gheofá dá ndéanfá gearrchaint mar sin leis an athair.

"Féach, Jackie, b'fhearr liom dá bhfanfadh Páidí liom. Seans go mbeadh trioblóid thíos faoin bhaile mór. Ag feitheamh in oirchill ar chúpla gamall buidéal a chaitheamh orthu atá na saighdiúirí. Ansin beidh cead acu tabhairt faoi achan duine."

"Ok. Is cuma. Cheap mé gur mhaith le Páidí teacht liom." Ar tí bailiú leis atá Jackie, de réir cosúlachta.

Ar buile atá tú gur do do náiriú atá an t-athair athuair. Ach ní mór duit sin a bhrú faoi chois lena mhealladh chun cead a thabhairt duit imeacht le Jackie. Silleann tú suas ar aghaidh an athar athuair.

"Beidh mé an-chúramach. Má fheicim aon trioblóid, fillfidh mé ar an toirt...Is beidh tusa ag teacht anuas cúpla bomaite i mo dhiaidh. Fanfaidh mé leat taobh amuigh den pholl snámha ag barr Shráid Liam."

Suite de atá tú go bhfuil sé chun cur suas don achainí. Ansin beidh tú pusach stainceach an chuid eile den tslí abhaile. Agus cúis mhaith agat freisin. Iontas an domhain ort nuair a deir sé:

"Ok, imigh leat. Ach, a Pháidí, bí cúramach. Má fheiceann tú an tArm thíos ansin, fan as an bhealach."

"Is ea, beidh mé cúramach."

"Agus feicfidh mé thú ag ceann Shráid Liam ag cúinne Little Diamond."

"Is ea, beidh mé ann," arsa tú go húdarásach tiarnúil anois os rud é gur tugadh cead do chinn duit.

Leanann tú Jackie i dtreo thaobhgheata na páirce ar Ardán Westland. Má mhothaíonn tú idir scleondar is eagla anois go bhfuil an t-athair i ndiaidh géilleadh duit, brúnn tú iad faoi chois. Feicfidh tú é ar ball. Ar aon nós, slán sábháilte a bheidh tú, mar gheall ar líon na ndaoine atá timpeall. Lena chois sin, ní thosóidh an chraic i gceart go mbeidh na hóráidí thart. Faoin am sin, beidh tusa is an t-athair sa bhaile.

Go hoifigiúil, druidte atá geataí Bull Park. Ach leagadh iad am éigin i gcaitheamh círéibe. Chomh dócha lena athrach, rinneadh smidiríní díobh chun ábhar baracáidí nó lón círéibe a sholáthar. Amhail na gcloch pábhála, níor deisíodh na geataí. Barraíocht céille ag lucht an Bhardais.

An-fhuadar go deo faoi Jackie gur deacair duit coimeád suas leis, ar a shon gur faoi shodar atá tú. Corradh le bliain níos sine ná thú é. Sa cheathrú bliain thuas i Meánscoil Iósaif Naofa ag mullach Chnoc an Rois atá sé. Tú measartha ard is caol, dála an athar. Gan Jackie a bheith chomh hard leat ach cabhail a cholainne i bhfad níos téagartha ná do cheannsa. Puntam ceart é. Agus mianach an cheannaire ann ón dóigh ina bhfuil sé ar thús cadhnaíochta anseo. Mar is gnách. Agus tusa roinnt céimeanna ar gcúl. Mar is gnách.

Difríocht eile eadraibh na héadaí. Gnáthbhalcaisí an ghnáthlae ar Jackie: bríste géine is anorak. Bríste, bróga an Domhnaigh, agus an dufalchóta, ort. Is in ainneoin ghearán an athar, neart snasa ar na bróga céanna.

"Brostaigh, a Pháidí. Seans go bhfuil Saracen páirceáilte ar Lower Road. Come on, déan deifir, nó caillfimid an chraic."

Is annamh nach mbíonn Saracen ann. Caolsráid nach mór is

ea Lower Road, ag ceann uachtarach Shráid Liam. Is beag lá nach
mbíonn scirmis ansin. An t-aos óg cruinn ag Little Diamond ag
déanamh ionsuithe ar na Saracens. Cluiche breá é a mheileann an
t-am i ndiaidh na scoile. Corr-ruathar ón sciobscuad. Cúlaíonn
na hógánaigh i dtreo Bull Park nó Shráid Fathana, ag tabhairt
dhúshlán na saighdiúirí. Ag iarraidh saighdeadh fúthu teacht ina
ndiaidh. Rud nach ndéanfaidh na saighdiúirí ar fhaitíos go
mbeadh snípéir folaithe ag feitheamh leo. Glacann an tArm seilbh
shealadach ar Little Diamond, ansin siar leo go tapa go foscadh a
bhfeithiclí armúrtha. Athionsaí. Athchúlú. Arís is arís eile
leantar den chluiche go ham tae.

Siúlann tú trí chroílár an láthair chogaidh seo ar do shlí
abhaile gach lá. A ceathrú roimh a ceathair. An troid faoi lánseol.
Caithfidh tú an crosbhóthar ag ceann Shráid Liam a thrasnú.
Moillíonn tú taobh thiar de na hógánaigh go ndéanann siad
ionsaí, ansin tapaíonn tú an deis le rith de chromruathar trasna
an bhóthair go geataí na hArdeaglaise. Slán atá tú anois. Ar
ndóigh, bíonn baol ann, agus tú ag fanacht le faill le rith, go
dtiocfaidh sciobscuad aniar aduaidh ort is ar na hógánaigh ó threo
Bull Park is go mbeidh ort cúlú siar an méid atá i do chorp. Nó
an dara baol ann, agus tú ag trasnú an chrosbhóthair, go
dtabharfaidh na saighdiúirí nó lucht na gcloch fút. Ag teacht
amach ó dhaingean lucht caite cloch atá tú. Mar sin, is
Caitliceach thú. Ach tá bléasar an Choláiste ort. A thugann
cosaint de shaghas ón Arm duit. Is a scarann ón mhuintir eile
thú. "College snobs! College snobs! College snobs!"

Déanta na fírinne, ní gá duit teacht abhaile an bealach seo.
Thiocfadh leat dul suas Sráid Westland agus trasna Ardán
Laburnum agus Ardán Marlborough, cloí leis an chúrsa atá á
leanúint ag tromlach na léirsitheoirí inniu. Ní thógfadh sé sin
ach cúpla bomaite sa bhreis. Ach is maith leat a bheith ag amharc
ar an aicsean. Is maith leat a bheith in ann maíomh as a bhfuil
feicthe agat sa bhlár catha. I ndiaidh blaiseadh den bhaol atá tú,
fiú más ar bhealach imeallach é. Bhí tú i lár an aicsin, ach ní
féidir le héinne a chaitheamh leat go raibh tú páirteach ann. Nach

comhartha do bhléasar agus mana an Choláiste ar an bhléasar sin—"Quaerite Primum Regnum Dei"—nach mbaineann an chíréib seo leat is le do leithéid. Is, de réir dealraimh, tuigeann an dá thaobh eile é sin, mar ní minic a chuirtear isteach ort.

Ábhar iontais is ea é duit i dtólamh go stopann an t-aicsean seo a luaithe is a fheictear bean. Seanbhean. Bean óg agus pram aici. Bean bhreacaosta agus a mála siopadóireachta ina glac aici. Stadaigí, leaids. Hold your fire. Fanaigí go dté an bhean sin thart. Right, Mrs, ar aghaidh leat. God love you, son. Ok, ar aghaidh linn, leaids. Maraígí na focóirí.

Stadann Jackie ag taobh eile na páirce is fanann leat teacht suas chuige.

"Téimis suas go hArdán Marlborough is isteach i Sráid an Chreagáin. Beidh radharc níos fearr againn ar cheann Shráid Liam ansin," ar seisean.

Níl an ceart aige. B'fhusa daoibh dul thar na ballaí is isteach go díreach i Little Diamond fiú más samhnasach leat an boladh ón seamlas a scarann Bull Park ón Little Diamond. Ansin a bheadh an radharc ab fhearr agaibh. Ach níl tú chun Jackie a bhréagnú. Leanann tú é.

"Ar chuala tú cad a tharla aréir?" ar seisean.

"Cad é?"

"Bhí mé féin is Martin ag teacht anuas Bóthar an Ghleanna thart ar a naoi a chlog. Thuas tigh a mháthar móire a bhíomar. Léim scaifte Albanach anuas orainn. Bhí maide ag duine de na focóirí. Buaileadh sna heasnacha mé. Caithfidh go raibh seisear acu ann. Bhí an focóir mór sin Cross orthu agus an cunús beag sin a bhfuil ball dearg ar leathchuid dá aghaidh aige. Thug mé cic millteanach dósan sular ritheamar linn. Tháinig siad sa tóir orainn chomh fada leis an seanbhácús ach ní thiocfaidís níb fhaide ná sin—"

"Ar gortaíodh Martin?"

"Bhí súil dhubh aige ar maidin. Ach is é an chuid is fearr den scéal go ndeachaigh fo-ghasra againn sa tóir orthusan ina dhiaidh sin."

*"Cé a bhí ann?" Díomá ort nár ghlaoigh Jackie ort ainneoin
nach ligfí amach thú ag an am sin den oíche.*

*"Chuireamar glao ar Pat McCallion is ar Liam is Terry Duffy.
Thug Terry tua leis. Ar an drochuair, ní raibh tásc nó tuairisc ar
na focóirí Albanacha faoin am sin. Imithe i bhfolach áit éigin a
bhí na cladhairí. Ach gheobhaimid iad an chéad uair eile is beidh
daor orthu... Ar an bhealach anuas Bóthar an Ghleanna, chuir
Terry an tua trí ghaothscáth gluaisteáin. Súil agam gur le
hAlbanach an carr..."*

*An dís agaibh ag gáire. Seantaithí agaibh ar na babhtaí
spairne seo. Más fearr taithí phraiticiúil Jackie ná do chuid le
cúpla bliain anuas. An fhaicseanacht seo ar siúl idir na dúichí,
idir na treibheanna, le fada an lá, i bhfad sular thosaigh ré seo na
gcíréibeacha athuair. Corrchloch anseo, buidéal ansiúd. Go
speisialta i rith laethanta fada an tsamhraidh, agus an t-aos óg
saor is na hAlbanaigh ag ullmhú don Dara Lá Déag de Mhí
Lúnasa.*

*Bunriail ag an dá aos óga: ní théann sibhse isteach ina
gceantar; fanann siadsan amach as an limistéar seo agaibhse. Tríd
is tríd, is éasca daoibh an chuid seo agaibhse den mhargadh seo a
chomhlíonadh. Gan aon chúis ann go mbeadh sibh thuas Bóthar
an Ghleanna ach amháin agus sibhse amuigh ar shiúlóid
Dhomhnaigh leis na tuismitheoirí. Ach an bealach is giorra do na
hAlbanaigh óga atá ag déanamh ar lár na cathrach gabháil síos
Bóthar an Ghleanna is tríd an pháirc ag cúl an tí seo agaibhse. Go
ginearálta, ina ghrúpa a dhéanann siad sin. Uaireanta, ámh,
d'fheicfeá duine aonair ag déanamh a shlí go mear ar an chosán
tríd an pháirc, agus é san airdeall ar ionsaí. Anuraidh bhí slua
agaibh ag imirt sacair sa pháirc, nuair a chonacthas an t-ógánach
gruadhearg ag filleadh abhaile. Cartán uibheacha á iompar aige
agus a cheann crom aige le súil, is dócha, gur róthógtha leis an
chluiche a bhí achan duine nach mbacfaí leis. Agus é ag rith thart
leis an Albanach—gan a fhios agat riamh cén t-ainm baiste a bhí
air ach Hanna a shloinne—thug Terry Duffy sonc dó, thit an
cartán, is shatail Terry air. Níor fhan Hanna thart le fáil amach*

ar fágadh aon chuid de na huibheacha gan bhriseadh. Mhoilligh sé ar Bhóthar an Ghleanna, ámh, le sraith mallachtaí is cúpla cloch a sheoladh in bhur dtreo.

Cross an t-aon duine de na hAlbanaigh óga a chuireann eagla ar aos óg na dúiche seo agaibhse. É cúpla bliain níos sine ná sibh. É ard matánach is fíochmhar. Ar a shon go bhfeictear é ag siúl as féin tríd an pháirc, níor mhothaigh tú riamh gur fhéach éinne le dul ag brú na bpéileacán as. Tá sé cloiste agat gur ag feitheamh atá Cross le díoltas a imirt ar Terry Duffy. Más duine neamhfhaiteach é Terry—gealt é, a deir roinnt mhaith daoine—tá áthas ortsa nach sa tóir ort atá an Cross céanna.

Mí Lúnasa an t-am is nimhní le haghaidh na faicseanachta seo, ar ndóigh. Crochann na hAlbanaigh sna heastáit thuas Bóthar an Ghleanna agus ar Ascaill Northland a gcuid bratach ó fhuinneoga a dtithe is ó bhinn go binn. Sin a ndéantar sa dara heastát. Ach thuas Bóthar an Ghleanna, bailítear brosna, boinn, bruscar is breosla le haghaidh thine chnámh Oíche chinn an Dara Lá Déag. Na stócaigh is sine ar a bhfaire sna hoícheanta roimhe sin ar fhaitíos go dtabharfadh dream ón cheantar seo agaibh sciuird reatha ar láthair thine chnámh na nAlbanach lena lasadh roimh am. Mar a tharla cúpla bliain ó shin. D'imigh dornán óganach suas ón dúiche seo agaibhse de shiúl oíche is shleamhnaigh isteach in eastát na nAlbanach. Ní raibh aon lucht coimirce ar an láthair, is chuir an dream seo agaibhse a raibh cruinn ag na hAlbanaigh trí thine. Ar ais sa bhaile a bhí na hógánaigh sular thuig na hAlbanaigh cad a bhí i ndiaidh titim amach. Laochra léidmheacha ba ea iadsan a chuir i gcrích an gníomh gaisce dásachtach sin, dar libh ag an am.

"Ní fheicim aon Saracen áit ar bith."

Ag teacht anuas Sráid an Chreagáin láimh leis an Ardeaglais atá sibh anois. An díomá atá le mothú i nglór Jackie, dar leat. Áthas is mó atá ort. Ní hionann cith cloch a theilgean ar na hAlbanaigh, nó ar fheithicil armúrtha fiú amháin, ó shábháilteacht·bhur ndúiche féin is ionsaí lom a dhéanamh ar na saighdiúirí ar Shráid Liam nó ar Little Diamond, is gan a fhios agat nach bhfuil Saracen ag teacht ón treo eile. Go háirithe, tar éis a raibh de shaighdiúirí sa timpeallacht inniu… Ach leisce ort an t-áthas sin a léiriú os comhair Jackie ar fhaitíos go gceapfadh sé gur neirbhíseach atá tú. Inseoidh sé é sin do gach ógánach eile thuas sa cheantar seo agaibhse.

"Come on, téimis síos Sráid Liam."

"B'fhéidir gur cóir dúinn fanacht leis na daoine eile."

"Féach, a Pháidí, ní bheidh aon trioblóid ann. Sure, tá lucht an léirsithe ag teacht inár ndiaidh. Beimid thíos rompu."

Leanann tú é trasna an chrosbhóthair is thart leis an pholl snámha ar bhur lámh dheas. Druidte atá sé, ar ndóigh. Cosúil le gach Domhnach eile, is beag duine atá ar Shráid Liam. Cheapfá go mbeadh níos mó daoine timpeall, mar gheall ar an mhórshiúl. Fiche bomaite chun a ceathair an t-am anois, de réir d'uaireadóra. Taobh thiar díot, cluineann tú na máirseálaithe.

Fásach ceart is ea Sráid Liam anois. Tig leat cuimhneamh ar na laethanta gan ach a trí nó a ceathair de bhlianta ó shin nuair a bhíodh sé chomh bríomhar beoga sin. Sráid í a shíneann síos go Plás Waterloo, croílár siopadóireachta na cathrach. Ach is bealach é fosta a cheanglaíonn Taobh an Bhogaigh le lár an bhaile mhóir. Is ann agus sna taobhshráideanna beaga a thrasnaíonn í a troideadh Cath Thaobh an Bhogaigh i Lúnasa 1969. Sráid na Mainistreach. Sráid Bheag Shéamais. Sráid Rosseville is Sráid Chamberlain. Ar bhur dtaobh clé, Bácús Stevensons. A bhallaí loiscthe ag peitrealbhuamaí. Thíos faoi sin, tá bearna mhór fholamh mar a mbíodh monarcha léine Richardsons. A dódh sna círéibeacha. A fhios ag na Náisiúnaithe gur scrios na hAlbanaigh/na B-Men/na péas í toisc gur Chaitlicigh ba mhó a fostaíodh ann. Tá a fhios ag an dream eile gur dhóigh lucht na círéibe í. Trasna ón bhearna seo tá seanraic de ghluaisteán ina luí ar imeall an bhóthair, gar do dhoras áras City Radio Cabs.

Ní féidir leat aon saighdiúirí a fheiceáil ó cheann Shráid Liam. Ach tá coradh sa tsráid ag crosbhóthar Shráid Rosseville. Seans gur thíos ansin mar a chúngaíonn Sráid Liam atá siad ag feitheamh nó in aon cheann de na taobhshráideanna, Sráid Bheag

Shéamais nó Sráid Sackville. Ba cheart daoibh fanacht anseo, fanacht leis na léirsitheoirí, leis an athair. Ach níl rún dá laghad ag Jackie stopadh. Ag déanamh go díreach mear ar chúinne Shráid Rosseville atá sé.

"Jackie, tá orm bualadh le m'athair... Tá sé chomh maith dúinn moilliú anseo... tá an dream sin ag teacht anuas anois..."

"Beimid ceart go leor, a Pháidí. Má fheicimid na saighdiúirí, buailfimid isteach i Sráid na Mainistreach. Ní leomhfaidh siad teacht inár ndiaidh."

"Ach mura gcastar m'athair orm anseo, beidh sé ar buile agus beidh mise i dtrioblóid."

"Tá mise ag dul síos. Is féidir leat feitheamh anseo nó dul siar más mian leat. Is cuma liom."

An dúshlán i nglór Jackie. Tú idir dhá chomhairle ar feadh meandair. Cad a dhéanfadh Martin Farren sa chás seo? Ritheann tú i ndiaidh Jackie.

Caibidil 6

In ainm Chroim, Pat, cad a rinne tú?"
"Mar a dúirt mé, thug mé cuireadh dó teacht amach le
haghaidh an dinnéir oíche amárach."

"Ní raibh sé de cheart agat sin a dhéanamh ar
neamhchead domsa."

"An labhraíonn tusa liom i dtólamh roimh ré sula
n-iarrann tú ar do chuid cairde ón saol amharclannaíochta
teacht amach ar cuairt?"

"Ó, is ea, bíonn an teach pulctha le cladhairí carcrach
agam an t-am ar fad," ar sise go searbh.

"Féach, seo duine a chaith seal i bpríosún mar gheall ar
choir pholaitiúil blianta ó shin. Nuair a bhí sé óg."

"Coir pholaitiúil mar dhea! As iarracht a dhéanamh
baill de na Fórsaí Slándála a dhúnmharú. Is sceimhlitheoir
é!"

"Sin rud amháin a thugaim faoi deara fúibhse, lucht
athbhreithnithe staire, Melissa. Níl bhur gcuid bunfhíricí
staire ar eolas agaibh. Cad a dhéanfá dá siúlfadh de Valera
nó Mícheál Ó Coileáin isteach an doras? Ar ndóigh, ní
ligfeá do na hiarsceimhlitheoirí sin thar thairseach an tí."

"Bhuel, cad é mar atá a fhios agat nach bhfuil baint
aigesean leis an sceimhlitheoireacht fós? Cad a thug go
Baile Átha Cliath é? B'fhéidir gur ag aistriú gunnaí ó
thuaidh atá sé."

"Is ea, ar Bhus uimhir a Deich! Féach, Melissa, de réir
mar a thuigim an scéal, tá sé ina chónaí go hoscailte i
nDoire, agus ní chuireann na péas isteach air—bhuel, ní ar
aon bhealach níos mó ná mar a chuireann siad isteach ar na
hiarchimí polaitiúla eile. Níl a fhios agam. B'fhéidir gur

anseo ar laethanta saoire atá sé, nó gur ag stopadh le gaolta atá sé. Is cuma."

"Ach cad chuige nár mhaígh tú go mbuailfeá leis le haghaidh deoch nó dhó tar éis na hoibre in ionad cuireadh a thabhairt dó teacht anseo? Ní shílim gur mian liom a bheith anseo tráthnóna amárach. Tig leat an chócaireacht a dhéanamh don bheirt agaibh is déanfaidh mé féin socrú eile."

"Déan do rogha rud, Melissa, ach cheap mé gur spéisiúil leat bualadh leis."

"Is ea, agus aird an Bhrainse Speisialta a tharraingt orainn."

"Bhuel, má bhíonn siadsan páirceáilte taobh amuigh, tabharfaimid cuireadh dóibh teacht isteach le haghaidh an dinnéir fosta."

"Pat, shíl mé go raibh tú ag socrú síos ar na mallaibh, go raibh tú i ndiaidh an leannán smaointe seo ar Dhoire a chur díot tar éis na hOíche Athchaidrimh sin. Go raibh an chiall cheannaithe agat anois. Ag atosú air atá tú arís."

"Is ea, ar tí ceann de thairngreachtaí Cholm Cille nach cóir fáilte chun do thí a chur roimh sceimhlitheoirí scanrúla a fhíorú atá mé. An t-ár is an matalang a shíolróidh ón fhéile fhealltach seo," arsa tú go magúil méaldrámata. "Bíodh splanc chéille agat féin, Melissa. Ní bheidh ann ach tráthnóna gairid amháin."

"Is cuma. Tusa a rinne an socrú ar neamhchead domsa is tig leat a bheith abhus chun fáilte a fhearadh roimh an duine seo. Anois tá mise chun glao gutháin a chur ar Darren le fáil amach an mbeidh seisean nó Liz sa bhaile tráthnóna amárach."

Leis an fhírinne a rá, ba ar Melissa a bhí cuid mhaith den mhilleán gur thug tú cuireadh do Jackie Mac Suibhne teacht amach. Ar do shlí ar ais i dtreo na hoifige tar éis an lóin a bhí tú inné. Ag gabháil thart le Tigh *Bewleys* ar Shráid an Fheistí duit, chonaic tú é ina sheasamh ag stad bus. Chroith sé chugat is stop tú. Ar cuairt i mBaile Átha Cliath a bhí sé, arsa Jackie. Ar a bhealach suas go Baile Phib a bhí sé. Thapaigh tú an deis le buíochas a ghabháil leis as an tsíob i nDoire. D'fhreagair sé go bhfaca sé an grianghraf ón Oíche Athchaidrimh "díotsa agus de do chara, Daltún" sa *Journal*. Rinne sé gáire mar a chuir tú místá ort féin. Tar éis nóiméid nó mar sin, chonaic tú Bus a 10 ag teacht. Ar hob slán a fhágáil aige a bhí tú nuair a d'fhiafraigh sé díot: "An bhfuil go leor ama agat le haghaidh chupán caife, a Pháidí? Nó an bhfuil deifir ort?"

Gheofá a rá go héasca go raibh deabhadh ort. Ach ní dúirt tú sin. Seo seans chun an gar a rinne sé i nDoire a chúiteamh leis, arsa tú leat féin. Lena chois sin, bhí rud a mhaígh Melissa ar chúl d'aigne. Tar éis duit insint di faoi bhualadh le Jackie i nDoire, faoin dóigh nár lig tú ort gur aithin tú é, agus faoin tslí ar adhnáiríodh thú, ar adhnáirigh tú thú féin, chas sí chugat.

"Pat, mothaíonn tú ciontach as siocair nár labhair tú leis? In ainm Dé, cad chuige nár labhair tú leis? Níl a dhath le ceilt agat. Is éard atá á rá agat i ndáiríre gur bhraith tú ciontach toisc go gcreideann tú gur roghnaigh tú an bealach éasca éalaithe agus gur thréig tú eisean agus a leithéid chun an mhairtíreacht a fhulaingt. Tá an rud seo cíortha go mion minic againn. Faoin am seo, ba chóir go dtuigfeá go raibh gach ceart agus gach cead agat an rud a rinne tú a dhéanamh. An chomhairle atá agamsa duit labhairt leis go neamhbhalbh an chéad uair eile dá gcastar ort é. Taispeáin dó nach bhfuil a dhath le ceilt agat. Taispeáin an rud ceannann céanna duit féin."

D'fhreagair tú go raibh thart ar fhiche bomaite agat sula raibh ort a bheith ar ais san oifig. Isteach i m*Bewleys* a chuaigh sibh dís. Gan an áit a bheith róphlódaithe anois ós rud é go raibh brú griothalánach am lóin thart. D'íoc tú as dhá mhuga caife—thairg sé airgead duit ach dhearbhaigh tú go raibh sé seo aige ort agus shuigh sibh ag tábla bánaithe. I dtús báire eisean ba mhó a rinne an chaint. Cad a bhí ar siúl agat go beacht? Bhí a fhios aige go raibh tú sa Státseirbhís. Ó dhuine éigin sa bhaile a mhothaigh sé sin. Ba bhrónach leis scéala bhás d'athar. D'éag a athair féin roinnt blianta ó shin le linn do Jackie a bheith sa Cheis Fhada.

"Dála an scéil, chonaic mé do mháthair an tseachtain seo caite thíos faoin bhaile mór. Tá cuma bhreá fholláin uirthi. Bhí mé ag caint léi ar feadh tamaill. Dúirt sí go raibh fút teacht aneas ar cuairt athuair lá de na laethanta seo."

"Is ea, i gcionn coicíse nó mar sin. Caithfidh mé sin a shocrú leis na deirfiúracha. Ní fhaighim an oiread sin seansanna is ba mhaith liom le ham a chaitheamh sa bhaile. Brú na hoibre. Leas an stáitín seo, tá a fhios agat." Is rinne tú gáire.

(Dá gcluinfeadh Melissa thú ag tabhairt "stáitín" ar an áit abhus, mharódh sí thú. Ní hé nár thug sise a leithéid—is ainmneacha i bhfad Éireann ní ba mheasa ná sin—ar an stát seo, go háirithe nuair a bhíodh sí ag tabhairt amach faoi thoradh reifreann na n-ochtóidí. An dá dhifríocht idir an bheirt againn, ar sise, gur fhostaí ar tuarastal de chuid an stáit seo tusa—agus nach ndearna tú an díspeagadh seo ach amháin nuair a bhí tú i nDoire Chalgaigh nó i measc do chomhchiníoch Tuaisceartach.)

"Cluinim gur shocraigh tú síos faoi dheireadh is faoi dheoidh," arsa Jackie. "Agus is banaisteoir mór le rá í fosta, leoga."

"Is ea, más banaisteoir mór le rá í, ní banaisteoir saibhir í, ar an drochuair. Ach is duine cumasach meabhrach í. An-cheanúil uirthi atá mé."

(Sin focal eile nár thaitin le Melissa, mar atá, "banaisteoir"!)

"Chuala mé fúithi. Ní fhaca mé í ar an stáitse ach bhí cara liom, tiománaí tacsaí é freisin, ag insint dom gur bhain bean Dheisceartach an t-anam as lá amháin i nDoire nuair a thug sí faoi. Bhí sí lách i dtús báire ach d'athraigh sí i dtoibinne is thug amach dó. Ní raibh a fhios ag an fhear bocht cad a bhí déanta aige."

Dhubhaigh is dhearg tú.

"Is ea, duine neamhspleách a bhfuil a tuairimí deimhne féin aici is ea Melissa," arsa tú. "Ach cad é mar a bhí a fhios aige gurbh ise a bhí ann?"

"Deartháir le Feargal Hamilton é. An cuimhin leat Feargal ón rang seo agatsa sa bhunscoil? D'aithin Cathal tusa. Más ag fás atá Doire, sráidbhaile beag é ina chuid slite fós. Tá aithne ag achan duine ar a chéile, mar is eol duitse."

Mhínigh tú dó ansin cad a chuir olc ar Melissa. Rinne sé gáire.

"Beidh lúcháir ar Chathal fáil amach nárbh aon rud pearsanta é, nárbh é nár thaitin a chuid díbholaígh léi!"

De réir dealraimh, bhí fonn comhrá ar Jackie. Thosaigh sé ag caint ar na heastáit mhóra nua sa bhaile. Ar dhaoine ón cheantar seo agaibhse. Bhí roinnt acu i Sasana. Corrdhuine i bpríosún fós. Agus beirt anseo i mBaile Átha Cliath. Gan an blúirín deireanach seo ar eolas agatsa.

"Tig leat a bheith ag smaoineamh ar oíche athchaidrimh a eagrú dóibh féin anseo," ar seisean go magúil.

Luaigh tusa an fáinne a bhí á chaitheamh aige.

"Is ea, ceangailte atá mé féin fosta. Le cailín ó Gobnascale i nDoire Trasna."

"Sin rud nár mhothaigh mé ó mo mhuintir sa bhaile."

"Bhí bainis chiúin againn tar éis dom teacht amach as an Cheis Fhada. Ní raibh i láthair ach mo mhuintir, muintir Marie is cúpla cara linn." Chroith sé a ghuaillí. "D'fhan sí fada go leor liom."

"Cá bhfuil cónaí oraibh anois?"

"Tá teach againn amuigh i Seantalamh. Is tá páiste againn, buachaill dhá bhliain d'aois. Ag súil leis an dara leanbh atáimid anois. Cad fúibhse?"

"Ag caint air atáimid go fóill," arsa tú go cúramach.

Murab ionann is an oíche sin i nDoire, bhí áiméar agat anois breathnú ar Jackie i gceart. Bhí carbhat is seaicéad air. Bhí an téagarthacht chéanna ann a raibh cuimhne agat uirthi. Timpeall a chuid súl agus ina éadan bhí neart roc. Mar a thug tú faoi deara i nDoire, bhí ribí liatha ina fholt dubh. Do dhála féin, sna tríochaidí luatha a bhí seisean. Tríd is tríd, ba dhoiligh a shamhlú gur chaith an fear seo deich mbliana i bpríosún, cuid mhaith den am sin ar an bhlaincéad agus go ndeachaigh sé tríd is gur tháinig sé slán ó thubaiste na stailceanna ocrais. Ansin rith sé leat nach ag amharc idir an dá shúil ort a bhí sé mar a labhair sé ach gur ag breathnú uait a bhí sé an t-am ar fad. I dtús báire, cheap tú gur ag éirí corrthónach a bhí sé. Ansin thosaigh tú ag cuimhneamh ar chlár a chonaic tú ar an teilifíseán cúpla bliain ó shin. Ar BBC 2 nó ar Bhealach a 4 a bhí sé. Chuaigh criú ceamara isteach i bpríosún éigin sna Stáit Aontaithe, i Los Angeles nó i San Francisco, bhí tú ag déanamh, is chaith seachtain ag cur agallamh ar chimí ar gearradh téarmaí saoil orthu nó a bhí ar shraith an bháis. Suas le scór bliain a bhí caite ag roinnt de na fir dhaortha agus gan a fhios acu an gcuirfeadh na polaiteoirí nó na cúirteanna pionós an bháis i bhfeidhm athuair. Ar ndóigh, liostaíodh an gnáthliodán gearán: brúidiúlacht an chórais, na mbairdéirí is na gcomhphríosúnach, na drugaí, an homaighnéasacht, SEIF. Ach an ní ba mhó a chuaigh i gcion ort an tslí nárbh fhéidir le dalladh príosúnach a rosc a dhíriú ar an cheamara nó ar an tuairisceoir. Dírithe suite ar bhall éigin eile a bhí na súile seo acusan. Má chuir sin an gealtachas i gcuimhne duit i dtosach, soiléir a bhí sé ó chaint chiallmhar phraiticiúil—is sholabhartha, amanna— na gcimí nár ghealta iad seo. Sin ar ndóigh, dá bhfágfaí a gcoireanna fuilchíocracha gealtacha as an áireamh. Cibé ar bith, le tuiscint a bhí sé gurbh iad an aonaránacht is an tseachantacht faoi deara an deacracht a bhí acu a súile a dhíriú ar an chainteoir os a gcomhair.

Caithfidh gurbh é sin an rud a bhí ar Jackie, dar leat, mar a lean sé de bheith ag caint leat gan a bheith ag silleadh ort. Thug tú gliúcaíocht ar d'uaireadóir. Ag tarraingt ar a dó a chlog a bhí sé. Bheifeá déanach. D'fhan tú gur tháinig briseadh sa chomhrá is d'fhógair go raibh ort imeacht. Mar a d'éirigh tú den chathaoir, d'fhiafraigh tú de cén uair a bheadh sé ag gabháil ó thuaidh. I gcionn dhá lá, ar seisean. "An dtiocfaidh tú amach go dtí an áit seo againne le haghaidh greim bia amárach?"

Do dhála féin taobh amuigh ar ball, ní bheadh le rá aige ach gur gafa le rud éigin eile a bheadh sé.

"Ba bhreá liom sin, a Pháidí. Ach cad faoi do bhean chéile? Níor mhian liom buairt a chur uirthi nó b'fhéidir nach mbraithfeadh sí ar a suaimhneas i mo chuideachta."

"Beidh fáilte romhat sa teach seo againne."

"*Ok.*"

Rinne sibh socrú go mbuailfeadh sibh le chéile an lá dár gcionn thart ar a ceathrú chun a cúig. Mura mbeadh an carr agat, gheobhadh sibh gabháil amach go Teach na Giúise le chéile ar an bhus. Thug tú d'uimhir ghutháin dó ar eagla go mbeadh athrú plean aige. D'fhág sibh slán ag a chéile lasmuigh de *Bewleys* is bhrostaigh tú i dtreo na hoifige.

"Melissa, an miste leat má thógaim an carr liom inniu?"

"Cad fúmsa? Ag gabháil go teach Darren atá mé don tráthnóna."

"An bhfuil tú cinnte nár mhaith leat fanacht abhus?"

"Lánchinnte atá mé. Phléamar an rud seo uile aréir. Go maith a thuigeann tú cad é mo thuairim ar an dígeantacht seo agatsa. Bhí a fhios agat nach n-aontóinn go deo go ligfí an duine seo isteach sa teach seo againne ach ... Is cuma anois. Tóg an carr, más mian leat, Pat. Gheobhaidh mé síob abhaile anocht nó cuirfidh mé glao ort má chinnim ar fhanacht thar oíche tigh Darren."

Déanta na fírinne, bhí aiféala ag teacht ort gur thug tú cuireadh do Jackie teacht amach. Ba ar ala na huaire a thug tú dó é. Agus tú ag smaoineamh air agus ar a ndéarfá le Melissa, ar do bhealach abhaile inné, thuig tú nach mbeadh sí róshásta. Ag an am céanna, chuir an fhreagairt seo aicisean aréir cochall ort. Ní tharraingeofá siar an cuireadh anois, fiú dá mbeadh aon bhealach agat le dul i dteagmháil le Jackie. Bíodh sin mar atá, bhí ort a admháil, tar éis na hargóinte le do bhean chéile, go raibh súil ag cuid díot go gclingfeadh an guthán ar maidin is go bhfógródh Jackie nach mbeadh sé saor anocht. Sular fhág tú an teach le gabháil isteach sa chathair ar maidin, d'iarr tú ar Melissa glaoch ort ag an oifig dá gcluinfeadh sí a dhath ó Jackie. Ansin thóg tú dhá stéig amach as an reoiteoir. Cheannófá fíon ar an bhealach abhaile anocht.

Ar shlí bhí an ceart ag Melissa nuair a mhaígh sí inné go raibh an chuma ort ar na mallaibh gur ag socrú síos a bhí tú. Ní thabharfá "leannán smaointe" ar an dúil nuadhúisithe seo agatsa i do chathair dhúchais i ndiaidh bhás d'athar. Ach cibé rud a bhí ann, bhí an seisiún sin i nDoire tar éis an chuid ab fhrithre de a leigheas. Tríd is tríd, d'airigh tú ní ba réchúisí, ní ba shómasaí ionat féin ná mar a d'airigh tú le fada. Sin cúis eile, b'fhéidir, gurbh fhearrde thú mura mbeadh Jackie sa teach seo agaibhse anocht. Ag an am céanna, amhail alcólaigh leasaithe, ní fhaighfeá do shaol a chur isteach feasta gan a bheith faoi chathú. An buntáiste a bhain leis an bhabhta cathaithe seo gur i do dhaingean féin a tharlódh sé. Agus lena chois sin, ar ndóigh, seans go gcabhródh an chuairt ghairid sin leat chun roinnt pointí a shoiléiriú le haghaidh do chín lae, fiú má bhí an cuntas ar Dhomhnach na Fola geall le bheith críochnaithe agat.

Ag foral ort ag an áit choinne ar Fhaiche Stiabhna a bhí sé. Arís bhí carbhat agus seaicéad air. Is bhí beart á iompar aige. Tháinig sé chugat de phreab gurbh fhéidir go n-iarrfadh sé ort lón cogaidh a thaisceadh faoina choinne. A Chríost, ba chóir go mbeadh níos mó céille ná sin agat! Bhí claonadh polaitiúil do mhná céile ag dul i gcion ort.

Ní raibh d'aigne déanta suas agat go nuige seo cad é mar a mhíneofá nach mbeadh Melissa sa bhaile. Ba mhór an trua nár mhaígh tú inné gur dhócha go mbeadh cleachtadh dráma aici. Anois is cuma cén leithscéal a chumfá, ní bheadh craiceann na fírinne air. Nuair a bhí sé sa charr, agus sibhse ag tarraingt ar Ráth Maonais, d'fhógair tú go tomhaiste:

"Ar an drochuair, ní bheidh Melissa ar ais go ceann tamaill. Go hiondúil chuig teach a dearthár a théann sí ar an Mháirt. Is dócha go mbeidh sí istigh thart ar a deich."

"Tá mé buartha má chuir mé isteach ar na pleananna seo agaibhse, a Pháidí."

"A Thiarna, dheamhan fonn a bhí orm dul amach ansin," arsa tú ag gáire. Is dheamhan bréag a bhí sa mhéid sin, ach oiread.

Ag cadráil le chéile faoi Bhaile Átha Cliath a bhí sibh an chuid eile den tslí amach. B'annamh a bhí sé ann, ar seisean. Gan cur amach maith aige ach ar lár na cathrach is ar chuid de thuaisceart na cathrach. Ba é seo an chéad uair dó a bheith amuigh i dTeach na Giúise, go bhfios dó. Ar hob fiafraí de, a bhí tú, cad a thug go Baile Átha Cliath é an iarraidh seo. Ach má bhí baint ag a chuairt le cúrsaí paraimíleata, b'fhearr duit gan sin a bheith ar eolas agat. Lena chois sin, cén fáth a n-inseodh sé an fhírinne duit. D'fhéadfadh sé bréag éigin gan dealramh a cheapadh chun tú a shásamh.

Chas tú isteach i gcarrchlós ionad siopadóireachta Theach na Giúise.

"Cé acu is fearr leat, beoir nó fíon?" arsa tú.

"Is breá liom fíon. Dála an scéil"—agus d'ardaigh sé an pacáiste— "thug mé buidéal branda liom."

"Gheobhaidh mé buidéal fíona. Ní bheidh mé ach cúpla bomaite."

Ar fhilleadh ar an charr duit le dhá bhuidéal fíona, le hábhar sailéid, le cúpla rollóg Fhrancach, le píóg úll is le huachtar, bhí Jackie ag léamh. *Penguin* a bhí ann. Thaispeáin sé an clúdach duit.

"Ar léigh tú aon rud léi riamh?"

"Caithfidh mé a admháil nár léigh."

"Scríbhneoir iontach í. San Afraic Theas atá a cuid scríbhinní suite. Léigh mé an ceann seo, *Burger's Daughter*, den chéad uair cúpla bliain ó shin. Chomh tógtha sin a bhí mé leis ag an am gur choimeád mé é ar an tseilf seo agamsa go bhfaighinn seans lena athléamh. Úrscéalta polaitiúla is fearr liom. Sa cheann seo, feictear iníon an tseanghníomhaí pholaitiúil ag iarraidh teacht chun réitigh lena hoidhreacht mhorálta is pholaitiúil. Ag streachailt le bheith dílis don athair agus do na prionsabail ar sheas sé dóibh agus a cúrsa féin a stiúradh is a threabhadh tríd an saol seo atá an iníon. Ainneoin gur duine geal an phríomhphearsa is gurb é ré na cinedheighilte atá i gceist, is téama é, dar liom, a bhaineas linn go léir. Uilíoch atá sé, mar a deir na léirmheastóirí liteartha." Is rinne Jackie gáire, amhail is gur ag baint an bonn ón dáiríreacht seo aigesean féin a bhí sé.

"Agus an féidir linn a bheith dílis don athair, don oidhreacht, agus ár slí féin a dhéanamh sa saol?" arsa tú. "Nach gcomhbhréagnaíonn siad a chéile?"

"Comhbhréagnaíonn uaireanta, ach an rud is tábhachtaí ár n-aigne féin a dhéanamh suas cad tá uainn agus cloí leis sin. Is mura dtaitníonn an toradh lenár n-aithreacha agus lenár máithreacha, is cuma. Bhí orthu rogha dá gcuid féin a dhéanamh lena linn." Is rinne sé gáire athuair, agus é ag féachaint i ndiaidh a leicinn ort fós. "Cibé ar bith, b'fhiú duit Nadine Gordimer a léamh am éigin."

Pháirceáil tú an gluaisteán taobh amuigh den teach is rinne sibh ar an doras mór. Cheap tú gurbh fhéidir go bhfágfadh Melissa nóta faoi do choinne ar an chuntar bricfeasta sa chistin ach ní raibh ann ach cúpla bille a tháinig i bpost na maidine. Sháigh tú buideál fíona sa reoiteoir lena fhuarú, d'oscail an dara ceann, dhoirt amach

gloine an duine agus thug faoin dinnéar a ullmhú.
D'fhéadfá na prátaí is na glasraí a dhéanamh réidh san
oigheann micreatonn ar ball. Thairg Jackie lámh chuidithe
duit ach d'fhreagair tú nach dtógfadh sé i bhfad an t-iomlán
a réiteach. Bhuail sé faoi ar stól cistine.

"Is maith liom na priontaí sin."

"Is ea, anseo i mBaile Átha Cliath a fuair mé iad seal ó
shin."

D'éirigh Jackie ón stól agus thrasnaigh chun amharc
orthu. Dhá phrionta dhaite bunaithe ar shaothar
greanadóireachta W. H. Bartlett a bhí iontu. Sa chéad
cheann, bhí radharc le fáil ar sheanchathair Dhoire ó Dhoire
Trasna, ó áit gar go leor do bheairic na bpéas ar Bhóthar
Spencer anois. Spuaic Ardteampall Cholm Cille agus na
maolchnoic ghlasa fhéarmhara mar a bhfuil an Creagán
anois an dá ní ba shonraíche ann. Sa dara prionta, ón
tréimhse chéanna sa 19ú haois de réir dealraimh, bhí
radharc ar Bhallaí Dhoire, is go háirithe ar Cholún Walker.
Ar ndóigh, amhail an Aimiréil Nelson ar Shráid Uí Chonaill
anseo i mBaile Átha Cliath sa bhliain 1966, bhí buama i
ndiaidh Walker a tharraingt anuas óna sheastán ó shin i
leith. Thart ar 1973 nó 1974, a bharúlfá. Ach má ba iad an
Colún is na Ballaí is na maolchnoic fhéarmhara na rudaí ba
thúisce ar luigh do shúile orthu, ba sa mhír sin ar an taobh
deas den phrionta seo ba mhó a chuir tú suim. Is éard a bhí
le feiceáil ann brácaí brocacha suaracha na cosmhuintire, an
daoscair—tithe na gCaitliceach lasmuigh de Bhallaí na
cathrach daingnithe. Fahan Street ba ea é, ba dhócha, sráid
a shín síos ó Gheataí na seanchathrach ag Butcher Street go
dtí an áit a raibh Free Derry Corner anois. Agus nárbh é
Fahan Street an t-ainm ceart don tsráid seo. Baisteadh í as
Fathain, gráig thart ar dheich míle taobh amuigh de Dhoire,
trasna na Teorann ar an bhóthar go Bun Cranncha. Agus tú
ag fás suas, ba mhinic a mhothaigh tú gur díseart nó
tearmann nó 'fothain' le haghaidh lobhar a bhíodh ann. Ba

chuimhin leat samhradh amháin a chaith an teaghlach seo
agaibhse ar saoire i bhFathain. Shiúlfadh sibhse go dtí an
siopa beag Albanach, a bhíodh druidte i gcónaí ar an
Domhnach, chun uachtar reoite a cheannach. Ní raibh sé
ach thart ar chéad slat ó reilig—ón reilig mar ar adhlacadh
na lobhair, de réir chuntais fhuilchraosacha na
ndeartháireacha—agus bhíodh scanradh an domhain ort go
mbuailfeá le claimhseach leathchreimthe éigin ar an tslí!

Sa phrionta seo, bhí roinnt daoine le feiceáil ar chosán
na mBallaí. Orthu siúd bhí fear cairte agus dornán fear eile
a bhí ina seasamh ag comhrá le chéile. Baill den daoscar
iad. Ach i gceathrar eile a chuir tusa cron. Lánúin agus
beirt pháistí, girseach agus garsún. Bhí cánaí siúil—murab
ionann is maidí oibre—á n-iompar ag an dís fhireannach.
Ag siúl go mall maorga máistriúil i lár an chosáin a bhí an
ceathrar seo. An cailín ag lámh a máthar agus an buachaill
taobh lena athair. B'fhéidir gur phíosa greanadóireachta ón
19ú haois a bhí ann, ach cinnte le Dia a bhí tú gur
Albanaigh—agus fréamhshamhail an teaghlaigh eithnigh—
an líon tí seo.

Chonaic tú na priontaí i siopa lá ag am lóin. D'fhill tú
chun breathnú orthu an dara huair sular chinn tú ar iad a
cheannach. Faoin am seo, bhí siombalachas na bpriontaí
sách soiléir i d'aigne. An Satharn a bhí ann, agus Melissa as
baile nuair a cheannaigh tú an dá phrionta. Thóg tú iad
chuig frámaitheoirí. Tar éis dóibh meastúchán a ullmhú,
thogh tú na frámaí a bhí uait, is socraíodh go mbaileofá na
priontaí frámaithe an tseachtain dár gcionn. An-daor a
bheidís ach bhí uait go ndéanfaí jab maith díobh. Níor
luaigh tú a dhath léi gur thug tú abhaile na priontaí gona
bhfrámaí. As a shon gur ag druidim lena breithlá a bhí
Melissa, ní raibh sé de dhánacht ionat a rá gur bhronntanas
di iad. D'fhéach sí orthu agus d'fhiafraigh díot cá mhéad a
bhí orthu. Nuair a d'inis tú sin di, d'fhreagair sí:

"Pat, bheadh sé chomh saor dúinn ceamara maith a

cheannach, tú a sheoladh abhaile chuig do mhamaí go ceann seachtaine agus do shá grianghraf a thógáil is a réaladh."

"Rud beag deacair a bheadh sé grianghraf de Cholún Walker a thógáil anois, 'Lissa," arsa tú. "Cibé ar bith, nach dtaitníonn na frámaí sin leat? Is iontach liom an t-adhmad sin."

B'fhabhrach go leor leat freagairt Melissa go nuige seo gur leomh tú siombalachas an dara prionta a mhíniú di. I ndiaidh duit léacht dheich mbomaite a chur díot, thosaigh sí ag gáire, chroith a ceann agus dúirt:

"Pat, níl a fhios agam an ginias nó gealt thú. Breathnaím ar an cheann seo agus feicim do chara Walker, na Ballaí, na siúlóirí, an tithíocht dhona. Ansin cromann tusa ar do theoiric mhór ar lobhair Chaitliceacha, ar theaghlaigh eithneacha Phrotastúnacha agus ar an fhochiall agus tagann speabhraídí orm. B'fhéidir go bhfuil bolscaireacht rúnda de chuid Bhunaíocht na linne sin ann, ach dá n-amharcfá ar phriontaí ó Bhaile Átha Cliath nó ó Londain nó ó Pháras ón tréimhse cheannann chéanna, thabharfainn an leabhar go bhfeicfeá an deighilt aontoiseach aicmeach chéanna idir na saibhre is na daibhre. Ach tá tusa sa tóir ar fháthchiall dhomhain ar leith anseo agus níl a fhios agam go bhfuil sí ann. Is iontach liom na frámaí. Priontaí deasa más cinn chostasacha iad. Léiriú iad ar ghné de stair do bhaile dhúchais. Glac leo agus bain taitneamh astu ar an leibhéal sin. Ná bí ar lorg a thuilleadh uathu agus ná bí ag iarraidh bolscaireacht de do chuid féin a aimsiú iontu is a dhéanamh astu. Anois, cár mhaith leat iad a chrochadh?"

Smaoinigh tú ar do theoiric a lua le Jackie. Ach bheadh imní ort go ndéanfadh sé gáire fút. Agus é ag breathnú ar an phrionta de na Ballaí, mhaígh tú:

"An cuimhin leat gur fhógair anstrólaí éigin sa bhaile gur chóir dúinn na pinginí uile a theilg siad anuas orainn a athbhronnadh ar na hAlbanaigh chun cuidiú leo an Colún a atógáil?"

"Tráthúil go leor, bhí mé ag caint le cara liom ó Dhoire aréir agus bhí sé ag insint dom go bhfuil cuid de ghaosán Walker ar an mhatal ag a máthair go fóill. Bhuel, ceapann sise gurb é a ghaosán é. Deir Tom gurb é a philibín é!"

"Ó, bhí tú amuigh le cairde ó Dhoire aréir?" Bhí súil agat nár dholba leis an cheist.

Tháinig draothadh gáire ar a aghaidh agus d'fhreagair sé:

"Is ea, tá deartháir le cara liom ó Dhoire tar éis cárta glas Mheiriceá a fháil. Ina chónaí anseo atá an deartháir. Bhí tórramh Meiriceánach ann chun slán a fhágáil aige. Oíche bhreá ba ea í más dona an scéal é go mbíonn ar dhaoine dul ar imirce cheal oibre sa bhaile."

"Ar smaoinigh tú riamh ar imeacht ón bhaile, ón tír seo?"

"Cá rachainn? Is cuimhin liom comhrá a bhí agam le sean-Phoblachtach cúpla bliain ó shin. D'éag sé ar na mallaibh, de dheasca ailse. B'fhéidir nach eol duit é, ach bhí uncail liom i bPríosún Bhóthar na Croimghlinne sna caogaidí nuair a bhí feachtas míleata eile ar siúl. An-ghníomhach a bhí an fear eile seo san fheachtas sin. B'fhéidir gur chuala tú an scéala faoin oíche sin thart ar 1957 nó mar sin nuair a stopadh traein cúpla míle taobh amuigh de stáisiún Bhóthar an Fheabhail ar an tseanlíne thraenach ó Dhoire go Baile Átha Cliath. Rinneadh inneall na traenach a stócáil, ar aghaidh leo faoi iomlán siúil agus léim an fear seo den traein sula ndearna sí ciolar chiot den stáisiún. Gabhadh an fear seo go gairid ina dhiaidh sin agus níorbh fhada go raibh sé féin is m'uncail ag imirt táiplise is ag foghlaim Gaeilge le chéile sa charcair. Tar éis dó teacht amach as an phríosún ag tús na seascaidí, chinn an fear seo ar dhéanamh ar na Stáit Aontaithe. An bhfuil a fhios agat gur chabhraigh an RUC leis chun na cáipéisí

inimirce uile a ullmhú? Breá sásta a bhí na hAontachtaithe
fáil réidh leis na clampróirí, mar dhea.

"Agus mé ag teacht in inmhe, is iomaí scéal a bhí cloiste
agam ó m'uncail faoi ghaiscí an fhir seo. Aisteach go leor,
nuair a casadh orm é faoi dheireadh, agus é ar cuairt
abhaile ó Nua-Eabhrac, thosaigh argóint eadrainn. Eisean á
rá gur sceimhlitheoirí an IRA anois, murab ionann is a
ghlúin siúd. Mise á mhaíomh gur loic seisean is a leithéid
ar an phobal Náisiúnaíoch is gur fhág siad cur i gcrích na
hoibre faoin ghlúin seo. Comhrá an-intleachtúil ba ea é!"
Rinne sé gáire. "Ní bheadh cead isteach agam i Meiriceá
anois, nó i gCeanada nó san Astráil, fiú dá mbeadh bara na
himirce fúmsa chuig ceachtar acu. Bhuailfinn le barraíocht
ollbhrathadóirí san Afraic Theas! Cad a bheadh i ndán dom
i Sasana? I mBaile Átha Cliath? Ní shílim gurb í seo an áit
cheart dom. Is tríd is tríd, is maith liom Doire."

"Ní raibh a fhios agam go raibh uncail leat i bpríosún
sna caogaidí."

"Is ea, an drochbhraon ionainn beirt, a deireadh
m'athair. Dheamhan spéis a bhí aigesean sa pholaitíocht.
Ba í mo mháthair nach raibh aon traidisiún Poblachtach ag
roinnt léi nó lena muintir, a sheas liom ó thús deireadh, a
thagadh go dtí an Cheis ar gach cuairt nó a théadh amach
ag máirseáil." Stop sé ar feadh meandair sular labhair
athuair: "Dála an scéil, bean bhreá is ea do mháthair."

"Is ea… ar ndóigh."

"Inseoidh mé scéilín beag duit. An cuimhin leat an
t-ionad seiceála a bhíodh ag na saighdiúirí thíos ag bun
Shráid Mhór Shéamais le daoine a chuardach sula
ndeachaigh siad isteach sa bhaile mór? Bhuel, lá tugadh
ordú dúinn an daingean sin a ionsaí. Na laethanta sin, ba
bheag pleanáil a rinneadh do fhormhór na n-oibríochtaí,
murab ionann is na laethanta seo—má thuigim an scéal i
gceart. Ghlacamar seilbh ar charr ar Shráid Thír Chonaill.
Mé féin a bhí ag tiomáint, cé nach raibh ceadúnas iomlán

agam. Rinneamar ar ghabhal Shráid Phroinsias is Shráid Mhór Shéamais, d'fhanamar gur ghlan an áit is scaoileadh cúpla urchar i dtreo an ionaid sheiceála. Bhí fúinn iompú, filleadh ar Little Diamond is an gluaisteán a fhágáil ar ais ag an úinéir ach chonaic mé APC—"pig"—ag casadh isteach i Sráid Phroinsias ó bharr Shráid Liam. Mar is eol duit, bhí na saighdiúirí lonnaithe thuas sa tseanleabharlann i Brooke Park agus dá rachaimis amach Bóthar Northland, ní raibh a fhios againn cé a bheadh amuigh ansin. Léim na leaids eile amach as an charr is ligeadh isteach iad—ar aon nós, bhrúigh siad isteach—doirse oscailte tithe agus d'éalaigh thar bhallaí is amach trí chlóis. Thréig mé féin an carr páirceáilte ag taobhgheata na hArdeaglaise is chinn mé ar mo shlí a dhéanamh trí fhearann na hArdeaglaise. Faoin am sin, ar ndóigh, tar éis an ionsaí ar an ionad seiceála, dubh le saighdiúirí a bhí an ceantar. Cheap mé an lá sin go raibh mo chosa nite. Do mháthair a tharrtháil mé."

"A Chríost! Mo mháthair?"

"Ní raibh a fhios agam ansin ar aithin sí mé, ach ag teacht amach as an Ardeaglais a bhí sí. Caithfidh gur thuig sí cad a bhí i ndiaidh titim amach mar chuir sí ceiliúr orm, sháigh dhá mhála Wellworths chugam is shiúil an bheirt againn amach as an fhearann, thart leis na *Brits* ag an taobhgheata is ar Infirmary Road. Amach Bóthar Northland linn agus í ag cabaireacht liom. Níor stopadh muid ar chor ar bith. Ag ladhrán Academy Road, thóg sí na málaí uaim agus dhearbhaigh gur chóir dom bailiú liom. Ní ligfeadh sí dom na málaí a iompar abhaile di fiú amháin. Gach uair dá bhfeicim í anois, smaoiním ar an lá sin. Fós níl tuairim agam ar aithin sí mé."

"Níor chuala mé í ag caint ar an eachtra sin riamh. Fiú má d'aithin sí thú, bheadh sí an-chúramach gan a dhath a rá ... Is rud aisteach é—ainneoin go ndéarfadh Melissa nach rud aisteach é ach gur rud fireannach é—bhreathnaigh mé ar mo mháthair i gcónaí, agus breathnaím fós, i gcomhthéacs m'athar. Mar aguisín de shaghas, an dtuigeann tú. Is spéisiúil liom a chluinstin go raibh an saol rúnda seo aici mar 'mháthair bhaistí sceimhlitheoireachta'!"

Réidh a bhí an bia, fionnuar a bhí an dara buidéal fíona agus chuaigh sibh ag ithe sa seomra itheacháin. Breá cainteach a bhí Jackie go fóill. Ag freastal ar an ollscoil go páirtaimseartha i nDoire a bhí sé, ar seisean. Bhí air an bhliain phromhaidh—an bhliain fondúireachta—a chríochnú chun na buncháilíochtaí foirmiúla a shaothrú a cheadódh dó cur isteach ar scoláireacht rialtais. Ag obair mar chúntóir sa leabharlann phoiblí i Seantalamh a bhí a bhean chéile. Dá mbeadh an scoláireacht aige, d'fhéadfadh sé tabhairt faoin bhunchéim go lánaimseartha. Nó gearradh siar ar na huaireanta fada faidréiseacha sa tacsaí, ar a laghad.

D'fhiafraigh tú de cad ba mhaith leis a dhéanamh ansin. Gháirigh sé.

"Anois dá mbeadh deich míle punt sa bhanc agam, d'osclóinn siopa leabhar is sheolfainn fiontar beag foilsitheoireachta. Níl is ní bheidh. Mar sin, tá mé i ndiaidh cúrsaí ríomhaire a dhéanamh. Ag tabhairt faoi bhogearraí ríomhaireachta a fhorbairt is a dhearadh atá mé. Céim ríomhaireachta a bheidh agam faoin am a mbeidh mé réidh i gColáiste Mhic Aoidh."

"Bhuel, beidh lab agat freisin má dhéanann tú roinnt bogearraí den saghas sin a dhearadh."

"Ar an drochuair, sin áit amháin a bhfuil mo stair phearsanta i ndiaidh breith amuigh orm. Tá an teach barclíonta le fearas ríomhaireachta, idir earraí boga agus earraí crua. Tá na péas tar éis an teach a shiortú anois cúpla babhta. Ag líomhain a bhí siad gur monarcha ardteicneolaíochta buamaí a bhí ann. Chart siad an trealamh uile amach as an áit."

"Nach dtig leat gearáin a dhéanamh leis na polaiteoirí is leis na meáin chumarsáide is cás dlí le haghaidh damáistí a bhagairt ar na péas?"

"Rinne mé na rudaí sin is fuair achan rud ar ais i ndeireadh na dála. Fós, cuireann an síorchiapadh isteach ar mo chuid staidéir, gan trácht ar Marie is ar an leanbh."

Bhí an fíon ag dul i bhfeidhm ar an dís agaibh anois. Thug tú faoi deara gur i ndiaidh focás rosc Jackie a cheartú a bhí sé. Ag breathnú ort go díreach a bhí sé. Mar a d'éist tú leis, smaoinigh tú ar an lámhscríbhinn a lua leis. I dtús báire, áfach, bheadh ort í a chur sa chomhthéacs ceart.

"Tar éis bhás m'athar, d'éirigh mé chomh neamhshocair sin. An deireadh seachtaine sin nuair a casadh orm thú i nDoire—dála an scéil, d'aithin mé thú ach ní raibh a fhios agam cad a déarfainn leat—tháinig sé chugam le linn dom a bheith ag caint le seanchara liom, Seán Mac Giolla, go raibh mé ag smaoineamh ar fhilleadh ar Dhoire go buan."

"An raibh, i ndáiríre?"

"Ní mé anois. Cibé ar bith, bhíos i ndiaidh mé féin a chrá, i ndiaidh Melissa a chrá ó d'éag m'athair, agus mé ag rá gur thréig mé mo mhuintir is mo dhúchas trí dhroim láimhe a thabhairt leo. Ar ndóigh, ní raibh sa mhéid sin ach comharthaí sóirt nach raibh a fhios agam cad a bhí uaim. Ní hé nach raibh mé i ndiaidh teacht ar chinneadh dom féin—cuirim i gcás, teacht go Baile Átha Cliath, dul isteach sa Státseirbhís, Melissa a phósadh fiú amháin. Is ní hé nár rudaí maithe cuid acu, ach tríd is tríd, rinne mé iad ní toisc go raibh uaim iad a dhéanamh i ndáiríre, ach mar gheall ar ar sheas na nithe sin dóibh. Sheas Baile Átha Cliath is an Státseirbhís don daingne mheasúil mheánaicmeach. In ainneoin andúchas Melissa, chomh ceartchreidmheach atá sí le héinne eile a chuaigh trí chóras meánaicmeach scolaíochta Bhaile Átha Cliath theas.

"Mar an gcéanna, nuair a chuaigh mé go dtí an Oíche Athchaidrimh sin i nDoire, bhí mé ag iarraidh fáil amach cad a sheas an Doire nua dó agus an bhféadfainn ionannú lena luachanna. Faoi dheireadh na hoíche, go maith a bhí a fhios agam gur beag dúil a bhí—atá—agamsa i leithéidí Dhaltúin agus nárbh fhiú dom aithris a dhéanamh ar Mhac Giolla nach bhfeiceann ach an áiféis agus an greann ... "

Stad tú agus ba go mall maolchluasach a labhair tú anois. "Ar feadh tamaill, rith sé liom gur tusa an duine a threoródh ar bhóthar mo leasa mé."

"Mise!" Bhain sin gáire eile as Jackie.

"Bhuel, d'fhéach mé ort is dúirt mé liom féin: 'Seo duine a raibh prionsabail aige, a bhí sásta troid ar son na bprionsabal sin, nárbh fhéidir le héinne a chur ina leith gur shaothraigh sé airgead mór mar gheall orthu nuair ba léir do chách nach bhfuair sé ach an phríosúnacht.'"

"*So*, bhí tú i ndiaidh an fear gunna a idéalú. Déarfaidh mé cúpla rud fíorshimplí leat, a Pháidí. I dtús báire, níl ach an charcair nó an reilig i ndán don té a théann amach le gunna anois. De réir mar a thuigim an scéal, tá barraíocht cúiseanna maithe agat gan dúil a bheith agat san anbhás anabaí. Is ní thaitneodh bás mall an phríosúin leat. Éinne a chaith seal fada istigh, bheadh an-leisce air aghaidh a thabhairt ar an dara tréimhse ann. Bhí na *Brits* in ann teacht i dtír ar an uamhan sin blianta na n-ollbhrathadóirí. Caithfidh mé a admháil gur chuir an dúnghaois sin scanradh an domhain orm mar níor mhaith liom—ní mé an bhféadfainn—filleadh ar chillín carcrach go deo arís."

"Go maith a thuigim na rudaí sin. Is tuigim freisin go gcaithfidh mé mo shlí féin a dhéanamh tríd an saol seo. Dála an scéil, chuir mé tús leis an chomhrá seo ar chúis ar leith. I ndiaidh an deireadh seachtaine i nDoire, bhí mé féin is Melissa ag caint air, ar na smaointe suaite seo agamsa, agus ar an mhearbhall seo a bhí orm ó cailleadh m'athair. Mhol sise beart—gur chóir dom cín lae a choinneáil ina mbreacfainn síos na smaointe fánacha is na cuimhní éagsúla a bhain le m'athair, le Doire. Thosaigh mé air de réir a chéile is rinne mo dhícheall suí síos gach cúpla tráthnóna is roinnt leathanach a líonadh le cibé raiméis a bhí ag guairneáil timpeall i m'aigne. Oíche a cúig nó a sé de sheachtainí ó shin, chrom mé ar phíosa a scríobh faoi Dhomhnach na Fola. Roghnaigh mé an eachtra sin le hionchas go mbeinn in ann na gnéithe ba ghabhlánaí den chaidreamh seo agamsa le Doire a ransáil, a chíoradh, a rangú is ord de chineál éigin a chur orthu. Ar ndóigh," agus rinne tú gáire cotúil, "tá tusa ann. Bhuel, nár casadh tusa orm le linn an mhórshiúil?... Ní raibh an rud seo pleanáilte agam; ach ós rud é go bhfuil tú abhus, an léifidh tú é faoi mo choinne?"

"Is ea, léifidh mé é, más mian leat, a Pháidí."

"Féach, má dhéanaim barraíocht machnaimh ar an rud seo, ní thabharfaidh mé duit é go deo. An léifidh tú é anois? Ní cuntas fada é. Ní bhainfidh sé ach fiche bomaite asat. Déanfaidh mé réidh pota caife agus tig linn an buidéal branda sin a bhearnú."

Chúlaigh tú amach as an seomra sula raibh faill agat d'aigne a athrú. Dá mbeifeá lánstaidéartha, suite de a bhí tú nach mbeadh sé de dhánacht ionat an diabhal cín lae sin a lua. Gheofá a rá le Jackie anois gur fhág tú í san oifig. Ag an am céanna, spéisiúil a bheadh sé fáil amach cad é a mheas ar a raibh breactha síos agat.

D'aimsigh tú an cóipleabhar thuas staighre faoin leaba in bhur seomra. Thóg tú é agus an mhilseog isteach sa seomra itheacháin. Chuir tú an pláta os a chomhair, dhoirt amach gloine eile fíona dó is leag an chín lae ar an tábla.

"*So*, is mar theiripe de shaghas a thosaigh tú ar an chuntas seo a chur le chéile. Dála an scéil, tá aithne agam ar roinnt mhaith iarchimí a dhéanann an rud céanna. An chuid is mó díobh siúd a bhí istigh, is fearr leo na cuimhní a bhrú faoi chois is déileáil ar a mbionda leis na hairíonna, an searbhas, an coimhthíos, an frustrachas, ach tá sé cloiste agam ó chorrdhuine a choiméad cín lae gur áis thairbheach í le teacht chun réitigh leis na mothúcháin mheasctha. Maidir liom féin, comhairlíodh go láidir dom ag an am gan sin a dhéanamh. Mar ní bheadh a fhios agat cén uair a thabharfadh na péas cuairt ar an teach. B'fhéidir nach mbeadh aon rud inchoiritheachta ann, ach dá luafá ainmneacha ar bith, níorbh eol duit cén tslí a lúbfaí na tagairtí sin chun an mhioscais a chothú is chun daoine a chur in adharca a chéile. Mar shampla, dá scríobhfá go raibh dúil ag an duine seo san ól nó sa chearrbhachas nó go raibh bean chéile duine eile ag rith thart le fear lasmuigh— ní bheadh ann ach an saghas cadrála a chloiseann tú i dtólamh—thiocfadh leis na péas earraíocht a bhaint as sin le brú a chur ar na daoine sin géilleadh dá gcuid tairiscintí dodhiúltaithe. Ar ndóigh, níor ghá fíorainmneacha nó fíoreachtraí a lua, ach nach mbainfeadh sé an bonn ó thairbhe theiripeach na hoibre ar fad?"

"Sular dhírigh mé ar an chín lae a choinneáil, chaitheamar neart ama ag plé cúrsaí dialann. Níor choinnigh mé ceann riamh. Rófhalsa a bhí mé. Ar ndóigh, níor leasc liom seasamh breá prionsabálta a fhorbairt chun bonn idé-eolaíochta a chur leis an fhalsacht seo agamsa! Mar sin, d'fhéach mé ar an dialannacht mar ealaín fhéinspéiseach. Dála údar leabhair, ag maíomh a bhíonn an dialannaí go bhfuil rud éigin fiúntach le rá aige, murab ionann is formhór an chine dhaonna. Ach má bhíonn a fhios ag an léitheoir leabhair gur páirteach i gcomhcheilg shamhlaíochta nó finscéalaíochta atá sé, ligeann an dialannaí air gur faoistin mhacánta phríobháideach atá á déanamh aige agus gurb eisean an t-aon duine atá ag éisteacht. Ar ndóigh, níl ansin ach faoiste fáiste. Bíonn comhcheilg de shaghas eile i gceist i gcín lae. Tig leis an dialannaí ligean air féin gur faoistin phríobháideach í, ach bíonn a fhios aige gur dócha go léifidh duine éigin eile an scríbhinn ag pointe éigin luath nó mall is feictear dom go dtéann an tuiscint sin i gcion ar phróiseas na cumadóireachta dá réir, fiú más ar bhealach fo-chomhfhiosach é."

"Cumadóireacht atá sa scríbhinn seo agatsa, mar sin?"

"Is ea, ar bhealach, cé go ligfidh mé duit d'aigne féin a dhéanamh suas faoi sin. Cibé ar bith, sin an dearcadh a bhí agam ar thionscal na ndialann le fada an lá. *Now*, pósta ar dhialannaí dáiríre díograiseach atá mé. Ag scríobh cín lae atá sí ón chéad lá a raibh sí in ann breith ar chrián ina crobhóg, a deir Melissa. Tamall tar éis dúinn bualadh le chéile, thagair sí dá dialann. Ar ndóigh, chrom mé ar shéideadh faoi lucht a scríofa. Níor thug sí de fhreagra orm ach go raibh coinníoll curtha ina huacht aici go scriosfaí a cuid dialann is a comhfhreagras príobháideach gan mhoill i ndiaidh a báis, ar neamhchead d'achainí aon duine eile. 'Anois,' ar sise, 'nach gceapann tú gur féidir le dialannaí a bheith ionraic oscailte?'

"Ansin tar éis dúinn gabháil ag aontú le chéile, d'iarr mé cead uirthi breathnú orthu. 'Níor mhaith leat cuid de na nithe atá ann,' a dúirt sí. 'Ní fút féin amháin, ach faoi mo mhuintir féin, faoi dhaoine a raibh aithne agam orthu blianta ó shin. B'fhearr liom mura n-amharcfá orthu.' Caithfidh mé a admháil gur tháinig cathuithe orm níos mó ná uair amháin sna laethanta tosaigh gabháil ag gliúcaíocht is ag gliúmáil. Faoin am seo, ceist iontaoibhe is ea í.

"Feách, glanfaidh mé an tábla seo, déanfaidh mé an miasniteoir a lódáil, gheobhaidh mé an caife agus an branda is tig leat a bheith ag léamh."

Chaith tú deich mbomaite sa chistin ag líonadh an mhiasniteora is ag fanacht leis an chaife síothlú. Ansin d'oscail tú an buidéal branda, d'ól bolgam sciobtha as, d'aimsigh dhá ghloine ghlana, d'eagraigh an tráidire is rinne ar an seomra itheacháin athuair. Ag léamh a bhí Jackie fós.

"An bhfuil peann agus pár agat, a Pháidí? Ba bhreá liom roinnt rudaí a bhreacadh síos. Cuidíonn sin liom chun m'aigne a dhíriú ar scríbhinn."

Fuair tú na hacraí sin dó, dhoirt amach cupán caife is

gloine bhranda dó—is gloine mhór duit féin agus shuigh síos ag an bhord. Rud beag neirbhíseach a bhí tú anois, agus an cuntas seo agatsa ag Jackie. Ón dóigh chúramach a raibh sé á léamh, b'fhollas go mbainfeadh sé níos mó ná fiche bomaite as an dréacht a chríochnú. Go háirithe má ba dhoiligh dó do chuid peannaireachta a léamh. D'fhéach tú ar d'uaireadóir. A deich chun a naoi. B'fhéidir gur chóir duit glao ar theach Darren le fáil amach cén socrú a bhí déanta ag Melissa faoi fhilleadh abhaile nó faoi stopadh thar oíche. D'éirigh tú is isteach sa chistin leat arís. Liz a d'fhreagair an glao. Is ea, tá Melissa anseo fós. Ag ullmhú le himeacht atá sí. Tá Darren chun síob abhaile a thabhairt di ar ball beag. Nach bhfuil uait labhairt léi? *Ok*, déarfaidh mé léi gur ghlaoigh tú, Pat. Feicfimid thú ag deireadh na seachtaine seo chugainn *Chez* Ma is Pa McMullen. Níor chuala tú? Is ea, an deireadh seachtaine sin. Le haghaidh dhinnéar an Domhnaigh. Is ea, go hiontach! An rud ceannann céanna is a dúirt mé féin. Is ea, tá an bhunóc go breá. Slán, Pat. Slán.

Má ba dhona leat an scéala go mbeadh ort cuideachta an teaghlaigh shaofa uile a fhulaingt i gceann seachtaine, ba amhlaidh ba mheasa leat go mbeadh an bodach sin Darren ag tiomáint Melissa abhaile anocht. Bhí súil as Dia agat go raibh go leor céille aici gan cuireadh isteach a thabhairt dó. Ach dá gcloisfeadh sé cé a bhí istigh—nó cén saghas duine a bhí istigh, ba chirte a rá—b'fhéidir go ndearbhódh sé gur mhaith leis bualadh leis an bhoc Tuaisceartach seo. Ba mhairg nár lig tú do Melissa an diabhal carr a thabhairt léi. Sheas tú sa chistin ar feadh tamaill sular smaoinigh tú ar iarracht a dhéanamh ar labhairt le Melissa. Ba mhór an trua gur choisc do stuacántacht thú ar labhairt léi ar ball nuair a bhí an seans agat. Ghlaoigh tú ar an uimhir. Liz a d'fheagair athuair. Go díreach i ndiaidh imeacht a bhí an bheirt eile, ar sise. Ródhéanach a bhí sé anois iarraidh ar Melissa gan ligean dá deartháir teacht isteach. I dtaobh lena ciall féin anois a bhí tú. Ach, ar ndóigh, dá bhféadfá fáil réidh le Jackie sula dtiocfaidís, níor ghá duit a beith imníoch.

Dheifrigh tú isteach sa seomra itheacháin. Geall le bheith críochnaithe a bhí Jackie. Breá sásta a bheifeá faoin am seo dá dtabharfadh sé an cóipleabhar leis. D'fhéadfadh sibh socrú ar bhualadh le chéile an chéad deireadh seachtaine eile dá mbeifeá thuas sa bhaile.

Tar éis roinnt bomaití eile, leag Jackie an cóipleabhar síos os a chomhair, d'ól súimíní caife is branda faoi seach is bhreathnaigh ort.

"Caithfidh mé a rá go dtógann a bhfuil scríofa agat siar mé go dtí an lá sin. Rud beag ciotach stadach atá do chuntas i dtús báire ach forbraíonn rithim bhreá ann de réir mar a ghluaiseann an scéal ar aghaidh."

Agus a fhios agat go raibh Melissa is an focóir sin de dheartháir ar a mbealach anseo cheana, b'ábhar dóláis duit an dóigh a raibh Jackie á shocrú féin le haghaidh sheisiún fada comhrá ar bhuanna liteartha na scríbhinne. Smaoinigh tú ar chuireadh a thabhairt dó dul síos sa ghluaisteán leat chun pionta a fháil i dteach tábhairne mar a bhféadfadh sibh leanúint den chomhrá. Ach sách stuama a bhí tú go fóill gur thuig tú gur san fhaopach a bheifeá dá stopfadh na Gardaí thú, tar éis ar ól tú d'fhíon is de bhranda.

In ainm Dé, bíodh ciall agat, a dúirt tú leat féin. Nach tú a thug cuireadh do Jackie teacht anseo ar cuairt. Ní raibh a dhath le ceilt agat, nó aige féin. Dá dtiocfadh Darren isteach, ní bheadh seisean chomh doicheallach búrúil sin go ndéarfadh sé a dhath le Jackie faoina mhacghníomhartha cé go mbeadh ort cur suas leis na hachasáin amuigh in Áth na Sceire ag deireadh na seachtaine seo chugainn, níorbh fholáir. D'fhanfadh sibh abhus anois. Dhoirt tú amach gloine eile bhranda duit féin is do Jackie.

"Agus sinne ag caint ar do mháthair ar ball, dúirt tú gur fhéach tú uirthi i dtólamh mar aguisín, a Pháidí. Soiléir go

leor atá an dearcadh sin ó do chuntas. Is ar éigean a
thráchtann tú uirthi ar chor ar bith."

"Ní dall air sin a bhí mé. Thuig mé sin mar a d'athléigh
mé an chéad chuid den chuntas. Ach mar a mhínigh mé, ag
iarraidh díriú ar na gnéithe sin den tsaoltaithí seo agamsa ar
ábhair mhíthuisceana dom iad. Níor amharc mé ar mo
mháthair mar ábhar teannais i mo shaol. Mar sin, níor léir
dom go raibh aon chall dom í a phlé sa chuntas."

"Nuair a d'fhiafraigh mé díot an cumadóireacht an chín
lae seo agatsa, d'fhreagair tú gurbh ea—ar bhealach. Cuid
de na mionsonraí atá luaite agat, is doiligh a chreidbheáil go
dtiocfadh leat cuimhneamh orthu, cuirim i gcás, ar an
fhoireann fhreasúrach a bhí ag imirt i gcoinne Derry City an
Satharn roimh an léirsiú mór. Nó ar mharú na bpéas cúpla
lá roimhe sin nó go raibh na *Brits* sa tóir ar Jim O'Donnell
mar gheall air."

"Is ea, tá an ceart agat. Nuair a thosaigh mé ag iarraidh
smaoineamh ar ar tharla an lá sin, bhí roinnt cuimhní
deimhneacha agam. Go ndeachaigh mé féin is m'athair ag
siúl i sochraid Bhean Mhic Lochlainn, mar shampla. Ach an
tagairt sa chéad mhír do chol ceathar liom, Colmán, ag
pógadh grua a athar mhairbh, mise féin tar éis bhás m'athar
atá i gceist, ar ndóigh. Maidir leis an tagairt don Dálach, ní
cuimhin liom anois cár chuala nó cén uair a chuala mé é sin.
Ag an am nó blianta ina dhiaidh sin, b'fhéidir. Ní mé anois.
Caithfidh nach raibh ann ach ráfla nó nach raibh go leor
fianaise ag na péas mar níor cuireadh an marú sin ina leith
riamh. Ar ndóigh, ba chuimhin liom gur casadh tusa orm
Domhnach na Fola. Ach tríd is tríd, chuir sé alltacht orm a
laghad d'eolas cinnte a bhí agam ar mhionsonraí na rudaí a
tharla i gcaitheamh an léirsithe féin. Ceann de na
fadhbanna a bhí agam nach raibh mé in ann idirdhealú a
dhéanamh idir an mórshiúl áirithe sin agus mórshiúlta eile
ar a raibh mé. Is éard a rinne mé, dá réir, cúpla cuairt a
thabhairt ar an Leabharlann Náisiúnta ag amanna lóin le

breathnú ar sheanchóipeanna den *Derry Journal* ón tseachtain roimh is i ndiaidh Dhomhnach na Fola, agus is uathu sin a thiomsaigh mé cuid de na mionsonraí. Mar sin sintéis atá sa chuntas d'fhoinsí éagsúla—ó rudaí a chonaic mé an lá sin agus ar laethanta léirsithe eile, a léigh mé ó shin, a chonaic mé ar an teilifíseán is a chuala mé ó dhaoine eile."

"Duine de na mionphearsana a luann tú, is leis-sean a bhaineann an chuimhne is fearr atá agamsa ar an lá sin—i gcead duitse, a Pháidí. An tAlbanach sin Cross. An tráthnóna sin, casadh orm é ag déanamh a shlí tríd an pháirc ag cúl an tí seo agaibhse. Chomh tógtha a bhí mé mar gheall ar an ár thíos ar Shráid Rosseville gur lean mé é. Ar lorg spairne leis a bhí mé. Creid é! Eisean a bhí a trí nó a ceathair d'orlaí níb airde ná mé. Ní raibh go leor céille agam le fanacht amach uaidh is a bheith sásta cúpla cloch a chrústach air. Rith mé suas taobh thiar de is rug greim sciatháin air. Thiontaigh an closmar thart is thug faoi na fithisí dom é is shiúil leis gan a dhath a rá. Bhris mo ghol orm, ní de dheasca an bhuille, ach toisc gur bhraith mé chomh héidreorach sin."

"Níor chuala mé faoin eachtra sin riamh."

Rinne sé gáire is d'fhreagair:

"Ní raibh mé chomh hamaideach sin go sceithfinn orm féin. Mar is léir ó do chuntas, ní fhéadfainn an bonn a bhaint den íomhá dhoscúch ghraiscíneach sin a bhí cothaithe go cúramach agam!"

Las tú go bun na gcluas.

"Agus inseoidh mé rud eile duit faoin Cross céanna ..."

Chuala tú an carr ag stopadh amuigh. D'éirigh tú, thrasnaigh chuig an fhuinneog is tharraing siar an dallóg lataí.

"Tá Melissa ar ais. Thug a deartháir síob abhaile di."

"Beidh mé ag bualadh an bhóthair i gceann bomaite."

"Fan mar a bhfuil tú. Beidh áthas ar Melissa bualadh

leat. Ní dócha go mbeidh Darren ag teacht isteach ach...
bhuel, ar eagla na heagla, is oifigeach airm—in arm an
tSaorstáit—é."

"Ó."

"Is ea, oifigeach caidrimh phoiblí é."

"Ní dócha gurb aon saighdiúir singil é mar sin."

"Ceannfort atá ann."

"Mar a deirim, beidh mé ag imeacht anois. Fanfaidh mé
fada go leor le beannú do Melissa. Bhain mé taitneamh as
an dinnéar. Maidir le do chuntas, is mór an trua nach
bhfuaireamar a thuilleadh ama lena phlé. B'fhéidir gur
féidir linn atosú air thuas i nDoire."

Mhothaigh tú an eochair á casadh i nglas an
phríomhdhorais is na glórtha sa halla ansin. A Chríost, ag
teacht isteach a bhí Darren. Dhoirt tú amach leathghloine
bhranda chun do mhiotal féin a neartú.

Isteach sa chistin a d'imigh an bheirt. Bhí súil agat nach
mbeidís chomh drochmhúinte sin go bhfanfaidís ann. Ar a
shon go mbeadh buntáistí ag roinnt leis sin. Ach i ndiaidh
cúpla bomaite, d'oscail Melissa doras an tseomra itheacháin
agus shiúil isteach agus Darren sna sála aici. D'éirigh tú
chun Jackie a chur in aithne dóibh. Mar a rinne tú sin,
tharraing Melissa is Darren go díreach ar shuíocháin
uillinne cois tine. D'aon oghaim a tharla sé sin, dar leat,
ionas nach mbeadh orthu lámh a chroitheadh le Jackie.

"An bhfuil dram branda uait, Melissa? Darren?" arsa tú
chun an tost a bhriseadh.

"Tá mé i ndiaidh an túlán a chur síos," arsa Melissa.

"Is déanfaidh cupán tae cúis dom, Pat, go raibh maith
agat," a dúirt Darren.

Ní fhaca tú é ag cur suas do dheoch riamh. Go háirithe,
do cheann saor in aisce. B'fhéidir gurbh fhearr leis gan bia
nó deoch a chaitheamh i gcuibhreann iarbhaill d'Óglaigh
eile na hÉireann. Má b'ionann sin is an seasamh polaitiúil,
ba chor nua é sin freisin, mar níor léir duit riamh go raibh

aon phrionsabail nó aon lé ar leith polaitíochta ag Darren. Ach amháin é féin a bhrú chun tosaigh.

Goebbels an leasainm a bhaist tú air i bhfad siar, ar chúiseanna sách soiléir. Chuir sé alltacht ar chuid de do mhuintir maidin bhur bpósta nuair a shroich sé an séipéal agus a éide airm air. Mhaígh a mháthair nach raibh Darren ach i ndiaidh eitilt isteach go hÉirinn go díreach ón Liobáin mar a raibh sé ar lonnú le fórsaí Éireannacha. Sách mídhiscréideach a bhí duine de na ceoltóirí ag an bhainis chun tathant ar na haíonna bualadh bos a thabhairt don churadh óg a bhí ar mhisean coimeádtha síochána. Ba go patuar a d'fhreagair an mhuintir seo agatsa don chuireadh seo agus thosaigh imní ag teacht ort, mar a chonaic tú an t-ól á shlogadh siar is an chiall ag imeacht le gaoth, go dtabharfadh duine de do ghaolta goilliúnacha faoi Darren mar gheall ar thacaíocht Rialtas Bhaile Átha Cliath leis na misin chéanna le linn dóibh a bheith ag sodar i ndiaidh Rialtas na Breataine ar an oileán seo. "Ba mhaith liom seal a chaitheamh leis an bhrealsún sin thuas ar Shléibhte Chill Mhantáin. Eisean ag pramsáil thart thíos ansin amhail is ba phéacóg iata é!" a chuala tú d'Uncail Micí ag seamsánacht go meisciúil. Is ba í an éide cheannann chéanna faoi deara an chéad argóint iarbhainise idir tú is Melissa. An mhaidin dár gcionn a bhí ann agus bhí sibh ar an bhóthar go Loch Garman le seachtain a chaitheamh i gCurrach Cló.

"An bhfaca tú an bodach sin Darren? Cheapfá go mbeadh níos mó céille aige gan éide airm a chaitheamh i gcuideachta mhuintir Dhoire."

"D'airigh tú go raibh air brostú go hÉirinn ar eitleán is gur tháinig sé go díreach ó Aeradróm Bhaile Uí Dhónaill go dtí an séipéal. Lena chois sin, cén fáth nach gcaithfeadh sé a éide? Feictear dom go bhféachann sé go breá céimiúil ann. Agus nach oifigeach d'fhórsaí slándála na tíre seo é?"

"D'fhórsaí slándála an stáitín seo, le do thoil," arsa tú go tur. "Is ea, déarfainn go raibh fórsaí slándála an stáitín seo ag féachaint go breá céimiúil ina gcuid éidí freisin mar a chuir siad an 77 chun báis sa bhliain '22."

"Pat, amanna, cuireann an searbhas seo agatsa samhnas orm. Is cuireann tú tús le díospóireacht ar a shon go bhfuil a fhios agat nach n-aontóidh mé leat. *Now*, an bhfuil fút an tseachtain seo ar fad a mhilleadh orainn?"

Má shíl tú i dtús báire nach raibh ar siúl ag Goebbels ach freastal ar chomhdhálacha míleata san Eoraip agus i Meiriceá Thuaidh agus preasráitis a eisiúint faoin obair fhiúntach thairbheach a bhí á déanamh ag na saighdiúirí Éireannacha i nDeisceart na Liobáine—is an dubh a chur ina gheal ar mhuintir na hÉireann a bhí ag íoc as an tionscal míleata in Éirinn faoi ainm choimeád na síochána mar dhea—bhí rud nó dhó i ndiaidh tarlú ó shin i leith a mhúscail amhras ionat. Tráthnóna Sathairn amháin nuair a bhí Melissa ag obair, chuir Darren scairt theileafóin ort. Rinne tú talamh slán de gur ar lorg a dheirféar a bhí sé is d'fhógair tú go n-iarrfá uirthi glaoch air an mhaidin dár gcionn.

"Bhí fonn orm labhairt leatsa, Pat. An bhfuil tú ag dul amach anocht?"

"Bhuel, níl a dhath socair agam."

"Rachaidh an dís againn amach le haghaidh pionta, mar sin. Caithfimid gach deis a thapú le héalú ó na mná chun cúpla pionta ciúin a shlogadh."

"Bhuel... tá an carr ag Melissa."

"Beidh mé ann chun tú a fháil i gcionn leathuaire."

Ba bheag teagmháil a bhí agat le Darren go nuige seo. Cé gur chaptaen airm é nuair a bhuail sibh le chéile i dtús báire, bhain na comhráite gairide uile eadraibh le cúrsaí spóirt. D'imríodh seisean rugbaí le haghaidh fhoireann iarscoláirí Choláiste na Carraige Duibhe, mar a bhfuair sé a chuid oideachais, sular thug an scairdtaisteal síoraí idirnáisiúnta air éirí as an chluiche. An t-aon argóint oscailte a bhí idir an bheirt agaibh, bhain sí le camchuairt fhoireann rugbaí na hÉireann ar an Afraic Theas. Glan ina coinne a bhí tusa. Ina theannta sin, dheimhnigh tú nach bhfreastalófá ar aon chluichí idirnáisiúnta i mBóthar Lansdúin feasta mar agóid i gcoinne na camchuairte. Má ba shothuartha le Melissa an seasamh seo agatsa—is tríd is tríd ar aon tuairim leat a bhí sí fosta—gach pioc chomh sothuartha leis sin a bhí dearcadh a dearthár nár chóir an pholaitíocht is cúrsaí spóirt a mheascadh le chéile.

"Mar sin, Darren, bheifeá sásta seasamh le d'fhocal, dá roghnófaí thú ar an fhoireann, is gabháil ionsar an Afraic Theas ar a shon go gcaillfeá do choimisiún airm."

Bhain tú ceol as aineascaireacht Darren, is rinne tú gáire magúil nuair a d'fhreagair sé.

"Mar sheirbhíseach de chuid an stáit, d'fhaomhfainn dúnghaois an Rialtais, ar ndóigh."

Sheas sibh cois cuntair i dteach tábhairne i dTeach Mealóg. Plódaithe le lucht dí an tSathairn a bhí an beár is an tolglann. Tar éis pionta is leathuaire, ba bheag eile a bhí le rá agat faoi chúrsaí spóirt agus breá sásta a bheifeá filleadh abhaile. Ar an drochuair, ní raibh aon rófhonn imeachta ar Darren, de réir dealraimh. D'fhiafraigh sé díot cad é mar a bhí ag éirí leat sa Chlárlann Talún. Chuir sé ceist ort faoin dóigh a raibh tú féin is Melissa ag réiteach le chéile. Bhí áthas an domhain air an lá a chuala sé gur réidh leis an Phoncán sin a bhí sí. Cad faoi pháistí? An raibh sibh ag smaoineamh ar chlann a bheith agaibh? Uaireanta, ar seisean, bhí aiféala air gur phós sé chomh hóg sin. Deacair a bhí sé ar Liz agus é as baile chomh rialta sin. Deacair a bhí sé air féin, agus a raibh de chathuithe feicthe aige i gcaitheamh a chuid taisteal. D'fhéadfadh sé dalladh scéalta a reic duit faoi chuid de na nithe a tharla ag na comhdhálacha míleata sin. D'fhan tú leis sampla blasta nó dhó a thabhairt duit ach nuair nach ndúirt sé a dhath eile faoi na comhdhálacha seo, rith sé leat gur ag déanamh réidh le hinsint duit go raibh sé féin is Liz le scaradh óna chéile.

B'fhéidir go raibh duine éigin—gualainn—uaidh chun ualach mór a rúin a ligean leis. Ach cén fáth a dtoghfadh sé thú? Nach raibh éinne san arm—comhairleoir nó sagart—a bhféadfadh sé dul ina mhuinín?

"Pat, sin rud amháin a thaitníonn liom fút. Ní duine béalscaoilte thú."

"Is ea," arsa tú go dúnárasach.

"I ndáiríre. Cuirim i gcás, is Tuaisceartach a rugadh is a tógadh i nDoire thú. Ach níor mhothaigh mé thú ag caint ar chúrsaí thíos ansin riamh."

"Cúrsaí, cén cineál cúrsaí atá i gceist agat, Darren?" Má bhí trua ag teacht agat dó ar ball, ar d'aireachas a bhí tú anois mar a bhí i dtólamh nuair a ceistíodh thú faoi pholaitíocht na Sé Chontae.

"Na Trioblóidí, tá a fhios agat. Caithfidh go bhfaca tú neart rudaí nuair a bhí tú ag fás suas, daoine a raibh aithne agat orthu a maraíodh, nó a tarraingíodh isteach san fhoréigean, ina n-ainneoin féin."

"Dheamhan spéis a bhí agam sa pholaitíocht riamh, Darren. Gafa le cúrsaí scolaíochta a bhí mé an t-am ar fad."

"Is dócha gurbh iontach an brú a bhí ar stócaigh óga páirt a ghlacadh san fhoréigean, gan suí ar an chlaí. Más amhlaidh gur tógadh mé féin thíos ansin, déarfainn go mbeinn i ndiaidh géilleadh don bhrú. Cad fútsa, Pat? Caithfidh gur iarradh ort jabanna beaga a dhéanamh le haghaidh na leaids? Teachtaireachtaí a sheachadadh, agus rudaí mar sin."

Suite de a bhí tú anois nár tugadh cuireadh duit dul ag ól leis chun deacrachtaí a phósta agus cathuithe colainne is craicinn chomhdhálacha míleata a chíoradh.

"Cén leaids atá i gceist agat, Darren? Más ag caint ar bhaill d'eagraíochtaí paraimíleata aindleathacha atá tú, ní raibh aithne agam ar éinne acu. Mar a deirim, bhí mo shá rudaí tábhachtacha eile ag dó na geirbe agam ag an am sin."

"Níor gabhadh aon ghaol de do chuid nuair a tugadh an

t-imtheorannú isteach?"

"Cad chuige a ngabhfaí? Lucht tacaíochta de chuid na Bunaíochta ba ea mo mhuintir riamh, Darren," arsa tú go niogóideach. "D'fhógair Terence O'Neill, más eol duit cérbh é, d'fhógair seisean tráth gur leor jab is teach a thabhairt do Chaitliceach chun Albanach measúil a dhéanamh de. Bhí teach againn. Bhí jab ag m'athair. Théimis ar Aifreann gach Domhnach, Darren, ach Albanaigh ba ea muid i dtaca le meon is polaitíocht is dílseacht de."

Stán sé ort ar feadh meandair agus é ag iarraidh a mheá an dáiríre a bhí tú. Nuair nár aimsigh sé aon rian den mhagadh i d'aghaidh, dúirt sé:

"An ndéanfaidh tú gar dom, Pat? Má chloiseann tú aon rud spéisiúil, cuir glao orm," agus chaoch sé leathshúil ort.

"Ní thuigim thú, Darren."

"Tá a fhios agat, nuair a bhíonn tú thíos sa Tuaisceart. Tá a fhios agam go dtéann tú abhaile go rialta. Má chloiseann tú a dhath—aon ráflaí nó rudaí mar sin—ba bhreá liom iad a chloisteáil."

Faoin am seo, is ag stánadh airsean a bhí tusa, agus do bhéal ar leathadh agat. Go dtí seo, cheap tú nach raibh sé ach ag iarraidh a bheith fiosrach. Má thuig tú i gceart cad a bhí ráite aige anois díreach, ag iarraidh tú a earcú chun spiaireacht a dhéanamh a bhí sé.

"Ní thuigim fós cad tá uait, Darren. Cén saghas ráflaí atá i gceist agat?"

"Is cuma, Pat. Ná bac leis. Anois ólaimis deoch eile sula mbuailimid an bóthar."

An lá dár gcionn, d'inis tú do Melissa faoinar tharla sa teach tábhairne.

"Ag iarraidh mé a bhleán le haghaidh faisnéise a bhí sé. Ní mé céard ba mhó a chuir alltacht orm—go gceapfadh sé go raibh a dhath ar eolas agam nó go n-inseoinn dó aon rud a bhí ar eolas agam. A Thiarna, agus a fhollasaí is a bhí sé:

'Pat, cuir glao orm má chluineann tú ráflaí i nDoire.' A Chríost, is deacair dom é a chreidbheáil go fóill."

"Tóg go bog é, Pat. B'fhéidir nach raibh sé ach ag iarraidh a bheith fiosrach. Nó a bheith ag spochadh asat le fáil amach cad é mar a d'fhreagrófá."

"Bhuel, tá súil agam nach raibh ann ach sin. Bhain a ndúirt sé geit chomh mór sin asam nach raibh mé in ann smaoineamh ar scéilín éigin i mbarr bata a chumadh chun é a shásamh. Má thriaileann sé a leithéid arís, faoi réir a bheidh mé faoina choinne, ar m'anam."

Cúpla ráithe ina dhiaidh sin, bhí sibh tigh Darren is Liz. Ag iompar clainne a bhí sise agus bhain cuid mhór den chomhrá leis na leabhair is leis na hailt irise faoi bhreith clainne a bhí á léamh aici. Ar ais in Éirinn a bhí Darren anois tar éis dó seal eile a chaitheamh sa Liobáin. Ar dóigh a bhí sé, arsa Liz, gur sa bhaile a bheadh Darren in am tráth don lá mór. Mar a d'fhreagair sé go feargach, b'fhollas gur údar teannais is troda eatarthu an cheist seo. Níorbh fhiú a bheith san arm, ar seisean, mura raibh cead agus an seans agat cuid den aicsean a fheiceáil is a bhlaiseadh. Cén chuid de a fheiceann tú ón phreasbhosca seo agatsa, a d'fhiafraigh tú de go búrúil. Thiontaigh sé chugat.

"Ní féidir an tsíocháin a choimeád, Pat, gan faisnéis chruinn a bheith agat. Ní shuíonn na fórsaí síochána Éireannacha ar a dtóin sa Liobáin. Caithfidh eolas beacht a bheith againn ar a bhfuil ar siúl ag na díormaí armtha eile timpeall orainn, caithfimid a bheith in ann fáil amach cad iad na pleananna atá ag na díormaí sin."

"Tuigim an méid sin, Darren. Bhíodh Mary seo againn sna 'Brídíní'—na banghasóga, tá a fhios agat. An rud nach dtuigim, cén bhaint atá agatsa leis an obair faisnéise seo? Ní dhéanann tusa í a bhailiú. Nó an ndéanann?"

"Tá daoine oilte ann a ghlacann an cúram sin as láimh," ar seisean.

"Ar chuala tú sin?" a d'fhiafraigh tú de Melissa ar an

bhealach abhaile. "Níor shéan sé go bhfuil sé páirteach i gcúrsaí faisnéise."

"Pat, tá barraíocht úrscéalta le Le Carré léite agat...An bhfuil a fhios agat, ní maith liom é nuair a chluinim Darren is Liz ag troid le chéile. Sílim go mbeidh orm suí síos le Darren is fáil amach cad tá ar siúl. Is fuath liom é nuair a fheicim Liz ag tabhairt faoi."

B'ábhar grinn leat i dtólamh an dóigh inar chosain Melissa a deartháir mór is cuma cad a bhí déanta aige. An-íorónta go deo a bhí sé sa chás seo ach go háirithe, nuair a shílfeá go dtacódh sí leis an bhean chéile éagóirithe. Now, dá mbeadh Gerald seo agatsa ag crá Joan... Lena chois sin, ceanúil go leor ar Liz a bhí tú. Bean tuaithe chiúin chiallmhar ba ea é a bhí rómhaith don bhodach sin. Cibé ar bith, ag an nóiméad seo, ba mhó an spéis a bhí agat in imeachtaí rúnda Darren ná ina phósadh.

"An rud nach dtuigim anois, Melissa, an ag obair le Rannóg Faisnéise Míleata atá sé i ndáiríre, nó an measann tú gur Walter Mitty de shaghas atá ann? Go gcreideann sé gur Himmler é nuair nach bhfuil ann ach Goebbels! Ach smaoinigh air, Melissa. Nach iontach an bréagriocht é. Ligeann sé air nach bhfuil ann ach preasoifigeach. Is le breathnú air, ní shamhlófá go deo nach raibh ann ach gudaí de ghlamaire, de ghlámaire is de ghlagaire a bascadh sa chlibirt go rómhinic. Imíonn sé leis go rialta chuig comhdhálacha míleata thar lear, mar a gcastar oifigigh airm ó thíortha eile air. Tig leis bualadh leis na hoifigigh faisnéise ó na tíortha sin is an t-eolas a mhalartú. Chomh simplí leis sin atá an rud uile."

"Pat, is tusa an rud simplí. Agus is tusa an t-aon Walter Mitty a bhfuil aithne agam air."

"Ok, b'fhéidir gur beagán scailéathanach atá sé. Ach nach barrúil an cnámhscéal é ag an am céanna?"

"Is ea, gan aon agó! B'fhéidir go bhfuil ábhar finscéil agat ansin."

"Is ea, *Faoistiní Oifigeach Faisnéise.* Agus beidh neart craicinn ann fosta más fíor a ndeir ár laoch."

* * * *

"An raibh dinnéar maith agaibhse?" a d'fhiafraigh Melissa díobh beirt.

"Bhí," arsa tú go fuarchúiseach. Ní fhéadfadh Melissa a bheith ag dréim le fáilte chroíúil uait.

"Dinnéar an-bhlasta go deo ba ea é," arsa Jackie go séimh. "Déanfaidh mé clú is cáil Pháidí mar chócaire a scaipeadh ar fud Dhoire."

"Bhuel, de réir cosúlachta, bhí neart anlainn agaibhse freisin," a dúirt Melissa, ag pointeáil i dtreo na mbuidéal folamh is an leathbhuidéal branda. Ní ag tabhairt amach a bhí sí. Soiléir a bhí sé sin óna tuin. Más í an anfháilte a d'fhear tusa roimpi, ag iarraidh comhrá a choinneáil libh— le Jackie—a bhí sise. Ba í iníon a máthar í.

"Bhí mé ag rá le Páidí ar ball nach bhfuair mé seans tú a fheiceáil ar an ardán go fóill. Lá de na laethanta seo, tá súil agam. B'fhéidir go bhfeicfí i ndráma i nDoire thú fiú amháin."

"Deir Melissa go bhfágtar an aisteoireacht uile fúmsa thuas i nDoire. Nach ndeir tú, 'Lissa?" arsa tú go siúcrúil nimhneach. B'fhiú an buille fill ar a shon go n-íocfá go daor as ní ba dhéanaí.

D'fhéach Melissa go géar ort, rinne místá míchéadfach ort is d'éirigh.

"Ar fiuchadh a bheidh an t-uisce. An ólfaidh sibh braon tae?" ar sise go patuar.

"Go raibh maith agat ach is ag imeacht a bheidh mise anois," a d'fhreagair Jackie. "Beidh bus ag dul isteach go lár na cathrach ón stad thíos an bóthar, nach mbeidh?"

An plean a bhí agat ní ba luaithe sular ól tú an branda, síob abhaile a thairiscint do Jackie. Nó, ar aon nós, chomh fada le Droichead Theach Mealóg, áit a bhfaigheadh sé bus gan mórán moille. Mar a d'éirigh tú súgach, cheap tú go bhféadfadh Melissa síob a thabhairt dó dá bhfillfeadh sí abhaile. Mura bhfillfeadh, gheofá tacsaí dó. Nó dá dtiocfadh an chúis go cnámh na huillinne, thiocfadh leis stopadh thar oíche. Anois chas tú chuig Melissa.

"An dtabharfaidh tú síob do Jackie? B'fhearr dom gan a bheith ag tiomáint."

"Cá bhfuil sé ag stopadh?" Ortsa a chuir Darren an cheist amhail is ba bhalbhán Jackie.

"I dtuaisceart na cathrach," arsa Jackie.

"Tabharfaidh mé síob dó."

"Níor mhian liom tú a bheith do do chur féin as do shlí leis."

"Is cuma. Beidh mé ag gabháil isteach i dtreo lár na cathrach, cibé ar bith." Den chéad uair, labhair Darren go díreach le Jackie.

D'imigh Melissa amach chun an tae a réiteach. Ba chóir duit dul chun cuidiú léi is chun fáil amach cad chuige ar lig sí dá deartháir teacht isteach sa teach. Ach ní rachfá. Gan í a bheith rócheanúil ortsa ag an bhomaite seo, a bharúlfá! Lena chois sin ba leisciúil leat Jackie a fhágáil ina aonar i gcuideachta Darren. Ní bheadh a fhios agat cén saghas cleasaíochta a gcromfadh Darren air. D'fhiafraigh tú de faoin leanbh. Go breá a bhí sé, ar seisean go giorraisc mar a d'iompaigh sé ar Jackie.

"Cloisim gur ar scoil le chéile i nDoire a bhí an bheirt agaibh."

"Is ea. Sa bhunscoil chéanna a bhíomar."

"Cad é mar atá cúrsaí thíos i nDoire faoi láthair?"

"Ciúin go leor atá siad."

"Is fada ó bhí mé ann. Corradh le cúig bliana déag ó shin, déarfainn. Thíos ag mionchomórtas rugbaí a bhíomar. Bhí neart scoileanna ón Tuaisceart agus cúpla ceann ón taobh seo tíre ann. Bhí foireann mhaith ag an dream ó Dhoire."

"Foyle College atá i gceist agat, is dócha. Ní bheadh an mheánscoil seo agamsa páirteach i rud mar sin," arsa Jackie le gáire searbh.

"Ní raibh a fhios agam go raibh tú i nDoire riamh, Darren."

"Bhuel, Pat, níor fhiafraigh tú díom riamh an raibh nó nach raibh,"ar seisean go séimh is chas i dtreo Jackie athuair. "Is ea, Foyle College a bhí ann. Ag fanacht le teaghlaigh éagsúla sa chathair a bhíomar. Ní cuimhin liom cá rabhamar ach ar an Satharn, bhíomar in ainm is a bheith ag freastal ar cheolchoirm sa choláiste, ach ina ionad sin, chuaigh an triúr againn a bhí ag stopadh le teaghlach amháin, chuamar is an mac ba shine acu, Robbie, go teach tábhairne i mBaile Uí Cheallaigh mar a raibh dioscó ar siúl. Lomlán le saighdiúirí a bhí an áit, de réir fhianaise na mblas Albanach is Sasanach. Maraíodh dream acu ann i bpléascadh ina dhiaidh sin. Ní cuimhin liom ainm na háite sin anois."

Ní raibh lá rúin agat ainm na háite—an 'Droppin' Well Inn' a bhí i gceist aige, níorbh fholáir—a sholáthar dó. Maidir le Jackie, ní dúirt seisean ach:

"Níor ghnách liom na dioscónna thíos an bealach sin a thaobhú. Trasna na Teorann go 'Borderland' agus go dtí an 'Squealing Pig' i Magh a théimisne."

"D'airigh mé cúpla bliain ina dhiaidh sin go ndeachaigh Robbie isteach san RUC is gur maraíodh é i gContae Ard Mhacha nuair a phléasc buama lintéir faoin fheithicil ina raibh sé. Bhí an-aiféala orm nuair a chuala mé sin. Leaid deas a bhí ann. Chuir mé cárta comhbhróin chuig a mhuintir ach ní bhfuair mé scéala ar bith uathu ina dhiaidh sin."

De réir dealraimh, ag feitheamh libh cuidiú—nó gan cuidiú—leis an ráiteas comhbhá seo a bhí Darren. Ach ar chluinstin Melissa duit ag ar doras, thapaigh tú an deis le héirí chun é a oscailt. Tháinig sí isteach agus tráidire ina glac aici.

"Thug mé dhá mhuga bhreise isteach ar eagla go mbeadh bolgam tae uaibh."

"Bhí mé ag cur síos ar mo chuairt ar Dhoire blianta ó shin, Melissa. Bhain mé ceol as, caithfidh mé a rá. Ba bhreá liom filleadh ar an áit lá de na laethanta seo." Más ag dréim le cuireadh uaitse a bhí sé, ag fanacht go Lá Philib an Chleite a bheadh an bodach. Ach rith sé leat gur ag iarraidh cinntiú go leanfaí den chaint ar Dhoire a bhí Darren.

"So, cad tá ar siúl agat i nDoire?"

"Ag obair le comhlacht tacsaí atá mé." Chonaic tú an aoibh gháire ar aghaidh Jackie. "Cad fútsa féin? Cad tá ar siúl agat?"

"San Arm atáim féin. Tá mé ag obair sa phreasoifig. Bhíodh roinnt mhaith leaids ó Dhoire san Arm go dtí cúpla bliain ó shin. An-mhór le duine acu a bhí mé, mar atá, Jimí Breslin. Fear mór grinn ba ea Jimí. Ag obair le gníomhaireacht chaidrimh phoiblí i gCorcaigh atá sé anois. Cad é mar atá cúrsaí fostaíochta thíos i nDoire faoi láthair?"

"Aisteach go leor, i bhfad Éireann níos fearr atá siad anois ná mar a bhí le fada an lá. Ar ndóigh, tá neart dífhostaíochta ann go fóill, mar a bhí i dtólamh, ach tá na hEorpaigh is Rialtas na Breataine i ndiaidh dalladh airgid a dháileadh orainn le cúpla bliain anuas sa dóigh go bhfuil daoine áirithe ag déanamh go maith. Ag maireachtáil ar an chairde atá go leor eile. Fágann an dá rud go bhfuil cuma ghustalach ar an chathair anois." Má ba leor le Jackie freagraí gonta a thabhairt ar cheisteanna Darren go nuige seo, ba léir gur toilteanach a bhí sé go dtarraingeofaí isteach sa chomhrá anois é. Nó b'fhéidir go raibh an deoch ag boirbeáil chuige.

"Bhuel, ní i dtaobh leis an chairde atá céatadán ard de na daoine thíos ansin, ónar inis Melissa dom faoin dinnéar mór sin ar ar fhreastail Pat cúpla mí ó shin. Dlíodóirí is cuntasóirí leathchuid acu, a mhaígh Melissa. Is gur chaith

Pat seachtain ag tabhairt amach faoin *nouveau riche* a bhí
ann. Céard é sin a dúirt tú, Melissa? Nach raibh de
ghnáthdhaoine daibhre i láthair ach Pat is a chara, Mac
Giolla, is an leathdhuine sin atá ag ullmhú do dhíothú na
cruinne."

Bhí cancar ag teacht ort faoin am seo. Má rinne Darren
neamhiontas de Jackie ar ball, cheapfá ón dóigh a raibh sé
ag labhairt leis fút anois, nach raibh tusa sa seomra ar chor
ar bith. Ina theannta sin, más amhlaidh go raibh Goebbels i
ndiaidh bunbhrí na rudaí a dúirt tú le Melissa a thabhairt
leis go slán, ní mó ná sásta a bhí tú go nochtfadh sí na nithe
sin dá deartháir.

"Ní shílim gur dhamnaigh mé éinne riamh as airgead a
bheith aige, Darren," arsa tú. "Má cháin mé daoine áirithe,
is mar gheall ar a luachanna a rinne mé sin."

"Má thuigim an scéal i gceart, is éard a bhí á mhaíomh
ag Pat gurb ionann luachanna lucht an airgid thíos i nDoire
is luachanna lucht an airgid gach áit eile. Rud beag saonta
atá sé ionchas a bheith ag duine lena mhalairt," arsa Darren.

Ar gail le fearg a bhí tú anois.

"Féach, Darren, ní tusa an chéad duine a chuir an
tsaontacht i mo leith. Cibé ar bith, ní dúirt mé a dhath
leatsa faoin dinnéar sin. Is éard atá agatsa an scéal scéil atá
cloiste agat ó do dheirfiúr. Bíodh sin mar atá, admhóidh mé
gur chuir cuid de na nithe a thit amach díomá orm. Ag dúil
le caighdeán níb airde ná sin a bhí mé."

"Ach, a Pháidí, tá an ceart ag Darren." Níor thaitin sé
leat go dtacódh Jackie leis an fhocóir sin. "Cur amú ama is
ea é a bheith ag dréim le caighdeán ard prionsabálta ó na
daoine sin. Sa dóigh sin, is ionann meánaicme Dhoire agus
meánaicme Bhaile Átha Cliath nó meánaicme ar bith eile."

"Ach amháin go bhfuil daoine á ndúnmharú thíos ansin
mar gheall ar chúrsaí creidimh." Dála Jackie ar ball beag,
bhí éirithe le Darren Melissa a mhealladh isteach sa
díospóireacht.

Bhreathnaigh tú ar Jackie, feiceáil an raibh faoi cur i gcoinne an achasáin sin. Ní dúirt sé a dhath. Gan fonn air cromadh ar argóint bhinbheach bhorb le bean an tí faoi deara sin, níorbh fholáir. Ní raibh aon gheasa den chineál sin ortsa.

"Melissa, ná bí chomh dúr sin. Go maith a thuigeann tusa nach coimhlint a bhaineas le cúrsaí reiligiúin go príomha í. Ag géilleadh do bholscaireacht Rialtas na Breataine atá tú má chreideann tú sin, ag géilleadh don bholscaireacht a cheadaíonn dóibh ligean orthu féin is a chraobhscaoileadh i mbaile is i gcéin gur idirghabhálaithe neamhchlaonta iad atá ar a mbionda chun na fanaicigh fhuilchíocracha bhuile a scaradh óna chéile."

"Agus ag géilleadh don bholscaireacht Phoblachtach atá tusa má deir tú nach bhfuil toise reiligiúnach ag roinnt le feallmharú glonnmhar feirmeoirí Protastúnacha i gContae Fhear Manach, agus i dTír Eoghain agus i gContae Ard Mhacha," a d'fheagair Melissa go diongbháilte. "Feachtas is ea é seo a fhéachann leis an ruaig a chur ar theaghlaigh Phrotastúnacha go dtiocfaidh na Caitlicigh i seilbh na ngabháltas beag. Ní féidir le héinne oibiachtúil é sin a shéanadh. Ní gá ach breathnú ar na tuarascálacha san *Irish Times*."

"Is ea, an-oibiachtúil go deo atá sé sin!" arsa tú go tur.

"Feictear domsa," arsa Jackie go séimh, "gur chruinne a rá go bhfuil toise aicmeach ag baint leis an choimhlint. Coimhlint idiraicmeach atá ann sa dóigh go bhfuil Rialtas na Breataine—an Bhunaíocht sin—ag troid in éadan Náisiúnaithe na Sé Chontae ar baill den mheánaicme íseal nó den lucht oibre iad. Ach tríd is tríd, baill den aicme chéanna—na gnáthoibrithe ón phobal Náisiúnaíoch is ón phobal Aontachtach—is mó atá ag fulaingt. Iadsan is mó atá á marú, á gcaitheamh isteach i bpríosún, atá gan obair go fóill."

"Bhuel, mar sin, nach mithid dóibh siúd thíos ansin

dúiseacht ón tromluí fuilteach is fáil amach cé hiad na daoine is na heagraíochtaí atá á n-úsáid ar a son féin? Cuirim i gcás, féach ar an Eaglais Chaitliceach agus ar an bhealach ina bhfuil sí ag tacú go díreach nó go hindíreach le lucht an fhoréigin trí pháistí a choimeád deighilte óna chéile sna scoileanna." Ag feitheamh lena deis chun a seanphort aon-nóta a sheinm a bhí Melissa.

Arís, d'fhreagair Jackie go ciúin.

"Ní aontaím go hiomlán leat ansin, Melissa. Breathnaigh ar Dhoire, mar shampla. Má bhain an suaitheadh polaitiúil ó 1968 crith as córas cumhachta na cathrach, níorbh é an sean-Bhardas cam gona mhóramh Aontachtach i gcathair mar a bhfuil an tromlach ina Náisiúnaithe, níorbh iadsan amháin a bhí thíos leis an streachailt ar son ceart sibhialta. B'fhada baicle mheánaicmeach Chaitliceach sheanbhunaithe ag baint earraíochta as córas claonta Stormont chun *status quo* dá gcuid féin a dhaingniú ina bhfágfaí stiúradh agus riar an daoscair Náisiúnaíoch faoin ghrúpa sin. Agus ba le caoinchead na hEaglaise Caitlicí a thit sé sin amach. Déanta na fírinne, d'fhéadfá áiteamh gur sásta a bhí an bhaicle seo is an Eaglais glacadh le Stormont is leis an ghéarleanúint a rinneadh ar an daoscar Náisiúnaíoch."

"Ar a shon go raibh a gcuid coinníollacha margaidh acusan," arsa tusa.

"Is ea," a d'aontaigh Jackie. "Bhí dhá choinníoll mhóra acu: go bhfágfaí riar na scoileanna Caitliceacha faoin Eaglais is go bhfaighidís araon go leor grabhróga polaitíochta is eacnamaíochta ó na hAontachtaithe." Thiontaigh Jackie chugat. "Mar is eol duitse, a Pháidí, is éard a tharla sna seascaidí go raibh glúin nua mheánaicmeach ann—an dream sin a fuair an t-oideachas tríú leibhéal, a bhuí le Rialtas na Breataine is lena gcuid scoláireachtaí 11-Plus—nach raibh sásta cur suas leis an socrú sin is a thosaigh ag éileamh cearta polaitíochta is eacnamaíochta dá gcuid féin. Faoin am seo anois, tá an dá rud sin acu a bheag ná a mhór agus tá cluiche eile ar siúl acu anois chun a stádas nua a chosaint. Agus iadsan orthu siúd a cháin an Eaglais Chaitliceach as taobhú leis an Bhunaíocht, ar a ndícheall atá siadsan anois chun comhréiteach polaitiúil a dhéanamh leis an Eaglais chun a stádas beirte a shábháil.

"Má amharcann tú ar an doirteadh fola sna Sé Chontae mar chogadh a bhfuil bunús reiligiúnach leis, tá an ceart agat"—agus d'fhéach Jackie ar Melissa—"breathnú ar an Eaglais mar fhórsa diúltach atá ag cur isteach ar réiteach deas síochána idir lucht na dea-thola ar an dá thaobh. Ach má chreideann tú gur cogadh aicmeach é, tig leat amharc ar an Eaglais Chaitliceach mar fhórsa atá ar a bionda chun stop a chur leis an fhoréigean as siocair go dtuigeann sí gurb í féin is mó mar chuid lárnach den Bhunaíocht a bheidh thíos leis i ndeireadh na dála."

"Nach íorónta an ní é, Melissa," arsa tú go gangaideach gairbhéiseach, "gur ar an taobh ceannann céanna atá sibh dís, tú féin is Jackie. Ní maith le ceachtar agaibh an Eaglais Chaitliceach. Comhghuaillithe polaitíochta is ea sibh beirt."

"Ach ..." Ar tí a thuilleadh a rá a bhí Jackie, de réir dealraimh. Arís, má bhí drogall air geasa na flaithiúlachta a bhriseadh, dheamhan teir ná toirmeasc dá leithéid a bhí ortsa.

"An rud nach bhfuil Jackie sásta a rá, Melissa, go bhfuil bundifríocht mhór amháin eadraibh, ar a shon nach dtaitníonn ról is cumhacht na hEaglaise Caitlicí libh beirt. Síolraíonn an mhíshástacht seo aigesean ó sheasamh soiléir polaitíochta. Le tuiscint atá sé sin óna raibh le rá aige faoin chogaíocht aicmeach. Ach níl a dhath taobh thiar den cháineadh seo agatsa ach bréagliobrálachas faiseanta na meánaicme, nach dtaitníonn coimeádachas oscailte na hEaglaise leo san aois thuata fhrithchléireach seo. Ar ndóigh, is é an comhbhréagnú lárnach a bhaineas leis an dearcadh seo agatsa gur comhghuaillithe aicmeacha an Eaglais is an mheánaicme seo."

Thiontaigh Melissa chugat is d'fhógair go nimhneach dímhigneach:

"An bhundifríocht eadrainn nach n-aontaím leis an lámh láidir, nach dtacaím leis na fir ghunnaí."

A Chríost, bhí sí i ndiaidh dul thar an cheasaí leis anois. Sa tost míchompordach a leath ar fud an tseomra, d'fhéach tú ar Jackie. Ag cleitínteacht lena ghloine branda a bhí sé. Ag smaoineamh a bhí tú ar do leithscéal a ghabháil leis as drochbhéasa do mhná céile (agus dhíolfá go daor as sin freisin) nuair a labhair Darren.

"Bhuel, is mithid domsa a bheith ag imeacht. Tabharfaidh mé do chara isteach go dtí an baile mór, Pat. Feicfidh mé an bheirt agaibh an tseachtain seo chugainn, Melissa."

Ag an phointe seo buíoch de Darren a bhí tú gur bhris sé an tost. Cé gur chreid tú gur airsean a bhí imir mhaith den locht gur thosaigh an argóint. Is beag a bhí ráite aige ó chuir a nimhtheanga daoine in adharca a chéile. Ina ionad sin, shuigh an focóir siar ina chathaoir uillinne agus é, déarfá, ag baint ceoil as an spairn.

D'aimsigh tú seaicéad Jackie. Ciúin go leor a bhí seisean go fóill, amhail is gur thuig sé go raibh Darren i ndiaidh bob a bhualadh air. Nó b'fhéidir go raibh seoraí Melissa tar éis olc a chur air. Ní raibh a fhios agat. Ba chuma anois, leis an fhírinne ghlan a rá. Thart a bhí an tráthnóna seo. Má thaitin sé leat ní ba luaithe gurbh fhéidir leat suí síos is comhrá a choinneáil le seanchara ó do sheansaol i nDoire, thuig tú ag an am céanna—anois ach go háirithe—nach raibh aon áit dósan i do shaol. Ach níor mhaith leat é go bhféadfadh Jackie filleadh abhaile is a insint do dhaoine gur tugadh íde na madraí is na muc dó agus é ag airneáil ag teach fir de bhunadh Dhoire i mBaile Átha Cliath. Ní hé gur ábhar imní duit é go mbeadh smál ar d'oineach nó ar oineach do mhuintire. Rud pearsanta ba ea é seo, a bhain go smior leis an oíche sin sa tacsaí i nDoire nuair a rinne tú neamhiontas de Jackie. Dá mba rud é gur éirigh go measartha maith leis an chuairt seo anocht, ní hé go rachfá sa tóir ar Jackie gach uair dá mbeifeá thuas sa bhaile feasta nó go mbeadh sé féin is a bhean chéile ag stopadh libh don deireadh seachtaine i mBaile Átha Cliath. Is éard a bhí uait go bunúsach go bhféadfá breathnú idir an dá shúil ar Jackie dá gcasfaí ort é athuair. Ní suite de a bhí tú anois go dtiocfadh leat sin a dhéanamh tar éis ar tharla anseo ar ball.

"Oíche mhaith, Melissa. Buíoch díot as ucht do chéilíochta atá mé." Mhothaigh tú rian den domlastacht ar ghlór Jackie.

"Oíche mhaith."

D'fhan Melissa siar mar a thionlaic tú Jackie ionsar an príomhdhoras. Chas sé chugat ag an leac tairsí.

"Bhain mé taitneamh as an bhéile is as an seisiún cainte, a Pháidí. Beidh fáilte romhat—romhaibh—sa teach seo againne i nDoire. Níl aon ghuthán againn sa bhaile ach má thagann tú amach chomh fada le Drumleck Drive i Seantalamh, ní gá ach m'ainm a lua le haon tachrán sráide go seolfar chuig an teach ceart thú."

"Tabhair aire mhaith duit féin, Jackie."

"Déarfaidh mé mo dhícheall," ar seisean agus rinne sé gáire anbhann. Athuair ní ag amharc go díreach ortsa a bhí seisean.

Mhoilligh tú ag an doras go ndeachaigh carr Darren as radharc ag an choradh. Ansin chuaigh tú isteach chun na soithí deireanacha a lódáil isteach sa mhiasniteoir. Mhothaigh tú Melissa ag siúl thart sa seomra itheacháin. Bhí na taeghréithe is corrghloine sa seomra sin fós agus is ansin a d'fhanfaidís. Go díreach chuig do leaba a rachfá a thúisce is a chuir tú an t-inneall seo faoi shiúl.

Chuala tú Melissa ag teacht amach as an seomra itheacháin is ag gabháil suas an staighre. D'fhan tú sa

chistin sách fada le ligean di déanamh réidh don leaba.
Suas an staighre leatsa ansin is rinne ar an seomra folctha.
Ar theacht amach duit, mhúch tú an solas ar an leibheann
cheann staighre is chas murlán dhoras bhur seomra leapa.
Bhí an glas ar an doras. Rinne tú ar an seomra leapa eile.

*   *   *   *

Ag ullmhú an dinnéir sa chistin a bhí Melissa. Ba dhul
chun cinn de shaghas éigin é sin, sa dóigh gur as baile a bhí
sí an lá ar fad inné. Agus arú inné. Sa leaba a bhí sí agus tú
ag fágáil an tí ar maidin. I do shuí os comhair an teilifíseáin
a bhí tusa, ar fhilleadh abhaile di sa tráthnóna. Le Daphne a
chaith sí an t-am, níorbh fholáir. Gan a fhios agat go cinnte
as siocair nár labhair sibh focal le chéile ó bhí Jackie Mac
Suibhne anseo trí lá ó shin. Má rinne tú iarracht phatuar
fhuarbhruite amháin chun forrán a chur uirthi arú aréir,
gonc géar goimhiúil a thug Melissa duit.
    "Pat, tá mé bréan díot. Níl fonn orm argóint leat. Níl
fonn dá laghad orm labhairt leat. Fan as mo shlí, le do
thoil."
    B'annamh a chonaic tú í chomh doicheallach
dochaideartha sin romhat. Ach bhí go leor taithí agat uirthi
faoin am seo gur thuig tú gur chóir duit cúlú rud beag is
ceadú di a racht feirge a chur di. Bheadh dalladh ama
agaibh ansin don *post mortem*.
    Thug tú coiscéim cháiréiseach isteach sa chistin.
    "Hi."
    "Hi."
    Bhí dath an-bhán ar cheannaithe Melissa is bhí bogóga
faoina súile amhail is a bhí sí ag caoineadh ar ball.
    "Tá boladh breá as an dinnéar sin. An bhfuil lámh
chúnta uait?"
    "Tháinig pacáiste faoi do choinne inniu. Tá sé thall
ansin ar an bhord."

D'oscail tú fáiscíní an *Jiffy-Bag*, thóg amach leabhar. A luaithe is a chonaic tú a theideal, bhí a fhios agat cé uaidh ar tháinig an pacáiste. Bhí litir fhada fillte isteach sa leabhar. Thóg tú amach í. Sea, ó Jackie a tháinig sí. Agus an chuma ar an scéal gur réidh a bhí Melissa chun ar tharla eadraibh le cúpla lá anuas a chíoradh, ba go míthráthúil a seachadadh an beart seo, dar leat.

"Bronntanas atá ann ó Jackie Mac Suibhne. Leabhar atá ann."

"D'aithin mé a chuid scríbhneoireachta."

"Cad é mar a d'aithin tú í? Ní fhaca tú í riamh."

"Chonaic. D'fhág sé leathanach ina dhiaidh an oíche faoi dheireadh. Taobh le do chín lae."

"Ó ..." Thóg tú an cóipleabhar amach as an seomra itheacháin cúpla oíche ó shin ach níor thug tú aon leathanach breise faoi deara.

"Léigh mé é."

"Ní raibh ann ach roinnt nótaí a bhí breactha síos aige ar rud a thaispeáin mé dó."

"Tá a fhios agam ... Léigh mé do chuntas. Tá brón orm, Pat."

Má bhí Melissa i ndiaidh ceann de na rialacha daingne a bhí aici féin a bhriseadh—mar a mhínigh tú do Jackie, ceist iontaoibhe ba ea í eadraibh nach gcoillfí séala na ndialann—thuig tú gurbh fhéidir gur ócáid í seo nár cheart seasamh ar do chuid prionsabal. Fós, cibé ar bith.

"Ní raibh a dhath ann nach raibh cloiste agat uaimse i gcaitheamh na mblianta, Melissa. Scéalta beaga amaideacha faoi Dhoire. Rudaí faoi m'athair. Cuimhní ar Dhomhnach na Fola. Gnéithe den choimpléasc géarleanúna is den choimpléasc íochtaránachta seo agamsa dingthe isteach in imeachtaí an lae sin, mar is cuimhin liom iad."

"Thuig mé sin agus mé á léamh thuas staighre. Ní hé go ndeachaigh mé sa tóir ar an chuntas cionn is gur cheap mé go bhfaighinn amach go raibh tú ag caitheamh ama le mná anaithnide. Déanta na fírinne, níor aimsigh mé ann ach na nithe a mbeinn ag dréim le fáil ann ... ach ..." Thiontaigh sí a cúl leat is thosaigh ag útamáil leis an oigheann mar a raibh an dinnéar á bhruith i gcasaról.

"Bhuel, cad chuige ar fhéach tú air, mar sin? An raibh cochall ort gur thaispeáin mé é do Jackie in ionad é a thaispeáint duit?"

"Ní raibh. Chonaic mé an cóipleabhar ina luí ar an bhord sa seomra itheacháin tar éis dó imeacht Dé Máirt. Níor bhac mé leis. Dheamhan suim a bhí agam ann. Ach d'ardaigh mé suas an leathanach scaoilte eile. Chonaic mé na nótaí a bhí breactha síos aige. Bhí a fhios agam go raibh tusa i ndiaidh cuntas éigin a thabhairt dó le léamh. Leis an fhírinne a rá, níor thug mé ach sracfhéachaint air, is chaith mé é isteach sa bhosca bruscair. Ní toisc go raibh aon rud ar leith ann ach toisc gur ar buile a bhí mé faoin dóigh ar thit gach rud amach. Ar buile leatsa a bhí mé ..." Stad Melissa.

"Inniu a léigh mé an cóipleabhar. Is a d'oscail mé do phacáiste. Tar éis ghlao gutháin Darren."

"Cad a bhí le rá aigesean, in ainm Dé? Cén bhaint atá aigesean leis an scéala?"

"Bhí an comhrá chomh haisteach sin, Pat. I dtús báire, bhí an gnáthsheamsán ag roinnt leis. Ansin thosaigh Darren ag caint ar ar tharla Dé Máirt. De réir cosúlachta, chuaigh sé féin is do chara le haghaidh dí ar an bhealach isteach go lár na cathrach. Ní raibh a fhios agam cad ba cheart dom a rá leis sin. An chéad rud a rith liom gur deacair go leor a bhí sé cur suas leatsa agus tú ag cosaint Mhic Shuibhne gan eisean agus Darren a bheith ina gcairde cléibh anois. Ansin dúirt Darren: 'Abair le Pat seo agatsa fanacht amach ó chuideachta Mhic Shuibhne. Cuideachta chontúirteach is ea é.' Cheap mé i dtosach nár mhothaigh mé i gceart cad a bhí ráite aige. D'iarr mé air é a athrá. 'Abair le Pat fanacht amach ó Mhac Suibhne. Cuideachta chontúirteach é.' Ansin mhaígh sé: 'Is ó fhoinsí údarásacha a thagann an rabhadh sin, Melissa. Ní thig liom a thuilleadh a rá.'"

"In ainm Dé, cén saghas pleidhcíochta atá ar siúl ag Darren? A Chríost, cuireann an focóir sin gona chluichí beaga rúndiamhra le báiní mé!"

"Lig dom críochnú, Pat. Chuir a ndúirt Darren ar maidin scanradh an domhain ormsa. An bhfuil a fhios agat cad a rinne mé? Chuardaigh mé an teach ó bhun go barr ina dhiaidh sin ag iarraidh fáil amach an raibh gunnaí nó pléascáin abhus. Tá a fhios agam gur rud bómánta é ach bhain rabhadh Darren geit chomh mór sin asam. Is ansin a smaoinigh mé ar an chóipleabhar is a d'aimsigh mé é faoin leaba sa seomra codlata eile. Ansin tháinig an pacáiste duitse." Tháinig na deora lena súile. "Pat, bhí—tá—faitíos orm. Níl fonn orm go dtarlóidh a dhath duitse—dúinne."

Theann tú chugat í.

"Ní tharlóidh a dhath dúinn, Melissa. Déarfainn nach bhfuil ann ach béalastánacht Darren, agus é ag cur gothaí an ghleoisín uilefheasaigh air."

"Ach cad faoi na nithe sin atá á rá agat le tamall, go bhfuil baint aige leis an Fhaisnéis Mhíleata? Ní shílim gur ag scaothaireacht a bhí sé. Sílim gur lom dáiríre a bhí sé."

Tar éis a raibh curtha i leith Darren agat, ba dheacair duit freagra éasca compordach a thabhairt air sin. B'fhéidir go raibh rud éigin ar eolas ag Darren, gur ag iarraidh gar a dhéanamh daoibh—dá dheirfiúr, ach go háirithe—a bhí sé. B'fhéidir nach cluiche a bhí ann, ar chor ar bith.

"Tá mé chun glao gutháin a chur ar Darren anois le fáil amach cad tá ar siúl aige."

Liz a d'fhreagair athuair. I Sasana, ag comhdháil eile, a bhí Darren, ar sise. Bhí sé in ainm is a bheith ag filleadh abhaile maidin Dé Domhnaigh, in am tráth don dinnéar in Áth na Sceire. Ach bhí seans ann go gcuirfí moill air. Bheadh a fhios aici maidin amárach.

Leag tú an glacadóir síos. Bheadh oraibh a bheith

foighneach is fanacht go dtí an Domhnach ar a laghad sula bhfaigheadh sibh seans chun Darren a cheistiú.

"Cad faoin litir i bpacáiste Jackie, Melissa? An ndeir Jackie a dhath faoi Darren, faoi ghabháil amach ag ól leis?"

"Ní shílim go ndeir." Thóg Melissa amach an litir is léigh tríd go sciobtha. "Níl ann ach caint ar do chuntas is ar Dhoire. Ní thagraíonn sé do Darren ar chor ar bith. Tá eagla orm, Pat."

Thrasnaigh tú chuig Melissa is theann sí isteach leat athuair.

Caibidil 7

Tá roinnt ama agam, a Pháidí, sula dtéim ó thuaidh is chinn
mé ar nóta a scríobh chugat. Tá aiféala orm gur thosaigh
an argóint mháláideach sin aréir. Ag an am céanna, ba
mhór liom an fhaill a bheith againn suí síos is dreas comhrá a
dhéanamh. Ábhar lúcháire is ea é, dar liom, gur féidir le daoine
nach raibh mórán teagmhála acu le chéile i gcaitheamh na
mblianta, bualadh le chéile athuair is fáil amach go bhfuil rud
éigin tairbheach le rá acu le chéile.

Ag smaoineamh ar do chuntas a bhí mé. Mar a dúirt mé, ba
thrua é nach bhfuaireamar go leor ama lena chíoradh. Ar maidin,
bhí rún agam léirmheas tomhaiste cuimsitheach a chur le chéile is
a sheoladh chugat. Ar a shon gur fhág mé mo leathanach nótaí i
do sheomra suí, bhí tuairim mhaith agam cad a bhí uaimse a rá.

(Dála an scéil, ba chóir dom rud amháin a mhíniú duit. Ba
bhall de Chiorcal Liteartha sa Cheis Fhada mé. Cé gur mhinic nach
raibh aon leabhair againn le linn dúinn a bheith ar an bhlaincéad,
bhíodh díospóireachtaí fada againn ar leabhair a bhí léite againn
roimhe sin, ar scannáin is ar dhrámaí a bhí feicthe againn is, fiú
amháin, ar scéalta béaloidis a bhí cloiste againn i gcaitheamh ár n-
óige. Chuireadh leaid amháin síos ar chnámha an scéil,
chuimhníodh daoine eile ar mhíreanna den phlota a d'fhág an
scéalaí ar lár, is dhéantaí scagadh ar na téamaí, ar an charachtracht,
ar an struchtúr agus ar an stíl is ar an teicníc reacaireachta.

Mar gheall ar mo chuid oiliúna—d'fhéadfá a rá gur ball
onórach de scoil léirmheastóireachta na Ceise Faide mé!—tá mé
cleachtach ar iniúchadh fuarchúiseach go leor a dhéanamh ar
théacsanna, fiú amháin nuair nach bhfuil aon téacs os mo
chomhair agam!

Más amhlaidh go bhfuil an leathanach scaoilte sin agat go
fóill, tuigfidh tú gur breá liom liostaí is boscaí mar a bhfuil mé
ábalta téamaí is a leithéid a rangú. Más gá dom rudaí a bhreacadh
síos anois de dheasca na seanaoise, tá an bua sin agam fós na
codanna tábhachtacha difriúla a dhealú óna chéile!)

Ar aon nós, bhí fúmsa díriú ar thrí ghné ar leith den scríbhinn
seo agatsa:— 1. na pearsana sa scéal. Nach gceapann tú gur cóir
dúinn breathnú ar Dhoire Cholm Cille féin mar phearsa ann?
Déarfainn go bhfuil an phearsa mhór nach luaitear, do mháthair,
gach pioc chomh tábhachtach leis na daoine a luaitear ann. 2. Na
gimicí reacaireachta. Mar shampla, an dóigh a n-úsáideann tú an
aimsir láithreach tríd síos san iarracht, is dócha, chun atmaisféar
an léirsithe a chothú. Éiríonn go héifeachtach leis an áis liteartha
sin. Rud beag níos uaillmhianaí ná sin atá an dara háis
liteartha—go bhfeictear achan rud trí shúile pháiste ceithre bliana
déag. Mar is eol duit féin, damanta deacair atá sé do dhuine fásta
saol an duine óig a athchruthú as siocair go dtagann ar tharla ó
aois na hóige—an tsaoltaithí nó suim na taithí seo againne uile—
idir an duine fásta is an t-athchumadh glan slán. 3. Na
mionsonraí seachtracha. In aon saothar faoi áit ar leith, feictear
domsa gur cóir cúpla iomrall a chaitheamh isteach chun na
saoithíní is na léirmheastóirí a choinneáil gníomhach! Bíodh sin
mar atá, tá a fhios agam go ndúirt tú gur sheiceáil tú cuid acu sa
Journal, ach an bhfuil tú cinnte gur maraíodh Eamonn Lafferty
thuas ag an timpeallán os comhair Shéipéal Mhuire sa Chreagán?
Shíl mé i dtólamh gur lámhachadh é ar Kildrum Gardens,
leathmhíle nó mar sin ón timpeallán. Corr-mhionphointe fánach
eile: ar tugadh Richardsons nó Richies ar an mhonarcha ar Shráid
Liam? B'fhéidir gur agatsa atá an ceart. Fiosróidh mé de
sheanóir éigin sa bhaile. An ar an New Road nó ar Bligh's Lane,
taobh thiar de, a bhí bunáit dhaingnithe na Brits ag an am sin?
Agus an bhfuil tú cinnte gur canadh i gcaitheamh an léirsithe an
t-amhrán sin 'Last Night I Saw My Daddy Planting a Bomb'? Is
ea, tá an ceart agat gur ag rá rabhcán a bhí na máirseálaithe, ach
feictear dom nach raibh an bunleagan den cheann áirithe sin sna

popchairt Shasanacha ag an am. Ar ndóigh, b'fhurasta sin a dheimhniú trí bhreathnú ar cheann de na himleabhair phopcheoil sin. (Dála an scéil, le haghaidh chúig phointe, cén grúpa a chanadh an bunleagan de??)

Faoin am seo, tig leat an tsaoithíneacht a chur i mo leith, agus gach ceart agat. Ach nach rud iontach an chuimhne? Cheap mé féin i gcónaí go raibh cuimhne mhaith agam ach luann tusa rudaí a raibh dearmad déanta agam féin orthu, cuirim i gcás, an eachtra sin faoi na boinn. Seans go bhfuil cuimhne mhaith agam ach, mar a deirtear, nach ceann fada í! Lena chois sin, beidh sé tugtha faoi deara agat gur ciontach atá mé in áis nó i dteicníc reacaireachta de mo chuid féin a úsáid, mar atá, an occupatio, a bhfuil dúil mhór ag lucht óráidíochta is ag lucht inste scéalta ann: go dtugann siad le fios nach bhfuil fúthu ceisteanna áirithe a phlé ach go bpléann siad iad, ina ainneoin sin!

Anois ós rud é nár thrácht mé ar na nithe sin, leagfaidh mé an bhéim ar dhá phointe bheaga amháin!

Ar ndóigh, tá an scríbhinn seo agatsa gan chríochnú. Cén fáth? Easpa ama? Gan a fhios agat cén chríoch a chuirfidh tú léi? Seo an ceann ciorraithe a shamhlaím a bheith oiriúnach do do chuntas, i dtaca le struchtúr, stíl, teicníc is téamaí de. Nach sotalach atá mé!

"Déanann tú féin is Jackie bhur slí go crosbhóthar Shráid Liam is Shráid Rosseville. Tá tú féin ag siúl go cúramach cáiréiseach, cúpla slat taobh thiar den bhoc cinsealach eile. Ag an chrosbhóthar, feiceann tú tródam saighdiúirí thall ag cúinne Shráid Sackville is cloiseann tú ó dhaoine eile go bhfuil a thuilleadh saighdiúirí níos faide síos Sráid Liam. Fanann sibh timpeall go dtagann an leoraí is na léirsitheoirí anuas in bhur ndiaidh.

"Fógartha atá sé ag lucht eagraithe an mhórshiúil gurb é an Guildhall an ceann scríbe seo agaibhse. Ach leath an scéala i bhfad siar gur athraíodh an plean sin chun trioblóid a sheachaint, agus gur ag Free Derry Corner a bhaileoidh an slua is a dhéanfar na hóráidí. Anois ar a seacht ndícheall ag iarraidh na léirsitheoirí *a stiúradh ar deis isteach i Sráid Rosseville atá na stíobhaird. Géilleann an tromlach do na horduithe seo ach tá mionlach ann— bíonn i dtólamh—a bhailíonn leo chun clocha a theilgean ar na Brits. Ní nach ionadh, imíonn Jackie leo. Ní fhéadfá a bheith ag súil lena mhalairt ó ábhar sceimhlitheora. Ach cad a dhéanann tú féin? Cad a dhéanfaidh tú féin? Aincheist eile le socair agatsa. Caithfidh tú gan ligean do Jackie a cheapadh gur cladhaire buí thú, ach cinntiú ag an am céanna gur lasmuigh atá tú de raon lámhaigh na saighdiúirí, má scaoiltear urchair rubair libh nó má ritheann sciobscuad amach.*

"*Faoin am seo ag Free Derry Corner atá an leoraí. Ag cruinniú thart air atá an slua. Beidh na hóráidí ag tosú gan mhoill. Gan a fhios ag na daoine seo go bhfuil na saighdiúirí i ndiaidh beirt fhear a lámhach níos faide suas Sráid Liam. Gheobhaidh duine acu, Johnny Johnston, bás de dheasca a chuid cneácha seal tar éis an Domhnaigh seo.*

"*Gan a fhios ag Páidí—agatsa—ach oiread, atá i do sheasamh ar Shráid Rosseville gar don chrosbhóthar gur lámhachadh an dís seo. Leathshúil fhaiteach agat ar chath na gcloch, leathshúil aireach eile agat ar na máirseálaithe deireanacha atá ag tarraingt ar ionad na n-óráidí. Cá bhfuil an t-athair? I dtrioblóid mhór a bheidh tú, cinnte. I dtoibinne—is fuath liom an frása sin agus cuirim uaim aon leabhar ina dtagaim air!—i dtoibinne, cloiseann tú béicíl is feiceann tú an lucht caite cloch ag cúlú sna featha fásaigh agus ag scaipeadh is ansin feiceann tú na hAPCs is na sciobscuaid ag déanamh ar chúinne Shráid Rosseville. Ag déanamh ortsa. Ritheann tú féin an méid atá i do chosa i dtreo dhídean na gceap árasán ar Shráid Rosseville. Cluineann tú inneall na bhfeithiclí armúrtha, is ansin, urchair á scaoileadh. Measann tú i dtús báire gur urchair rubair iad seo. Mar a ritheann tú, ar do chromada atá tú ar eagla go mbuailfí sa chloigeann thú. Scairteann guth éigin gur gnáthurchair iad seo is titeann tú chun an talaimh ag baracáid i lár na sráide. Níl le cluinstin anois ach an bhéicíl is callán na n-urchar. Feiceann tú stócach, an dara stócach, sínte ar a dtraosta. Cén fáth nach bhfuil*

siad ar lorg dídine? Marbh atá siad, a thuigeann tú de gheit, tar
éis roinnt soicindí. Buaileann racht uamhain thú. Ní thig leat
fanacht abhus nó marófar tusa freisín. Féachann tú le dul ag
snámhaíocht ar do tharr i dtreo dhoirse na n-árasán. Ar tí éirí is
rith atá tú nuair a mhothaíonn tú an lámh ag tarraingt ar
mhuinchille do dhufalchóta is an glór. 'A Pháidí, fan mar a bhfuil
tú ...' Aithníonn tú guth an athar. Guth d'athar."

Anois, nach clabhsúr breá méaldrámata é sin, a Pháidí? Ar
ndóigh, b'fhéidir gurbh fhearr a rá gurb é Jackie—an t-athair
spioradálta—a bheireann ar mhuinchille Pháidí! Ach, mar is eol
dúinn dís, is leor cuntas gairid eile chun cur síos ar ar tharla
dúinn go fírinneach.

"Ag dul síos Sráid Liam thart leis an linn shnámha atá tú féin
is Jackie, nuair a chluineann tú scairt taobh thiar díobh. An
t-athair atá ann agus é ag brostú in bhur ndiaidh. 'Goitse,
'Pháidí. Ag imeacht abhaile atáimid anois.' Stopann tú agus
d'aghaidh chomh dearg leis an fhuil a doirtfear roimh i bhfad.
Meabhlaithe atá tú athuair. Mothóidh na leaids eile uile faoin
ealaín seo. Ní thig leat breathnú go díreach ar Jackie.

"Ag teacht suas libh dó, beireann an t-athair ar mhuinchille
do dhufalchóta. 'Caithfimid dul abhaile. Beidh an tae réidh.'
Fanann tú le Jackie bailiú leis síos Sráid Liam. Alltacht ortsa
nuair a fhreagraíonn seisean. 'Ok, is mór dom imeacht abhaile
fosta.'

"Casann sibh triúr is feiceann an leoraí is na léirsitheoirí ag
trasnú chrosbhóthar bharr Shráid Liam. Fanann sibh ar an
chosán mar a ghluaiseann an fheithicil is na chéad mháirseálaithe
thart libh go buach tormánach. Ansin agus greim ag an athair ar
do sciathán, stiúrann sé thú i dtreo Shráid Phroinsias is tugann
sibh triúr bhur n-aghaidh ar Bhóthar Northland agus ar bhur
ndúiche féin. In bhur dtost a shiúlann sibh. Déanann an t-athar
lagiarracht le caint a dhéanamh leat ach ní thugann tú ach
freagraí aonsiollacha air. Is beag a deir Jackie ach oiread. Cinnte
atá tú go bhfuil déistin air leat.

"Ar an raidió uair a chlog ina dhiaidh sin—agus tú ag alpadh

*putóg dubh an Domhnaigh—a chluineann tú den chéad uair gur
gortaíodh máirseálaithe nuair a scaoil na Paras leo."*
    Sin an fhírinne, ar ndóigh. Ach an í? Is deimhin an rud é
gur cruinne atá an achoimre seo ná an chéad cheann mar ní
fhacamar den doirteadh fola an lá sin ach an méid a chonaiceamar
ní ba dhéanaí ar an scáileán teilifíseáin. Ar ndóigh, ní heol dom
cad ar a raibh tusa nó d'athair ag smaoineamh mar a shiúlamar
suas Bóthar Northland, ach bíodh sin mar atá, tá na bunfhíricí
beacht go leor, nach bhfuil? Tá rud éigin ar iarraidh, ámh, mar
atá, léargas ar mheon is ar aigne na bpearsan. Níl aon toise
síceolaíoch sa dá chuntas seo agamsa. Cuirim i gcás, ar fhiafraigh
tú díot féin, a Pháidí, cad chuige a ndeachaigh mé abhaile libh in
ionad déanamh ar an bhlár catha? An raibh fios fáistine agam go
dtarlódh tubaiste? Ní raibh. An raibh scanradh orm go bhfágfaí
liom féin mé? B'fhéidir gurbh é sin é, ach déanta na fírinne, ní
cuimhin liom. Gach uair ar ceistíodh ó shin i leith mé faoin lá sin,
tá sé ráite agam go raibh mé 'amuigh.' Bhuail mé le daoine ó shin
a chonaic i gcaitheamh an léirsithe mé agus rinne siadsan talamh
slán de gur fhan mé timpeall don chríoch fhuilteach. Cúpla bliain
ó shin, chaith antraipeolaí/socheolaí Poncánach seachtain nó dhó i
nDoire, agus í ag labhairt le daoine a bhí páirteach sa léirsiú. Ní
nach ionadh, bhí spéis ar leith aici iontu siúd a chuaigh isteach sa
'ghluaiseacht' tar éis Dhomhnach na Fola. Seoladh chugam í le
linn a turais. Sa chéad chuid den agallamh, d'iarr sí orm cur síos
ar na cuimhní seo agamsa ar an lá: cá raibh mé, cé leis ar shiúil
mé is a leithéid. Is fónóta fánach i dtráchtas dochtúireachta i
mBerkeley California anois thú, a Pháidí! Bhí léarscáileanna de
limistéar Thaobh an Bhogaigh ullmhaithe aici is bhí orm
taispeáint cá raibh mé i mo sheasamh nuair a tháinig na Paras
isteach is cad é mar a d'éalaigh mé. Cheap mé cuntas mór
eachtraíochta lena sásamh. Ach thuig mé féin gur dhóbair gur
chreid mé féin go raibh mé ann i ndáiríre, go raibh leaganacha den
scéal sin inste chomh minic sin agam go raibh mé ag glacadh leis
an fhinscéal seo agamsa mar an fhírinne stairiúil!
    Ní ag iarraidh a bheith glic a bhí mé ar ball nuair a chuir mé

ceist ortsa an bhfuil do chuntas bearnach fós as siocair nach eol
duit cén chríoch a chuirfidh tú féin leis. Rith sé liom—maith dom
é má ghoilleann sé seo ort—gurbh fhéidir go raibh tú idir dhá
chomhairle maidir leis an chlabhsúr is oiriúnaí dó. Cad a deir
tusa, a Pháidí, nuair a cheistítear thú faoi Dhomhnach na Fola?
Agus, tar éis a raibh le rá agat faoi dhialanna aréir, tá an dara
ceist agam: Cé dó a bhfuil tú ag scríobh?

Anois, Cross. Seo Tráth na gCeist athuair. An cuimhin leat a
ainm baiste? Winston. Dáta a bháis? 12ú Samhain 1974. Ainm
an fhir eile? Hugh Slater. Cá bhfuarthas na coirp? Amuigh ar
Sherriff's Mountain ar bhóithrín cúlráideach gar don Teorainn.
Cén aois Cross? Ocht mbliana déag d'aois.

Ag an am, d'eisigh an IRA, a d'fhuadaigh an dís acu thíos ar
Thaobh an Bhogaigh, d'eisigh siad ráiteas ag dearbhú gur spiairí
iad. Más buan mo chuimhne, iarbhall de na B-Men ba ea Slater
agus dalta airm a bhí ina pháirtí, Cross. Níorbh aon chabhair
dóibh é ach oiread go bhfacthas iad ag teacht amach as Beairic
Ebrington thall i nDoire Trasna. Tuairiscíodh sna nuachtáin gur
ag péinteáil a bhí siad sa Bheairic. Ní mhíníonn sin cén fáth a
ndeachaigh siad ag fálróideacht thart thíos faoi Thaobh an
Bhogaigh. Bómánta a bhí sé sin. Ach nárbh iomaí Náisiúnaí a
feallmharaíodh ó shin tar éis dóibh dul ag ibh i gclubanna óil de
chuid na nDílseoirí? Níl a fhios agam ar spiairí an bheirt. Má ba
ea, amaitéaraigh den dara grád ba ea iad.

Faoin am seo, déarfainn go bhfuil imní an domhain ag teacht
ort as siocair go bhfuil a oiread sin mionsonraí ar eolas agam. Ná
bíodh lá imní ort. Is ionann Domhnach na Fola duitse is anbhás
Winston Cross domsa. Caithfidh mé a admháil nach ndeachaigh
imeachtaí an Domhnaigh sin go croí ionam. Is ea, bhí aithne shúl
agam ar chúpla duine de na hógánaigh ón mheánscoil seo
agamsa—dála an scéil, níor fhreastail éinne de na híobartaigh ar
an scoil ghramadaí seo agatsa—ach fós mhothaigh mé rud beag
dealaithe ón eachtra, toisc nach raibh mé i láthair, is dócha. Nuair
a maraíodh Cross, áfach, (agus ar ndóigh, dhá bhliain ní ba shine
a bhí mé faoin am sin) is ag an phointe sin a thuig mé den chéad

uair nach cluiche a bhí ann a thuilleadh, nó má ba ea, gur cheann marfach é feasta. Bhí baois is ealaín na hóige thart.

Mothaíonn sé sin rud beag maoithneach, tá a fhios agam, nuair a smaoiníonn tú ar ar thit amach ó shin is gur beag aithne a bhí agam ar Cross. Dheamhan focal sibhialta a labhraíomar le chéile lena bheo. Ach chuir oidhe Cross tús le próiseas an bhrúidithe ionam, an próiseas céanna atá i ndiaidh dul i gcion ar gach duine againn, orthu siúd a bhí páirteach sa suaitheadh polaitiúil go díreach—nó go hindíreach trí shuí ar an chlaí ar an dá thaobh den Teorainn is ligean orthu féin nár bhain an choimhlint leo. Truaillithe atáimid uile.

Ar ndóigh, tá cuid againn níos ciontaí ná daoine eile. Tá cuid againn ann a mhaíonn go deiliúsach gur féidir linn, amhail iníon Burger, a bheith dílis dár n-oidhreacht is a bheith dílis dúinn féin. Uaireanta, loicimid ar an dá rud.

Caibidil 8

Ag dréim le buachaill bó gona *Stetson* gona spoir gona *six-shooter* a bhí tú. Ina ainneoin sin, bhí cuma saghas normálta air.

"In ainm Dé, Pat, nach ndúirt mé gur gnáthdhuine é," arsa Melissa le mífhriofac le linn dó a bheith ag socrú a chuid bagáiste thuas staighre i seomra leapa na gcuairteoirí.

Déanta na fírinne, b'údar díomá duit é gur fhéach an tUasal Cody Hickok III chomh normálta sin. Ba dheacra duit dá réir an gus a bhaint as agus a bheith ag fochaid faoi. B'ábhar sóláis duit é ó socraíodh go mbeadh sé ag stopadh libh gur dhócha go bhfíoródh sé ina phearsa is ina charachtar gach mír de do chlaonadh frith-Mheiriceánach: gur goraille leathan-ghuailleach ardghlórach mallintinneach toirtéiseach a bheadh ann. Sin nó piteog fhoircheasúil fhóiseach. Ina n-ionad sin, ar a shon gur ard go leor a bhí sé—níb airde ná tú—duine caol aclaí a bhí ann. Lena chois sin, fear ciúinbhriathrach ba ea é, a raibh éadaí neamhfhoirmiúla air. Bhí ortsa a bheith sásta leis go raibh blagaid ag teacht ar Mhac an tSnagaire agus go bhféadfá 'Cody Calbhach' a thabhairt air feasta.

Dheamhan teagmháil a bhí ag Melissa leis ó scar siad óna chéile, diomaite de chártaí Nollag is corrchárta poist ó láithreacha andúchasacha anghrácha mar a raibh sé ag obair. Ag teach a tuismitheoirí a seachadadh iad seo is óna máthair a fuair Wild Bill bhur n-uimhir ghutháin.

Níor chúis iontais í go hiomlán gur ghlaoigh sé ar Melissa. Seachtain roimhe sin, bhí an bheirt agaibh sa bhaile is tú i do shuí cois tine ag treabhadh do chúrsa go mall trí *Burger's Daughter*. Ag scríobh ina cín lae a bhí

Melissa. Chuir sí uaithi í tar éis tamaill is phioc suas an *Journal* ón Aoine roimhe sin.

"Éist leis seo, Pat," ar sise go scleondrach i ndiaidh scaithimh. "'Beidh an léiritheoir scannán faisnéise Meiriceánach, Cody Hickok, ag teacht go dtí an chathair go luath chun clár teilifíse faoi Dhoire a ullmhú. Sa chlár, *Sliocht na Fola*, rianóidh Hickok tionchar an fhoréigin ar thrí ghlúin de theaghlach as Doire. Níor ainmníodh an teaghlach seo go fóill, ach dhearbhaigh urlabhraí le haghaidh an léiritheora gur ceann aithnidiúil i nDoire é.

"'Iarléiritheoir séaghainn le NBC i Nua-Eabhrac is ea Cody Hickok. Tá cláir déanta aige don ghréasán teilifíse ó gach cearn den domhan is bhuaigh clár faisnéise leis, *Chuaigh an tÁibhirseoir síos go Tennessee: An Sátanachas i Nashville*, an chéad duais ag féile idirnáisiúnta teilifíse i Djakarta na hIndinéise le déanaí.

"'Tá Cody Hickok díreach i ndiaidh a chomhlacht neamhspleách scannánaíochta 'Buffalo Bill Productions Inc.' a fhothú. Is é *Sliocht na Fola* an chéad saothar ón fhiontar nua. D'fhógair an t-urlabhraí gur fada atá Hickok ag tnúth le clár a dhéanamh faoi pholaitíocht na hÉireann.'"

Nuair a mhaígh Melissa gur bhreá léi Wild Bill a fheiceáil athuair le linn dó a bheith in Éirinn, chuir tú místá ort féin is d'fhreagair gur dheamhan fonn a bhí ortsa é a fheiceáil. Chuir sin Melissa ina tost ag an am, ach nuair a d'aithin tú an blas Poncánach ar an teileafón, bhí a fhios agat ar an toirt cé a bhí ann. Thart ar fhiche bomaite a chaith Melissa ar an ghuthán sa chistin is chuala tú í ag gáire arís is arís eile. Faoi dheireadh d'fhill sí ar an seomra itheacháin. Ar bís a bhí tú fáil amach cad a dúradh.

"Bhuel?"

"Cody a bhí ann."

"Tá a fhios agam sin," arsa tú go míchéadfach. "Cad a bhí le rá aige?"

"Ó, bhí sé ag caint ar a chuid oibre, ar a chuairt abhus, is ag fiafraí díom an bhféadfaimis bualadh le chéile... is rudaí mar sin."

"*So*, an mbeidh sibh ag bualadh le chéile?"

"Ó, is ea, bhí sé ag cur do thuairisce freisin."

"Go hiontach, Melissa, is tá súil agam go ndúirt tú leis go bhfuil mise ag cur a thuairisce, ach cad a shocraigh sibh?"

"Anois, Pat, níor cheap mé gur mhaith leatsa é dá socróinn leis go rachadh an bheirt againn—mise is Cody— amach chun dinnéar a bheith againn i mBinn Éadair. Bheifeá anseo agus tú ag comhaireamh na ngráinní gainimh go dtiocfainn abhaile go slán sábháilte. Ba é rogha an dá dhíogha é mar sin cuireadh a thabhairt dó teacht anseo. I Londain atá sé faoi láthair ach beidh sé féin is a fhoireann cheamara ag teacht go Baile Átha Cliath an tseachtain seo chugainn sula dtéann siad ó thuaidh. Dúirt mé leis go bhféadfadh sé fanacht linn thar oíche. Beidh sé anseo Déardaoin."

"É féin is a fhoireann iomlán?"

"Cody amháin."

Thosaigh tú ag tabhairt amach faoin dóigh nach raibh uaitse nó ortsa fáilte a fhearadh roimh a ciallach, Cody. D'fhéach Melissa le tú a bhladar: nár fhógair Cody gur mhór leis labhairt leatsa roimh dhul go Doire? Seans go bhféadfá roinnt leideanna is cabhrach a thabhairt dó. Is gan aon rath ar an bhéal bán seo, ach amháin cur le do chuid stuacánachta, d'athraigh Melissa a port. Ní ródhéanach a bhí sí di socrú le Cody chun bualadh leis áit éigin eile. Ghéill tú. Ní raibh uirthi trácht ar chuairt Jackie Mhic Shuibhne fiú.

Anois, ní hé amháin go raibh Cody Hickok III anseo i do theach ach thug sé a shuipéar leis, idir bhia is bhiotáille. Ghlaoigh sé athuair aréir le rá go dtabharfadh sé eo úr leis ó Shasana. Má thuig tú an scéal i gceart, sin ba mhó a d'itheadh sé féin is Melissa sna laethanta ciana daibhre i

Londain. Ní bochtaineacht go bradán stánaithe, arsa tú léi
go tarcaisneach.

Bhain Melissa an meanach as an mhaighre is ghlan é.
Bhí fúibhse an t-iasc a shacadh isteach san ghnáthoigheann,
toisc go raibh sé rómhór don oigheann micreatonn. Ach ar
theacht anuas an staighre don Phoncán, chaith sé soicind ag
breathnú ortsa, agus tú ag útamáil leis an iasc, sular labhair
sé go séimh.

"Patrick, b'fhéidir gurbh fhearr dúinn an maighre a
bhruith sa mhiasniteoir."

"Cén áit?" arsa tú go caolghlórach geocáilte.

"Sa mhiasniteoir. Déanfaidh an ghal é a bhruith gan
mórán moille."

"Is ea, agus tig linn a bheith cinnte gur glan a bheidh sé
fosta."

"Pat, cuir uait an diúnas. Smaoineamh iontach é sin,
Cody. Pat, an ullmhóidh tusa an sailéad is ligfimid do Cody
an t-éigne a dhéanamh réidh."

"Patrick, b'fhéidir go n-osclófá ceann de na buidéil
fhíona Chaliforniacha freisin," arsa Cody, mar a chorn sé
muinchillí a léine.

Chun cothrom na Féinne a thabhairt do Melissa, tháinig
sí trasna chugat, mar a bhí Cody ag filleadh scragall
alúmanaim ar an bhradán. Rug sí greim láimhe ort, thug
póg sciobtha duit is dúirt i gcogar:

"Tóg go bog é, Pat. Ní comórtas suirí é seo."

Má mhaolaigh sin ar do chochall, fós bhí súil agat go
ndéanfadh Wild Bill praiseach den iasc. Is dá scriosfadh sé
an miasniteoir, gheobhadh sé ceann nua a cheannach
daoibh óna bhuiséad scannánaíochta. Choinnigh tú súil
ghrinn air le feiceáil an dtógfadh sé amach na gréithe
salacha nó an gcuirfeadh sé púdar níocháin isteach. Tar éis
dó an t-inneall a chur faoi shiúl, thug sé faoi anlann a
ullmhú. Lena linn seo, ag caint ar a aistear go Londain, ar
thuismitheoirí Melissa—níor luaigh sé Darren—is faoina

chuid páistí a bhí Cody.

Ba spéisiúil leat a chluinstin go raibh triúr páistí aige anois. D'amharc tú ar Melissa. D'fhiafraigh tú di tar éis a chéad ghlao ar phós sé athuair. Níor phós, cé go raibh spéirbhean nua aimsithe aige, ar sise.

"An bhfuil an ceathrú Cody Hickok ann anois?" arsa tú.

"Tá."

"Bhuel, déarfainn gur faoiseamh mór é sin duit anois, sa dóigh go mbuanófar an t-ainm—go ceann glúine eile, cibé ar bith."

"Cailín is ea Cody," is thóg sé amach grianghraf óna vallait. Bunóc bheag a bhí inti a bhí chomh bearrtha le tiarpa Chonáin Mhic Mhorna.

Ar hob fiafraí de a bhí tú ar ghoill deireadh an traidisiúin leis ach thug Melissa sonc dá huillinn duit ag cur in iúl gur chóir duit fanacht i do thost.

"Is cailín álainn í sin, Cody," ar sise. "Tá na súile seo agatsa aici."

"Is ea, agus an folt seo agatsa fosta," arsa tú go ráscánta.

Tháinig muc ar gach mala ag Melissa.

"Pat, an gcóireoidh tusa an bord sa seomra itheacháin, le do thoil!"

Faoin am ar fhill tú ar an chistin, ag tógáil amach an bhradáin as an mhiasniteoir a bhí Cody.

"Tá boladh breá ón mhaighre sin, Cody," arsa Melissa.

"Níl a dhath inchurtha le heo úr ón Aigéan Atlantach le hanlann na hOllainne. An dtaitníonn iasc leat, Patrick?"

"Is ea, is breá liom triosc faoi fhuidhreamh."

Chuir Melissa grainc uirthi féin.

"Níl sé ach ag magadh, Cody. Is iontach leis bradán. Pat, an gcuirfidh tú na gloiní seo ar an tábla, le do thoil?"

Ar obair an Phoncáin a labhair sibh—siad—i gcaitheamh an dinnéir. Mhínigh Cody cad chuige ar fhág sé NBC: ba dheacair airgead a fháil chun cláir fhaisnéise a dhéanamh. Ar na *game*seónna mallaithe is ar na *quiz*seónna marfacha a dáileadh an acmhainn airgid uile. Nach mar sin a bhí an scéal gach áit, go raibh an truflais ag déláithriú na n-ealaíon dáiríre, arsa Melissa go huaibhreach ceartaiseach. Tháinig an chúis go cnámh na huillinne, a mhaígh Cody, nuair a lorg sé an t-airgeadas chun sraith clár ar thionscal na dteilisoiscéalaithe a ullmhú. Bagraíodh ar ardfheidhmeannaigh an chomhlachta go gcaillfí airgead mór fógraíochta dá leanfaí den tsraith. An mhaidin tar éis do na hardfheidhmeannaigh seo cur in iúl dó gur cealaíodh na cláir, d'éirigh Cody as a phost.

Mar a d'éist tú leis ag cur síos go tomhaiste ar an chinneadh seo, rith sé leat gurbh fhéidir nach raibh Cody Calbhach chomh holc sin mar dhuine nó mar Phoncán. Smaoinigh tú ar fhiafraí de faoin chlár i nDoire, ach chinn tú ar fhanacht go mothófá ar do shuaimhneas leis. Ina ionad sin, thagair tú don chlár a luaigh i bpáipéar nuachta Dhoire, *Chuaigh an tÁibhirseoir síos go Tennessee: An Sátanachas i Nashville.*

"Údar mór imní sna Stáit Aontaithe le seal de bhlianta," ar seisean, "an dóigh a bhfuil popghrúpaí ag baint earraíochta as a n-ardán poiblí chun a dteachtaireachtaí ar leith a chraobhscaoileadh. Ar lámh amháin, tá popcheoltóirí ann a bhfuil an gháirsiúlacht, ina n-iompar poiblí nó i liricí a n-amhrán, ag roinnt leo. Ansin, tá bannaí ceoil ann, lucht an trom-mhiotail ach go háirithe, a bhfuil sé curtha ina leith acu go bhfuil teachtaireachtaí fo-thairseachúla Sátanacha ina gcuid amhrán. Le tamall tá brúghrúpaí pobail—is na polaiteoirí sna sála acu, ar ndóigh—ag iarraidh deimhniú go ndéanfar cinsireacht ar cheirníní na gceoltóirí sin nó, ar a laghad, go gcuirfear greamaitheoirí rabhaidh ar na clúdaigh. Ó shin i leith, poiblíodh an scéal nach bhfuil Nashville, teampall thionscal cheol tíre is iarthair Mheiriceá, saor ón iomartas Sátanach seo."

Agus é ag tosú ar a chlár faisnéise, arsa Mac an

tSnagaire, ní hé amháin go raibh faoi fáil amach an raibh an Sátanachas i ndiaidh a chrúba scoilte a leagan ar Nashville ach, dá mbeadh an fhadhb sin ann, ar chóir an chinsireacht a úsáid lena ghreim a shaoradh.

"Thiocfadh leat clár faisnéise den saghas céanna a dhéanamh ar lucht cheol tíre is iarthair anseo in Éirinn," arsa Melissa le gáire.

"Bhí a fhios agam i dtólamh go raibh rud éigin diabhlaí ag baint leis an bhoc Conallach sin, Daniel O'Donnell," arsa tú.

Tar éis duitse a mhíniú do Cody cérbh é an Dálach deamhanta sin—b'fhollas gur dhoiligh do Wild Bill d'acmhainn grinn a thuigbheáil—lean sé dá chaint ar a chlár faoi Nashville.

"D'fhionn m'fhoireann thaighde go raibh seisiún taifeadta le bheith ar siúl ag ceann de na grúpaí ceoil, a raibh sé amuigh orthu gur gafa leis an diabhlaíocht a bhí siad, i stiúidio lasmuigh den chathair. Rinneamar ceamara rúnda a shuiteáil sa stiúideo le fianaise a bhailiú. Agus an seisiún faoi lánseol, ag fionraí i dtrucail taifeadta lasmuigh a bhíos féin is léiritheoir eile, agus is ar éigean a chreideamar leathchuid de na nithe a chonaiceamar ar an scáileán seo againne: gur ghuigh na ceoltóirí an tÁibhirseoir sular thosaigh an ceol, gur dhiamhaslaigh siad Críost, shatail ar an Chros Naofa agus thaispeáin ar bhealaí éagsúla scanrúla eile nár mhian leo go n-áireofaí mar bhaill de chorp mistiúil Chríost iad! Bhí go maith is ní raibh go holc. Ar an drochuair, áfach, má bhí an ceamara folaithe ag rith go réidh, theip ar an ghléas clostaifeadta sula raibh ceol is caint diabhlaí go leor ar téip againn."

Stop Cody go drámata chun súimín fíona a ól óna ghloine.

"Bhuel, cad a rinne sibh ansin?" arsa tú agus bís ort le críoch an scéil a chluinstin.

"Cad a dhéantar i gcónaí i scannáin eachtraíochta nó in

úrscéalta bleachtaireachta, Patrick, ach seachadóir nó deisitheoir a chur chuig doras an tí a dtugtar cead isteach dó."

"Ach nach mbeadh an dream istigh in amhras ar chuairteoir a tháinig gan choinne?"

"Smaoiníomar air sin, Patrick, ach thángamar ar sheift chun an fhadhb sin a shárú."

"Cad é?"

"An dath dearg."

"An dath dearg?"

"Mé féin a bhí le dul isteach leis an mhicreafón, Patrick, is chinneamar go gcuirfinn smideadh dearg orm féin ... Ar mo mhuineál."

"Ar do mhuineál!"

"Is ea, ar mo mhuineál."

"Cén fáth?"

"Nach go maith atá a fhios agatsa, Patrick, gur cábóga aineolacha tromlach na ndaoine i Meiriceá agus nach mbeidís in amhras ar 'redneck' amháin eile."

Mar a phléasc Melissa amach ag gáire, thuig tú gur ag cleithmhagadh fútsa a bhí an focóir Poncánach.

"Pat, tá sé sin tuillte agat tar éis duit a bheith ag spochadh as Cody ar ball."

"Gabh mo leithscéal, Patrick, ní raibh sé sin féaráilte..."

"Ach, Pat." Ag déanamh sciotaíola a bhí Melissa go fóill. "Nach tú a shlog an baoite! Meallta a bhí tú ag Cody!"

Ruaimnigh d'aghaidh. Idir dhá chomhairle a bhí tú ar chóir duit a bheith ar buile nó gáire a dhéanamh.

"Patrick, tá aiféala orm. Níor tharla ach gur thángamar ar ais an mhaidin dár gcionn is an micreafón a shuiteáil sular thosaigh an chéad seisiún taifeadta eile. Seolfaidh mé cóip den chlár chugaibh faoina mbeidh mé i Nua-Eabhrac athuair. Féach, cuirimis uainn an bhaois seo. Tá lúcháir orm an bheirt agaibh a fheiceáil—mo sheanchara, Melissa,

is tusa, Patrick, mo chara Éireannach nua. Faoi thuairim
bhur sláinte!"

"Is go n-éirí leis an chlár i nDoire," arsa Melissa. "Ní
déarfaidh mé a dhath faoi lucht na muineál dearg thíos
ansin."

"B'fhearr gan sin a rá, 'Lissa."

"Patrick, seo rud a raibh mé ag smaoineamh air. Ar
mhaith leat teacht go Doire linn don deireadh seachtaine?
Mar a dúirt mé le Melissa ar an ghuthán, Patrick, d'fhéadfá
roinnt cabhrach a thabhairt dúinn. Sheol mé mo chúntóir
léirithe go Doire mí ó shin is tá formhór na pleanála déanta
aici cheana féin ach b'fhéidir go mbeadh moltaí agat faoi na
láithreacha scannánaithe ab fhearr sa chathair. Ar ndóigh,
bheadh táille coimisiúin ag teacht chugat. Is ós rud é go
mbeadh Melissa ann ar chor ar bith..."

"An mbeidh?"

"Ó, níor phléigh tú é le Patrick go fóill, Melissa?"

"Tar éis duit é a lua aréir, Cody, cheap mé gurbh fhearr
dom fanacht go bhfeicfinn thú is go mbeifeá cinnte cad tá
uait."

"Labhair mé leis an scríbhneoir scripte aréir. Tá script
leasaithe á dréachtú aige anois. Go hiontach a bheidh tú
don pháirt."

"Cén pháirt atá ann, Melissa?"

"Níl ann ach mionpháirt bhídeach, Pat."

"Ach ceann lárnach tábhachtach is ea é, fosta. Tig liom é
a shamhlú. Beidh ceol breá Gaelach ann, *Clannad* mar
shampla. Ach b'fhéidir go bhfuil barraíocht scóir scannáin
déanta acu faoin am seo, agus is doiligh idirdhealú a
dhéanamh idir an chuid is mó acu. Déarfainn gurbh fhearr
amhránaí a úsáid. Is ea, d'fhéadfaimis Frank Patterson a
fháil. Thar barr a bhí sé in *The Dead*. Amhrán a bhfuil
atmaisféar mistiúil draíochta ag roinnt leis a bheidh ann.
Mar a shamhlaím an chéad radharc, beidh radharc cian
againn ar Dhoire ón aer—tá cead againn ó na húdaráis

héileacaptar a úsáid—is beimid ag gluaiseacht níos gaire don chathair an t-am ar fad. Is cóir d'íomhá, Melissa, a fhorshuí ar radharc na cathrach. Is tusa an snáithe a nascann gach mír den scannán le chéile, a léiríonn buntraigéide na hÉireann, an tsíorthóraíocht ar aisling, ar bhean, a thugann ar fhir iad féin a íobairt ar a son. Cad é an t-ainm sin ar an bhean a sheasann d'Éirinn? Is ea, Caitlín Ní Uallacháin."

Mar 'Kate-Lynn' a d'fhoghraigh sé an t-ainm baiste; mar 'Knee-Hooligan' an sloinne. Ar ócáid ar bith eile, breá sásta a bheifeá é a cheartú. Ach ag meabhrú ar a chuntas a bhí tú. Má buaileadh bob ort ar ball, meáite air a bhí tú nach mbéarfaí amuigh ortsa an iarraidh seo. Thosaigh tú ag gáire.

"An gceapann tú gur gamall cruthanta amach is amach mé, Cody, is go gcuirfidh tú an dubh ina gheal ormsa arís? Ag an am céanna, bheadh amadántacht den saghas sin an-ghreannmhar ar fad."

"Ní ag magadh fútsa atá Cody, Pat," a d'fhreagair Melissa go haranta. "Is ea, is í an pháirt a bheidh agam Éire, ná pearsantú ar Éirinn. Ní bheidh a dhath le rá agam. Níl ann ach, mar a mhaígh Cody, go seasfaidh mé don idéal a bhfuil fir bhómánta sásta marú is bás a fháil ar a shon. Tá a fhios agat na haislingí sin a scríobhadh na filí fadó. An iarraidh seo, suite i nDoire sa chuid dheireanach den fhichiú haois a bheidh an ceann seo. Is ní ag féachaint leis an lámh láidir a ghlóiriú a bheimid ach oiread. Beidh teachtaireacht dheimhin i gcoinne an fhoréigin san aisling nua-aimseartha seo."

"A Chríost, lom dáiríre atá sibhse. Ní aisling ach tromluí é seo."

"Tá an ceart agat, Patrick." B'fhollas gur ag déanamh olláis as an chomhrá a bhí Wild Bill. "Ach tromluí teagascach a bheidh ann. Breathnaím air mar dhráma mistéire is moráltachta i suíomh comhaimseartha. Tá baill an teaghlaigh seo ann a chuaigh isteach in eagraíochtaí sceimhlitheoireachta ar chúiseanna idéalacha i dtús báire ach a dtruaillítear ag an doirteadh fola is ag na fadhbanna a shíolraigh uaidh. Trí íomhá na hÉireann—Melissa—a fhorshuí ar an chathair arís is arís eile, tig linn an dóigh inar smálaíodh is inar salaíodh an t-idéal is lucht an idéil a thaispeáint. Má bhain na seanfhilí earraíocht as an bhean seo, Éire, chun an fhuil a chur ag coipeadh i gcuislí fhir na hÉireann lena spreagadh le déanamh ar pháirc an áir, is mar inspioráid chun na seanfhaltanais a ligean ar dearmad a bheidh an Éire nua seo againne. Is ea, gheobhaimid neart cuntas ar údair na bhfaltanas sin ach—amhail na dteachtaireachtaí fo-thairseachúla Sátanacha a bhfuil mé faoi chomaoin acu anseo, caithfidh mé a admháil—beidh íomhá den mhaitheas, den athmhuintearas, den Éirinn ar cóir a bheith ann, le feiceáil a chuirfidh in iúl don lucht féachana—is dóibh siúd atá páirteach san fhoréigean, tá súil agam—gur gá éirí as an sceimhlitheoireacht is gabháil ag obair ar son na máthairthíre iontaí seo, Éire." Is tháinig aoibh ar Wild Bill chuig Melissa. "Coincheap casta is ea é, Patrick, ach creidim gur féidir linn é a chur i gcrích."

"Éist liom nóiméad, Cody. Níor thuig tú nuair a dúirt mé gur tromluí a bhí ann. I dtús báire, níor tháinig mé ar a oiread sin nathanna seanchaite smúracha ó léigh mé *Trinity* le Leon Uris. Agus cad faoin teaghlach seo atá le húsáid agat le haghaidh do choiméide histéire is dímhoráltachta? Déarfainn nach mbeidh siadsan róshásta le do chuid scéiméireachta? Cé hiad, dála an scéil?"

"Muintir Uí Dhochartaigh iad, Patrick."

"Is iontach an chabhair í sin!" arsa tú go haranta.

"Bhí an seanathair i bpríosún sna daichidí is sna caogaidí, bhí an t-athair ann sna seachtóidí is bhí beirt mhac is iníon leis siúd ann ó shin."

"An bhfuil a fhios acu go bhfuil tú chun uirlisí bolscaireachta a dhéanamh díobh?"

"Patrick, beidh gach seans acu aon rud atá le rá acu a rá ar ceamara. Ach ní thig leo a bheith ag dréim leis go mbeidh cead acu cur isteach ar aon chinneadh eagarthóireachta."

"Mar sin, más mian leat guairne de do chuid féin a chur ar a ndeir siad, chun tacú leis an teachtaireacht fho-thairseachúil seo agatsa, ní bheidh siad in ann a dhath a dhéanamh faoi sin. Inis an rud seo dom, Cody, ar tháinig cuid den airgeadú le haghaidh an scannáin seo ó Ambasáid na Breataine i Washington? Nár léigh mé ar na mallaibh gur iníon le hiar-Sheanadóir ón sean-Pháirtí Náisiúnaíoch i Stormont an duine atá i bhfeighil Dheasc Thuaisceart Éireann san Ambasáid. Ar thug siadsan an t-airgead duit chun clár bolscaireachta a chur le chéile?"

"Pat, ná bí chomh drochbhéasach búrúil sin! Is ná bac leis, Cody. Breá sásta a bheadh Pat dá rachfá go Doire chun clár bolscaireachta a dhéanamh a mhórfadh is a mholfadh a chara dil, Jackie Mac Suibhne, is a d'fhéachfadh le craiceann na huaisleachta a chur ar a choireanna sceimhlitheoireachta. Ní hé nach dtaitníonn bolscaireacht le Pat, níl ann ach go bhfuil uaidh a chuid féin a fheiceáil ar an scáileán teilifíseáin.

"Patrick, ní bhacfaidh mé leis an mhasla don ionracas gairmiúil seo agamsa. Níor tháinig aon chuid den airgead ó Rialtas na Breataine nó ón Rialtas anseo i mBaile Átha Cliath nó ón CIA. Ní den chéad uair i mo shaol, bhí orm an dara morgáiste a thógáil ar theach mo mhuintire i Montana chun an t-airgeadas don scannán seo a bhailiú. Tá súil agam go nglanfaidh mé na costais tríd an chlár a dhíol sna Stáit Aontaithe is i dtíortha na hEorpa."

"Tá Cody i ndiaidh labhairt le gréasáin theilifíse sa Bheilg is sa Ghearmáin a bhfuil spéis acu sa chlár," arsa Melissa.

"Caithfear an ceol is an ceo draíochta is na cnoic ghlasa a chur isteach sa chlár, Patrick, mar is iad seo na nithe a mbíonn ionchas ag daoine leo thar sáile nuair a chuimhníonn siad ar an oileán seo. Ag an am céanna, ní hé sin le rá nach féidir liom clár faisnéise den chéad scoth a dhéanamh. Ag caint ar an phacáil atáimid is caithfidh sí a bheith snasta ach beidh téagar criticiúil ann freisin. Tá súil agam go n-aontóidh tú liom faoina bhfeicfidh tú an saothar críochnaithe. Is tá súil agam go dtiocfaidh tú linn le feiceáil cad é mar a thugaimid faoin obair."

"Níl fonn orm aon bhaint a bheith agam le clár aontoiseach nach bhféachfaidh le ceist an Tuaiscirt a chíoradh ar bhealach oibiachtúil."

"Pat, nach dtuigeann tú an rud atá á rá ag Cody? Ní bolscaireacht a bheidh ann. Is ea, beidh teachtaireacht ann ach ní bheidh aon duine réasúnta in ann cur ina coinne. Ní bheidh ann ach gur mithid do dhaoine teacht le chéile athuair."

"Is glacadh leis an *status quo*!"

"Pat, níl tú ach ag déanamh aithrise ar chiútaí do charad, Jackie. Féach, tar go Doire linn cibé ar bith. Beidh tú in ann do mháthair a fheiceáil. Nach ag caint ar dhul ó thuaidh go luath a bhí tú?"

"Is ea, ach …"

"Tig leat an chathair a thaispeáint do Cody."

"Ba mhór liom sin, Patrick."

"Is beidh deireadh seachtaine saor in aisce agat i dteach ósta."

"Nach ceart dúinn dís stopadh le mo mháthair?"

"Tig leatsa sin a dhéanamh, Pat, ach beidh ormsa fanacht leis an chriú ceamara. Beimid ag obair go moch is go mall is chuirfeadh an teacht is an t-imeacht seo agamsa isteach ar ghnáthamh do mháthar."

"Beidh orm teacht ar ais anseo Dé Domhnaigh. An mbeidh tusa réidh faoin am sin?"

"Níl a fhios agam, Pat. An mbeidh an sciar seo agamsa den obair críochnaithe faoi sin, Cody?"

"B'fhéidir é ach braitheann sé ar rudaí eile, an aimsir, sceideal daoine eile. Ach caithfidh mé a bheith ar ais i Nua-Eabhrac faoin Déardaoin seo chugainn is b'fhearr liom dá mbeadh an obair uile i nDoire thart faoi sin."

Mhoilligh tú cúpla soicind eile. Ar ndóigh, ní ag smaoineamh ar an chlár nó ar na mionsonraí amháin a bhí tú. Ach ar Melissa is ar Cody le chéile i nDoire. Dhíbir tú an frídín sin ó d'intinn, fiú má bhí baint aige le do chinneadh.

"Is ea, rachaidh mé go Doire libh. Spéisiúil go leor a bheidh sé breathnú oraibhse, na saineolaithe, i mbun oibre."

"Go hiontach, Patrick. Féach, caithfidh mé glao gutháin a chur ar mo chúntóir léirithe i nDoire. An miste libh má úsáidim bhur dteileafón?"

"Cá bhfuil d'fhoireann ag stopadh, Cody?"

"I dteach ósta éigin ar imeall na cathrach. Ní cuimhin liom a ainm. Tá sé scríofa síos agam. Aisteach go leor, tar éis dúinn na socruithe a dhéanamh, fuair mé facs ón úinéir, ag dearbhú go mbeadh fáilte mhór romhainn. Ó Brolcháin a ainm."

"Daltún ...?"

"Is ea, sin é, Daltún Ó Brolcháin."

* * * *

Thóg tú an lá saor ón obair ionas go bhféadfadh sibh an bóthar a bhualadh go luath san iarnóin. Bhí gluaisteán fruilithe ag Cody is thaistil sibh leis. Ba dhócha go mbeifeá ag filleadh leat féin ar an bhus ach ba chiallmhaire is ba shaoire é sin ná an dara feithicil a thiomáint ó thuaidh. Is tuirseach a bhí tú féin is Melissa i ndiaidh an tseisiúin an oíche roimhe sin. Thart ar leathuair i ndiaidh a deich a d'fhág tú an bheirt eile ag bleadráil le chéile is ghread leat a luí. Ach d'fhan tú i do dhúiseacht gur bhain Melissa an leaba amach seal roimh a haon. Idir dhá chomhairle a bhí tú ar cheart duit ligean ort a bheith i do chodladh ach thiontaigh tú ina treo mar a neadaigh sí síos taobh leat. *Ok,* a *Phunk*áin, b'fheidir gur leatsa a mheil sí an tráthnóna, ach is liomsa a chaithfidh sí an oíche, an smaoineamh a bhí ag rith trí d'aigne. Mhúch tuin cháinteach Melissa an chaithréim sin is an bhraistint chomhcheangailte gur bhreá leat í a chlárú le linn don bhuachaill báire sin de bhuachaill bó a bheith múscailte sa chéad seomra eile.

"Gránna a bhí tú thíos staighre anocht, Pat. Ba tháir uait é a bheith ag séideadh faoi Cody a thúisce is a tháinig sé isteach is ansin thosaigh tú ar an raiméis mhaslach sin uile faoin bholscaireacht."

Chuir sin tús le hargóint a mhair trí cheathrú uair an chloig, fiú má ba chonstaic bheag í go raibh Mac an tSnagaire sa chéad seomra eile. Ag an am céanna, in ionad a cúl a thabhairt duit, ba léir go raibh fonn ar Melissa go leanfaí den chaint. Lena chois sin, d'admhaigh sí ag pointe éigin gur dhócha go raibh sé dian ort déileáil leis go raibh seanleannán dá cuid faoi fhraitheacha an tí is gurbh fhéidir nach gan locht a bhí sí féin. Faoin am a ndearnadh síocháin eadraibh, chomh traochta sin a bhí tú nach raibh uait ach cead dul a chodladh.

Beo bagánta a bhí spiorad an athmhuintearais eadraibh dís fós an mhaidin dár gcionn. Sách beo a bhí sé go ndearna tú suas d'aigne go bhfulaingeofá le Cody Hickok. Smaoinigh tú ar ghlao gutháin a chur ar do mháthair sular fhág sibh Baile Átha Cliath san iarnóin, ach chinn gur mhithid sin a dhéanamh i nDoire. B'fhéidir go bhfanfá le Melissa sa teach ósta don chéad oíche is déanamh ar theach do mháthar amárach.

Is ar ndóigh, bhí Jackie Mac Suibhne ann. Seans go gcasfaí ort é sa bhaile. Deireadh seachtaine amháin a bhí tú thuas i nDoire Chalgaigh ó aimsir a chuairte. Ní fhaca tú é timpeall na cathrach ach thapaigh tú an deis le labhairt le do mháthair faoi. Faoin am sin, bhí tú i ndiaidh Darren a cheistiú maidir leis an rabhadh a thug sé do Melissa.

Amuigh in Áth na Sceire tigh a dtuismitheoirí a bhí sibh.
Shéan Darren go raibh aon eolas ar leith aige faoi Jackie.
Cad é mar a gheobhadh sé féin a leithéid? Caithfidh gur
bhain a dheirfiúr an bhrí chontráilte as a ndúirt sé, arsa
Darren. Ní raibh ann ach go ndeachaigh sé féin is Mac
Suibhne chun pionta a ól is go ndearna sé—Goebbels—
amach, de dheasca rudaí áirithe a dúirt Mac Suibhne, gur
mór a bhí sé le daoine áirithe a raibh sé amuigh orthu gur
bainteach a bhí siad—bíodh sé sin ar bhealach imeallach nó
ná bíodh—le daoine áirithe eile a bhfacthas i gcomhluadar
amhrasach áirithe eile ... Is ea, b'fhéidir nach raibh ann ach
go raibh aithne ag Mac Suibhne ar na daoine sin, ach is éard
a mholfadh sé féin duitse, Pat, gurbh fhearr nach bhfeicfí i
gcuideachta Mhic Shuibhne thú. Bhí ortsa smaoineamh ar
do phost san earnáil phoiblí is níor mhaith an ní duit
amhras a tharraingt ort féin...

I ndiaidh tamaill, d'éirigh tú bréan den lúbaireacht
mhaonaoiseach seo.

"Inis an fhírinne dom, Darren, an bhfuil tusa ag obair le
rannóg faisnéise éigin?"

Stán sé ort. Suite de a bhí tú gur ag ligean air a bhí sé
gur bhain an cheist stangadh as. Ag dréim léi a bhí Darren,
tar éis a raibh ráite aige le Melissa.

"Níl, Pat."

D'fhoghlaim tú ní ba dhéanaí gur thug Melissa faoina
deartháir fosta. Ní bhfuair sise de shásamh uaidh ach a
thuilleadh lúbaireachta faoin dóigh a raibh imní air faoin
chomhluadar a ndearnamar—tusa féin mar Státseirbhís is
mar chéile a dheirféar dile ach go háirithe—caidreamh leis.
Ach cad faoi na foinsí iontaofa seo a bhí luaite aige? Bhuel,
arís thug sé le fios gurbh fhéidir gur úsáid sé na focail
mhíchearta. Ní raibh ann ach a bharúil phearsanta féin.
Ba í seo an chéad uair a chonaic tú Melissa riamh agus í ar
buile le Darren.

"Mura bhfuil sé ag insint bréag dom, ag iarraidh

ionramháil a dhéanamh orm atá sé," ar sise. "An rud nach dtuigim cad chuige a bhfuil ceachtar acu ar siúl aige."

Sách feargach a bhí Melissa gur sheachain sí Darren ar feadh tamaill. Chinntigh sí sular thug sí cuairt ar Liz—ba í Melissa máthair bhaiste na gineoige—go mbeadh a deartháir as baile. Faoi dheireadh, chuir Darren glao gutháin uirthi an tseachtain seo caite, bhuail siad dís le chéile agus dhearg dúidín na síochána.

Luaigh tú le do mháthair gur casadh Jackie Mac Suibhne ort i mBaile Átha Cliath. Leaid breá lách ba ea é, ar sise. Is é pósta ar chailín beag deas fosta. Duine de na Dálaigh í, ar oibríodh a máthair taobh le do mháthair sa mhonarcha léine blianta fada ó shin. Is ea, ba chuimhin le do mháthair an lá nuair a chuidigh sí le Jackie éalú ó fhearann na hArdeaglaise. Is ea, bhí a fhios aici, ar ndóigh, cé a bhí ann. 'Gach díograis go deireadh,' ar sise. Is cuma cad a bhí déanta aige, ní loicfeadh sí ar dhuine dá muintir féin.

Thóg an tagairt seo don dílseacht siar chuig litir Jackie thú. Ghoill cuid de na rudaí inti is an ton tríd síos ortsa, i dtús báire, gan a ndúirt Goebbels faoi Jackie a chur san áireamh fiú. Mhothaigh tú go raibh Jackie ag magadh faoi d'iarracht chiotach bhréagliteartha le friotal a chur ar do shaoltaithí. Botún a bhí ann an cuntas a thaispeáint dó ar chor ar bith. Ach nach tú a thug an deis dó chun tú a phriocadh sa bheo.

Ach cad faoin chúiseamh sin a bhí curtha i do leith aige faoin chríoch a chuirfeá le do chuntas? Thiocfadh leat a rá go diongbháilte nach raibh an ceart aige. Ba bheag a bhí ráite agat le haon duine, diomaite de Melissa, faoin lá sin. Is bhí a fhios aici nach bhfaca tú aon chuid den doirteadh fola. Mar a dúirt Melissa, ba dhócha nach raibh sa chúiseamh seo ach léiriú ar chiontacht Jackie as siocair nach raibh sé féin sásta admháil go poiblí riamh nach raibh sé i láthair don deasghnáthas tionscnaimh seo, is nach raibh sé ach ag iarraidh a chiontacht a aistriú chugatsa.

An rud ba mhó a chuir as duit críoch na litreach, ámh. Le tuiscint a bhí sé gur shíl Jackie go raibh tú i ndiaidh loiceadh ort féin is ar do mhuintir, nach raibh aon dílseacht agat do do dhúchas.

"Pat, an bhfuil tú cinnte go mbaineann an líne dheireanach sin leatsa?" a d'fhiafraigh Melissa díot.

"B'fhéidir gur ag caint air féin atá sé, tá a fhios agat."

"Ó... níor smaoinigh mé air sin. Ach cén tslí ina mbainfeadh sé leis-sean?"

"Tar éis a ndúirt Darren, b'fhearr liom gan féachaint le teacht ar fhreagra na ceiste sin. Is gan moladh duitse é a fhiafraí de Mhac Suibhne, ach oiread."

Maidir le *Burger's Daughter*, d'éirigh tú as leath bealaigh tríd ainneoin gur bhraith tú gur gheis duit é a chríochnú. Níorbh ionann é is na gnáthscéinséirí polaitiúla a bhí léite agat. Rómhallghluaiste a bhí an plota. D'fhillfeá air aimsir na Nollag.

Ar an bhóthar ó thuaidh le Melissa agus le Cody, rinne tú a thuilleadh marana ar Jackie. Ós rud é go mbeadh an Poncán is a chriú ceamara sa chathair, b'fhéidir gurbh fhiú an bheirt fhear a chur in aithne dá chéile. Is follas go raibh go leor Poblachtach nó iarghníomhaithe Poblachtacha aimsithe ag Cody le haghaidh a scannáin, nach mbacfadh sé le hagallamh foirmiúil a chur ar Jackie. Lena chois sin, más amhrasach faoi cheannfháthanna an Phoncáin a bhí tú go fóill gur leisciúil leat acra bolscaireachta i leith Rialtas na Breataine a dhéanamh de. Seans nach raibh ann fosta ach do leithleachas is do mhórtas féin go bhfeicfeadh an Poncán go raibh tú mór le leithéid Jackie. Ós cinnte a bhí tú go gcuirfeadh Melissa i gcoinne cuairte ar theach Jackie amuigh i Seantalamh, níor luaigh tú an t-ábhar i gcaitheamh an aistir. Ba leor sin a dhéanamh i nDóire, dá gceapfá fós gur smaoineamh tairbheach é.

Turas ciúin neamheachtrúil a bhí ann. Ba é seo an chéad uair do Cody a bheith in íochtar na tíre. I mBaile Átha

Cliath is i gCill Mhantáin amháin a bhí sé le linn a chuairteanna eile ar Éirinn le Melissa. Níorbh aon ionadh é sin. Ní raibh sise sna Sé Chontae riamh gur casadh ortsa í. Údar iontais ba ea é, ámh, go raibh pór Éireannach i Cody ar thaobh a mháthar. Ifearnánaigh iad ó Thiobraid Árann a bhain an tOileán Úr amach i lár na haoise seo caite is a chaith seal i Connecticut sular thug siad a n-aghaidh ar mhianaigh chopair Butte Montana agus, ní ba dhéanaí, ar Whitefish. Ar a chéad chuairt eile, arsa Melissa, rachadh sibh go léir ó dheas go deisceart Thiobraid Árann go bhfeicfeadh Cody tailte méithe a shinsear.

Stad sibh i mBaile Mhuineacháin chun greim bia a fháil. Thart ar a seacht a chlog a shroich sibh an teach ósta i nDoire Trasna. Mar a chláraigh sibh ann, ag mothú rud beag ciontach a bhí tú. Ba é seo an chéad uair a tháinig tú go Doire Chalgaigh riamh gan stopadh le do mhuintir. Is bhí braistint chomhcheangailte ann nárbh fhada uait an lá anois nuair a bheadh do mháthair ar shlí na fírinne, is dá mbeifeá i nDoire, gur ag stopadh in áit mar seo a bheifeá. Nó le Mary. Sin dá dtiocfadh go Doire ar chor ar bith. Ba mhithid duit teacht chun réitigh leis an athrú a bhí i ndán duit amach anseo.

Ag cúlú ón deasc fáiltithe a bhí sibh nuair a mhothaigh tú Daltún 'Todhchaí Dhoire' Ó Brolcháin ag brostú amach as an seomra bia. Ní raibh lá rúin agat beannú dó ach tháinig sé go díreach—is go bacach—trasna chugaibh. De réir dealraimh, ag fanacht a bhí sé leis an dea-scéala go raibh an léiritheoir bladhach Meiriceánach i ndiaidh a theach ósta a bhaint amach agus bhí uaidh fáilte phearsanta a fhearadh roimh a chuairteoir cáiliúil. B'fhollas nach raibh ionchas dá laghad aige leatsa agus chonacthas duit go raibh Daltún i ndiaidh tú, is do thábhacht shóisialta, a mheas as an nua. Ní fhéadfá a bheith chomh suarach sin má thaithigh tú le comhluadar chomh héirimiúil sin, fiú más anseo amháin a bhí tú le caolchead, de bharr do mhná céile.

Ní hé amháin sin ach tugadh cuireadh d'fhoireann Cody—is tusa orthu, is dócha—freastal ar fháiltiú sa Guildhall an oíche dár gcionn mar a ndéanfaí scéim forbartha lárchathrach—an ceann a chéadphoibligh Daltún oíche an athchaidrimh—a lainseáil go foirmiúil. Faoi chomaoin mhór ag an Uasal Hickok a bheadh sé dá dtiocfadh sé féin is a champa chuig an fháiltiú. Bheadh áiméar ag an Uasal Hickok bualadh le móruaisle Dhoire agus le hionadaithe polaitiúla is rialtais. Tar éis do shá plámáis, d'imigh Daltún Leisíneach leis athuair.

Ní ba dhéanaí sa tráthnóna, tháinig an fhoireann le chéile i mbeár an tí ósta. Bean ghorm sho-ranna ó Nua-Eabhrac ba ea Robyne, an cúntóir léirithe. Sasanaigh a fostaíodh ar conradh ba ea an chuid eile acu. Leis na pleananna oibre a bhain an chaint. Sothuartha go leor, dar leat, ba ea na láithreacha scannánaithe a bhí tofa ag Robyne: na Ballaí, Free Derry Corner, an radharc dosheachanta (i ngach clár faoi Dhoire Chalgaigh go nuige seo!) ó Gobnascale i nDoire Trasna i dtreo na seanchathrach ar an bhruach thiar den abhainn, an cheapach Phoblachtach sa reilig is cros chuimhneacháin Dhomhnach na Fola ar Shráid Rosseville. Chas Cody chugat is d'fhiafraigh díot cad é do bharúil orthu siúd. Nár leor agallamh a chur ar an teaghlach ina dtithe gan bacadh leis na radhairc sheachtracha, arsa tú. Rinne duine de na Sasanaigh siotgháire. B'fhearr earraíocht a bhaint as siombailí inaitheanta i gclár den saghas seo, a d'fhreagair Cody. Lena chois sin, chuirfí le chéile blúirí ó stair scannánaithe na cathrach le fiche bliain anuas faoina dtosódh an obair iarléirithe i Nua-Eabhrac. Bhuel, arsa tú, cad faoi Ghrianán Ailigh a úsáid? Mhínigh tú gur dhún ársa é thart ar cheithre mhíle ó Dhoire, mar a raibh radharc ar dóigh ar chuid den chathair is ar Inis Eoghain—is ar chósta na hAlban, más fíor a ríomhtar—ar lá gréine. Is ea, rachfá ann le Robyne lena thaispeáint di an mhaidin dár gcionn.

A thúisce is a fuair tú an seans, d'fhág tú an fhoireann sa bheár is rinne ar bhur seomra. Níorbh fhada ann thú ar theacht isteach do Melissa. Gafa le ceisteanna teicniúla a bhí siad thíos staighre anois. Ar aon nós tuirseach a bhí sí is bheadh uirthi a bheith ina suí go moch ar maidin. Is bhí uirthi amharc ar an script leasaithe. Ina tost a bhí sí, mar a rinne sí réidh don leaba.

"Cad é an diomar atá ortsa, 'Lissa?"

"Rith sé liom ar ball gur rud beag íorónta atá sé gurbh é seo an chéad uair le fada a raibh fonn ormsa teacht go Doire agus ag an am céanna, gurbh fhearr leat fanacht i mBaile Átha Cliath."

"Is ea, is aisteach liom na cúinsí faoina bhfuilimid anseo: gur ag stopadh i dteach ósta in ionad le mo mháthair atáimid, gur ag taisteal le do sheanleannán atáimid, agus gur ag cabhrú le clár faoi mo chathair dhúchais atá mé, is gan a fhios agam an aontaím le claonadh polaitiúil an chláir sin. Is ea, ní mór dom a admháil nach mbraithim ar mo shuaimhneas go hiomlán."

"Ag déanamh mo mharana ar an fháth gur ghlac mé leis an pháirt a bhí mé ar an bhealach aneas. Beimid in ann an t-airgead a úsáid gan amhras. Ach amháin gurb é Cody an léiritheoir, déarfainn go ndiúltóinn di, mar tá a fhios agam gur ag iarraidh teacht chun réitigh le tionchar na háite seo atá tusa go fóill is gur dhócha nach é seo an t-am is fearr domsa an scéal a dhéanamh níos measa duit..." Stop sí ar feadh meandair sular labhair athuair. "Ansin tá Cody ann..."

"Cad faoi?"

"Tar éis duit dul a luí aréir, Pat, ag caint a bhíomar. Ní róshona atá sé faoi láthair. Tá sé féin is máthair an linbh is óige i ndiaidh scaradh óna chéile. Bhí trua agam dó. Thosaigh sé ag rá ansin gur chóir dúinn—domsa is dósan— gabháil ag obair le chéile athuair. Is éard atá ina chéad tionscadal eile scannán faoi fhorbairt an chreidimh bhunaidh i measc na bPalaistíneach is mhaígh sé go mbeadh páirt ann domsa dá mbeadh sí uaim."

"A Chríost, cén pháirt atá beartaithe aige duit an iarraidh seo? Iníon an Ayatollah Khomeini!"

"Ceann fíorspéisiúil is ea í mar bhean Ghiúdach Mheiriceánach a chuaigh ag obair i gcampaí na ndídeanaithe Palaistíneacha sa Liobáin."

"Dar an gCách! Bhuel, is dócha go mbeidh Goebbels in ann roinnt eolais a thabhairt duit! Ach bheadh ortsa a bheith as baile, taisteal go dtí an Meánoirthear, is dócha?"

"Is ea, go ceann coicíse nó mar sin is ansin seal eile sna Stáit Aontaithe. Suimiúil a bheadh sé sin. Is arís, bheadh an t-airgead go maith. Ach ... bhuel, Pat—déarfainn nach é seo an t-am ceart fiacail a leagan air, mar is mór dom déileáil leis, ach is dócha go mbeadh fadhb agam le Cody. An-aisteach a bhí sé aréir."

"An raibh an focóir sin de fhlapstar ag iarraidh cluain a chur ort, Melissa? Má leagann sé lámh ort..."

"Éist, Pat. Ní raibh ann ach an ghnáthraiméis fhireann, go bhfuil grá aige dom go fóill, gurbh í an mheancóg ba mheasa dá ndearna sé riamh ligean dom éalú uaidh. Déarfainn go bhfuil sé faoi chian toisc go bhfuil deireadh leis an chumann seo aigesean ... Ach ansin dúirt sé nach raibh cuma róshona orm féin, is d'fhiafraigh díom an raibh mé sásta le mo shaol. Bhain an cheist sin geit asam."

Bhí tost ann ar feadh meandair. Go ciúin srianta a chuir tusa do cheist uirthi.

"Cad é mar a d'fhreagair tú?"

Arís bhí tost ann, mar a shuigh tusa aniar sa leaba agus mar a shuigh sise síos ar a colbha.

"Cad a dúirt tú leis, Melissa? An bhfuil tusa míshona?"

"Níl a fhios agam. Níl a fhios agam i ndáiríre."

"An bhfuil grá agat dó?"

"Níl a fhios agam ach oiread. Ní dócha é. Is beag smaoineamh atá déanta agam air le cúpla bliain anuas. Ar bhealach is cuma cad é mo bharúil airsean. Sách stuama atá mé fós go dtuigim nach bhfágfainn thú, Pat, dá mbeinn socair leat. Sin an cheist nach bhfuil freagra deimhneach agam faoina coinne. Mar a bhí mé ag caint leis agus mar a bhí mé ag cur síos ar na hargóintí is ar na babhtaí troda atá déanta againn dís le tamall anuas, rith sé liom gurbh fhéidir nach ndéanfadh sos beag lá dochair don bheirt againn, go dtabharfadh sé seans dom seasamh siar is fáil amach cad tá uaim is duitse fáil amach cá bhfuil do thriall. Ba sa chomhthéacs sin a bhí mé ag smaoineamh ar ghlacadh leis an ról atá ar tairiscint is an deis a thapú le hord a chur ar m'aigne, ar mo shaol."

"Ach má thógann tú an pháirt sin, tar éis a bhfuil ráite aige leat…"

"Tá a fhios agam, Pat. Nach ndúirt mé go bhfuil fadhb agam. Féach, téimis a chodladh, Pat. Ní fiú a bheith ag caint air anois."

"Ach cad fúmsa, Melissa? Níl fonn ormsa go bhfágfaidh tú mé."

"Tá a fhios agam, Pat. Sin an dara fadhb atá agam."

*   *   *   *

"*Cute*" a bhí Grianán Ailigh, arsa Robyne. Ag breacadh nótaí a bhí sí mar a shiúil sibh isteach is amach is timpeall an dúin. Is dócha go bhféadfaidís earraíocht a bhaint as an láthair seo, go háirithe dá mbeadh soineann ann, ar sise. Chuirfeadh sé leis an atmaisféar draíochta. B'fhéidir gurbh fhéidir leo páirt Melissa a scannánú thuas anseo. *Right*, bhí go leor feicthe aici, ar sise. Labhródh sí le Cody faoin áit is thógfadh sí amach é anois, ós rud é go raibh eolas na slí aici.

"Ní bheidh obair Melissa críochnaithe faoi amárach, mar sin?" a d'fhiafraigh tú de Robyne, agus sibh ar bhur mbealach ar ais go dtí an carr.

"Ní bheidh go dtí an Chéadaoin, go háirithe má bhíonn

orainn teacht amach ag scannánú abhus."

"Ó." Tusa agus do ghob mór.

"Bhí Melissa is Cody mór le chéile tráth."

"Bhí." Dheamhan fonn a bhí ortsa an scéal sin a phlé le Robyne, cibé áit a fuair sí a cuid eolais. Ba é seo an t-am chun an dúnárasacht dhaingean sin a mhol Darren McMullan a chleachtadh athuair.

"Tá an-mheas ag Cody uirthi mar aisteoir."

"Tá a fhios agam sin. Is dócha gur mhothaigh tú go bhfuil sé i ndiaidh páirt ina chéad chlár eile a thairiscint di? Sa scannán faoi na Palaistínigh."

"Is ea, mhothaigh mé sin." Bhraith tú imir den searbhas ar a glór.

"Níor aontaigh tú leis an chinneadh sin?"

"Is é Cody an bas. Ó achan rud atá cloiste agam, is aisteoir oilte í."

"Fiú mura Giúdach Meiriceánach í?"

"Is ea."

"Cén fhad atá tú ag obair le Cody, Robyne?"

"Le trí bliana anois. Bhíomar le chéile ag NBC."

"Caithfidh go dtaitníonn sé leat mar sin—a bheith ag obair leis is é mar phearsa?"

"Bhíomar ag cumasc le chéile ar feadh tamaill cúpla bliain ó shin. Má thuigim córas comhairimh Cody i gceart, ba mise comharba Melissa."

"Ó! An bhfuil sin thart anois?"

"Tá agus ní nós le Cody gabháil ag iníor athuair ar a chuid seantailte féaraigh. Ní gá duit a bheith buartha faoi sin."

"Fiú má deir sé gur mhian leis sin a dhéanamh?"

Rinne Robyne gáire.

"An ndúirt sé sin le Melissa? Níl a fhios agam... An bhfuil sí chun glacadh leis an pháirt?"

"Ní dhearna sí suas a haigne go fóill."

"Agus cad é do bharúil ar an tairiscint?"

"Tuigim gur mhaith le Melissa an pháirt. Is beag airgead nó aitheantas atá saothraithe aici óna cuid aisteoireachta go nuige seo agus tá cúiteamh den saghas seo tuillte aici. Ag an am céanna, b'fhearr liom mura gcaithfeadh sí mórán ama ina chuideachta."

"Ar a shon nach nós leis filleadh ar na seantailte féaraigh?"

"Is ea!"

Thiomáin Robyne ar feadh réimse den bhóthar gan a thuilleadh a rá. Idir dhá chomhairle a bhí tú ar chóir a thuilleadh ceisteanna a chur uirthi. Mar shampla, an é nár aontaigh sí le tairiscint Cody toisc nár Ghiúdach Meiriceánach Melissa nó toisc gur amharc Robyne uirthi mar bhagairt ar a hiarrachtaí féin chun Cody a mhealladh le filleadh uirthi? Ba chuma. Is ba cheart duitse gan a bheith ag díriú ar Cody ach, ina ionad sin, a bheith ag díriú ar na fadhbanna cumarsáide a bhí agat is ag Melissa le seal.

Cuireadh moill oraibh ag an ionad seiceála ar Bhóthar Bhun Cranncha. Le linn daoibh a bheith ag fuireach ansin, thosaigh tú ag smaoineamh ar Jackie Mac Suibhne. I ndiaidh an plean chun Cody a chur in aithne dó a ligean ar lár a bhí tú anois. Ach b'fhéidir gur sheans tráthúil é seo le cuairt ghairid a thabhairt ar Jackie. Dá mba mhian le Robyne go gcasfaí Jackie ar a bas amach anseo, d'fhágfá fúithi an socrú sin a dhéanamh ina dhiaidh sin.

D'fhiafraigh tú de Robyne, mar a thiomáin sí ón ionad seiceála, an raibh leathuair an chloig le spáráil aici. Ba bhreá leat sciuird sciobhta a thabhairt ar sheanchara leat ós sa taobh seo den chathair a bhí sibh anois. Ba mhaith léi cupán caife, nár mhaith?

Ba bheag cur amach a bhí agat ar an ghréasán bóithre a cheangail na heastáit nua ar an taobh thuaidh de Bhóthar Bhun Cranncha le chéile. Mar sin, threoraigh tú Robyne isteach an bóthar, thart leis an Choláiste—an t-áras nua a osclaíodh in 1973 nó 1974—go gabhal Racecourse Road is chas siad ar clé i dtreo Seantalaimh. B'fhada ó bhí tú amuigh anseo. Ar bhur dtaobh deas bhí Belmont, eastát beag néata príobháideach a bhí barclíonta le hAlbanaigh is le baill den phéas le linn bhlianta d'óige. Amhail na n-eastát Albanach ar Bhóthar an Ghleanna is ar Ascaill Northland, thréig idir Albanaigh is phéas é i gcaitheamh na seachtóidí agus thug a n-aghaidh ar Dhoire Trasna. Ar bhur lámh chlé ar Racecourse Road, bhí tithíocht phoiblí Náisiúnaíoch Carnhill—nó Ard an Chairn mar a thug cuaille adhmaid a thóg baill den phobal le fios. Trasna uaidh sin athuair, thart le Belmont, bhí a thuilleadh tithe príobháideacha, cinn dheargbhrící iad seo inar chónagh meánaicme nua Náisiúnaíoch na seascaidí is na seachtóidí, na dochtúirí, na cuntasóirí is na múinteoirí.

Laistiar de na tithe deargbhrící seo a bhí Seantalamh, eastát mór poiblí a tógadh sna seascaidí agus ag tús na seachtóidí. Bhí neart grafaítí le feiceáil ar na ballaí, bratach thrídhathach ar foluain ó chuaille, is atmaisféar dearóil daibhir ag roinnt leis an áit in ainneoin na gcarranna is na soithí satailíte ar bheanna na dtithe. D'iompaigh sibh isteach i Drumleck Drive, d'ísligh tú fuinneog mar a stop Robyne is d'fhiafraigh tú d'fhear a bhí ag siúl thart cá raibh cónaí ar Mhuintir Mhic Shuibhne. Is ea, Jackie is Marie. Tugadh na treoracha duit is d'aimsigh sibh an teach. Chnag tú ar an phríomhdhoras ach dheamhan freagra a fuair tú gur tháinig bean mheánaosta amach ón chéad teach eile.

"Níl siad sa bhaile. Níl siad feicthe agam ó mhaidin inné."

"Tá sin *Ok*. Bhí mé sa dúiche is shíl mé go mbuailfinn chun an tí chuchu. Níl a fhios agat cén uair a bheidh siad ag teacht ar ais?"

"Níl. Bhí mé ag caint le Marie i lár na seachtaine is ní dúirt sí a dhath. An cara leo thú—is do...chara sa charr?" arsa an bhean agus í ag pointeáil ar an bhean ghorm.

"Is ea. Féach, is cuma. Má fheiceann tú Jackie, abair leis

go raibh Páidí Kelly ar a lorg."

"Páidí Kelly?"

"Is ea. Is go gcuirfidh mé scairt air an chéad uair eile dá mbeidh mé i nDoire."

"Déanfaidh mé sin."

Mar a ghluais bhur gcarr ón chosán, lánchinnte a bhí tú gur ag cur a uimhreach de ghlanmheabhair a bhí an bhean. Níor thóg tú sin uirthi, i ndáiríre. Nár mhinic a rinne tú féin an rud ceannann céanna agus tú ag fás suas, má tháinig coimhthígh chun an dorais seo agaibhse.

"Gheobhaimid cupán caife sa teach seo againne," arsa tú le Robyne. Ar mhí-ámharaí an tsaoil, ní raibh do mháthair sa bhaile ach oiread. Ba dhócha gur amuigh ag geidineáil thart faoin bhaile mór a bhí sise. Mar a d'ullmhaigh Robyne an tae—ní raibh aon chaife ann—chuir tú glao ar Mary seo agatsa. Bhí sise sa bhaile. A Pháidí, cad chuige nár ghlaoigh tú sular tháinig tú aneas? Nach bhfuil a fhios agat gur ag stopadh le Gerald atá Mam? Ó, tá Melissa i nDoire leat. Ar mhaith libh teacht amach le haghaidh an dinnéir anocht? Ó, gníomhach atá sibh. Cuir glao orainn níos déanaí mar sin faoina mbeidh na pleananna seo agaibhse rud beag níos soiléire.

Dheamhan fonn a bhí ort fanacht sa teach asat féin. Nó ní raibh uait Melissa a fhágáil le Cody rófhada ach oiread. Mar sin, tar éis an tae, d'imigh tú le Robyne chun bualadh leis an chriú thuas sa reilig. Mar a chuir siadsan clabhsúr ar an scannánú, chuaigh tú ag spaisteoireacht. Uair nó dhó, mheas tú go raibh uaigh d'athar aimsithe agat ach chlis ort teacht uirthi. Seacht mí a bhí ann ó thaistil tú is Melissa go Doire Chalgaigh don Aifreann cuimhneacháin bliana ar a bhás. Ba chuimhin leat an dís agaibh ag siúl abhaile tríd an reilig. Nár smaoinigh tú an lá sin gur ag teacht chun réitigh leis an bhris a bhí tú? Is bhí den tróig sin, gan dabht. Ach má mhaolaigh an crá pearsanta, claochlaíodh é fosta sa dóigh gur chrom tú ar tú féin a chiapadh mar gheall ar an chaidreamh seo agatsa le do chathair dhúchais. Mar a dhearbhaigh Melissa i bhfad siar, ní raibh sa dara ceann ach léiriú ar an easpa cumais ionat déileáil leis an chéad cheann. Barrúil, ar bhealach, a bhí na háiseanna a bhí agat le teacht chun réitigh leis an dá rud sin, bás d'athar is do chaidreamh le Doire: an síntiús le haghaidh an *Journal*, an Oíche Athchaidrimh, cuairt Jackie, do chuntas. Is dócha gur fhoghlaim tú rud éigin uathu fút féin is gur leigheas siad an bhris. Ach íorónta go leor a bhí sé go ndearna tú talamh slán de go seasfadh Melissa leat. Anois ní fhéadfá a bheith cinnte faoi sin. Agus dá n-imeodh sí uait inniu nó amárach nó an bhliain seo chugainn, nach tú a bheadh ag gol in áit na maoiseoige athuair faoi na rudaí nach raibh ráite agat, faoi na nithe nach raibh déanta agat agus an seans agat.

"Goitse, Pat, táimid réidh anois."

Thiontaigh tú thart is chonaic Melissa ag tarraingt ort.

"Cad é mar a d'éirigh le hobair na maidine?"

"Níl a dhath déanta agam ach seasamh thart. Beidh an chéad phíosa seo agamsa ag tosú san iarnóin thíos ar na Ballaí. Cluinim gur an-tógtha a bhí Robyne le Grianán. Is dócha go ndéanfar roinnt scannánaithe amuigh ansin an tseachtain seo chugainn. Goitse, táimid ag imeacht chun ár gcuid a dhéanamh."

"An bhféadfaimis bailiú linn féin go ceann tamaill is thiocfadh leat bualadh leis an dream eile ar ball?"

"Ní fhéadfaimis i ndáiríre, Pat. Tá an t-am ag sleamhnú thart. Nílimid ach ag filleadh ar an teach ósta le ceapaire a alpadh sula dtosaíonn seisiún na hiarnóna. Caithfimid brostú."

"Bhí súil agam go bhfaighimis seans chun dreas cainte a dhéanamh faoina ndúirt tú aréir."

"Pat, tá brón orm ach níl an t-am agam chuige sin anois. Anocht, geallaim duit."

"Sin roimh an fháiltiú, nó lena linn nó ina dhiaidh, Melissa," arsa tú go searbh. Is ansin go himpíoch: "Téimis dís amach le chéile anocht le haghaidh an dinnéir, 'Lissa. An bheirt againn amháin."

"Pat, ní thig liom. Creideann Cody gur cheart don fhoireann uile a bheith i láthair ag an fháiltiú."

"A Chríost, seo tú ag caint ar imeacht agus ní thig leat an t-am a spáráil lena phlé liom. Cad tá fút a dhéanamh, litir a sheoladh chugam i mBaile Átha Cliath ag insint dom go bhfuil tú ar do bhealach go dtí an Liobáin nó go Meiriceá is go bhfeicfidh tú mé faoina dtiocfaidh tú ar ais, sin má thagann tú ar ais ar chor ar bith?"

"Féach, Pat, níl an t-am againn sin a chíoradh anois. Níl neart agam air sin. Ní féidir liom moill a chur ar an fhoireann uile. Cuirimis faoi chaibidil é anocht. *Ok?* Goitse, tá siad ag feitheamh linn."

"Gabh ar aghaidh. Ní rachaidh mé libh."

"Cá bhfuil tú ag gabháil, mar sin? Chun do mháthair a fheiceáil?"

"Is ea." Róthnáite a bhí tú le bheith buartha leis an sceireog seo.

"Feicfidh mé thú ar ais sa teach ósta thart ar a sé. Ag tosú ar a seacht a bheidh an fáiltiú. Abair le do mham gur ag cur a tuairisce atá mé. Goitse, tabharfaimid síob duit."

Is tú sa teach folamh, d'ullmhaigh tú uibheagán is mheil an iarnóin ag léamh is ag amharc ar chluiche sacair ar an teilifíseán. Is ag stánadh ar na grianghraif ar an bhalla os cionn an teilifíseáin. Grianghraif den teaghlach gona gcéilí gona gclanna ba ea an formhór. Bhí grianghraf ó phósadh bhur dtuismitheoirí sa lár. Thíos faoi ar an taobh clé, bhí tusa is Melissa ar ócáid bhur mbainise. Pósta bliain is daichead a bhí do thuismitheoirí nuair a cailleadh d'athair anuraidh. Cad a bhí i ndán duitse is do Melissa? Má thaispeáin an seisiún gairid cainte eadraibh sa reilig a dhath, ba é sin gur ródhéanach a bhí sé duitse anois a thuilleadh a dhéanamh. Bheadh ort fuireach go ndéanfadh Melissa suas a haigne cad a bhí uaithi.

D'fhan tú sa teach go dtí a cúig, shiúil síos go lár an
bhaile mhóir, fuair bus go Doire Trasna is rinne ar an
óstlann. Istigh sa seomra itheacháin a d'aimsigh tú an
fhoireann agus bhuail tú fút taobh leo. Bhí iarnóin
ghníomhach acu, arsa Cody, agus iad ag scannánú ar na
Ballaí, ag glacadh pictiúr de Melissa is den chathair agus ag
cur agallaimh ar dhuine de mhuintir Uí Dhochartaigh. Ag
pointe amháin, tháinig patról de chuid Arm na Breataine
amach le fiosrú díobh cérbh iad agus an raibh cead
scannánaithe acu. Rinneadh glao gutháin nó dhó, tháinig
na péas is réitíodh an fhadhb. Tríd is tríd, breá sásta le
hobair an lae a bhí Cody is a chriú. Anois ag tnúth leis an
oíche iontlais a bhí siad tar éis na maslachta, arsa duine de
na Sasanaigh.

Mar a d'fhéach tú ar Melissa, ba sheachtanach leat í.
Níorbh fhor-réil go raibh drochspionn uirthi ach ciúin a bhí
sí, mar a d'ól sí gloine fíona. B'fhéidir nach raibh ann ach
go raibh spiorad na comrádaíochta i ndiaidh fabhrú i measc
bhaill na foirne cheana, is amhail straingléara staidéartha ag
cóisir mheidhreach, go raibh do theacht i ndiaidh an
t-atmaisféar céilíochta a réabadh. Is mar a chóirigh sibh
sibh féin go mear thuas sa seomra, d'fhógair sí gur traochta
a bhí sí is go raibh súil aici nach mairfeadh an fáiltiú i
bhfad. Níor bhac tú lena gealltanas a lua. Murar mhian léi
tairiscint Cody a chriathrú, de dheasca na tuirse nó aon ní
eile, fuar agat a bhí sé tabhairt uirthi sin a dhéanamh.

Thiomáin Robyne na Sasanaigh ionsar an Guildhall sa
veain. Le Wild Bill a thaistil sibh dís. Bhí teachtaireacht
tugtha ag Daltún Ó Brolcháin don doirseoir go mbeadh sibh
ag teacht agus seoladh isteach san áras sibh. Ba é seo an
chéad uair duit a bheith san fhoirgneamh seo ar shiombail
fheiceálach é i gcaitheamh d'óige de réimeas claonta na
nAlbanach i nDoire Chalgaigh. Sa ré sin, bhíodh dhá fheis
bhliantúla sa chathair—Feis Dhoire Cholm Cille i Halla
Cholm Cille Naofa ag cúinne Orchard Street is an

'Londonderry Feis' sa Guildhall. Níorbh eol duit riamh cérbh iad na scitsifréinigh a thaithíodh an dara ceann.

Ní nach ionadh, ba thargaid mhór de chuid an IRA sna seachtóidí an Guildhall agus murar leagadh riamh é, ní de cheal dhícheall pléascach na Sealadach a tharla sé sin. Anois bhí móramh Náisiúnaíoch—is baill de Shinn Féin—ar Chomhairle na Cathrach a chruinníodh le chéile sa Guildhall go fóill. Scéilín barrúil amháin a poiblíodh go forleathan sna hochtóidí gur dhuine a daoradh as buama a fhágáil sa Guildhall sna seachtóidí ba ea comhairleoir nuathofa de chuid Shinn Féin. Murar ghreannmhar le meáin chumarsáide is le polaiteoirí Bhaile Átha Cliath é sin, ní léir gur chreid an pobal Náisiúnaíoch ó thuaidh go raibh a dhath aisteach ag roinnt leis.

Ba dhoiligh duit díriú ar mhaorgacht atógtha an árais agus a liacht aghaidheanna inaitheanta os do chomhair. Mar a ghlac Wild Bill seilbh ar thráidirí lomlán le deochanna agus le ribí róibéis—bhí dúil mhífholláin fhrith-Chaitliceach aige san iasc, in ainneoin na ngéinte Ifearnánach!—d'aithin tú polaiteoirí áitiúla, lucht gnó, ceannairí eaglasta, corrscríbhneoir agus—is ea—cúpla Aire de chuid Rialtas na Breataine. Bhí na boic mhóra uile abhus anocht. Dá bhfágfaí carrbhuama lasmuigh den Guildhall, dhíothófaí in aon bhuille amháin lucht na cumhachta sa chathair, mar aon leis na hAirí, a gcipe slándála agus cibé péas eile a bhí ag feádóireacht thart i ndorchlaí an fhoirgnimh. Agus léiritheoir Poncánach is cúpla dosaen stocairí is strucálaithe is failpéirí is plucsheadáiníní éagsúla eile, agus tusa orthu. Ní fhéadfá aon ionadaí de chuid Shinn Féin a fheiceáil, bíodh nár chruthú é sin nach raibh siad i láthair. Bhí súil agat go raibh.

Tar éis tamaill, thug Daltún Cody faoi deara agus rinne sé a shlí anuas chugaibh. Ba bhreá le roinnt aíonna bualadh leis an Uasal Hickok is lena champa, ar seisean. D'fhan tú siar mar a lean siadsan Cody. B'fhearr leatsa gan cur suas

leis an bhéal bán uile. Mar sin fuair tú deoch eile, chaith
seal ag déanamh mionchainte le cúpla duine sodhearmadta,
ach tríd is tríd breá sásta a bhí tú a bheith i do chaochóg ar
cóisir agus cúléisteacht le comhráite cuideachtúla na mboc
mór. Seo daoine a bheadh ag tabhairt faoina chéile go
fíochmhar ar Nuacht a Sé ach a thiocfadh anseo uair a
chloig ina dhiaidh sin is a bheadh ag beannú dá chéile is ag
cadráil le chéile go lách. Dá bhfeicfeadh cuid de na cimí
polaitiúla nó díobh siúd a bhí ar a gcoimeád an dóigh a
raibh an dream seo in ann bailiú le chéile is oíche
shuaimhneach chéilíochta a chaitheamh ag gáire is ag
cogarnaíl tar éis scór bliain den doirteadh fola is den
anbhás, nach dtuigfidís go pras gur in aisce a bhí a
bhfulaingt is a n-íobairtí.

Ag meabhrú ar a ndéarfadh Jackie Mac Suibhne dá
mbeadh sé abhus a bhí tú nuair a chonaic tú Mac Giolla ag
druidim leat.

"Dúirt Melissa gur thiar anseo a bhí tú."

"Is ea, ag breathnú ar mhóruaisle Dhoire atá mé."

Rinne Mac Giolla gáire.

"Nach uaimh cheart ladrann í seo? Mura mbíonn tú
cúramach, a Pháidí, craobhscaoilfear gur ball den chlub
truaillithe tusa fosta, agus tú le feiceáil inár measc chomh
minic sin ar na mallaibh! Dála an scéil, ós ag caint ar a
leithéid atáimid, duine spéisiúil is ea an boc Meiriceánach
sin. Cairde cléibh is ea é féin is Daltún cheana."

"Aithníonn ladúsaí amháin leadaí eile," arsa tú go
dorrga.

"Bhuel, beidh na ladúsaithe uile ag leadaíocht le chéile
oíche amárach. Tá Daltún i ndiaidh cuireadh a thabhairt
don Mheiriceánach is dá chriú teacht amach go dtí a
theach."

"Ní bheidh mise ann. Ag filleadh ar Bhaile Átha Cliath
a bheidh mé amárach."

"An bhfuil tú aon phioc níos socaire thíos ansin anois ná

mar a bhí tú?"

"Tá, is dócha ach ... bhuel ... is í Melissa a airíonn neamhshocair anois."

Ní dúirt Mac Giolla a dhath i dtús báire ach ansin:

"Tá súil agam nach rud dáiríre é."

"Déanta na fírinne, ní mé céard atá uirthi ach nach bhfuil sí róshona faoi láthair. Is deacair dom a rá fiú amháin cén fhad atá cúrsaí mar seo. Róghafa a bhí mé le mo shuaitheadh aigne féin. Anois níl mé ábalta ionú a fháil le suí síos agus cúrsaí a phlé léi ós rud é go bhfuil sise gafa leis an diabhal scannán seo."

"Mar is eol duitse, is cocól cruthanta mé. An miste leat má chuirim an cheist mhór ort? An bhfuil duine eile i gceist?"

"Níl ... B'fhéidir go bhfuil ... Níl a fhios agam. Bhíodh sí féin is Cody ag cumasc le chéile i Londain blianta ó shin."

"Ó! Tuigim anois."

"Ach ní hé Cody an fhadhb. Ní dócha gurb é, cibé ar bith. Admhálach atá mé gur doiligh cur suas liom le tamall agus gur dócha go bhfuil sin i ndiaidh luí go trom ar Melissa. Mar a deir sí féin, is dócha nach bhfuil ach scíste de dhíobháil uirthi... Tá súil agam gurb in a bhfuil ann."

"Ní hé mo ghnósa é, ach ag caitheamh siar an fhíona thíos ansin atá sí."

"Is duine fásta í."

"Is ea, agus is amadán den chéad scoth tusa, a Pháidí. Goitse."

Bhí an ceart ag Mac Giolla gur ag ól barraíocht a bhí Melissa. Gan cleachtadh aici ar an raobhaíocht. Gan ach ócáid amháin riamh ann go bhfaca tú í agus steall mhaith ar bord aici. Bhí buidéal seaimpín aici an lá sin a thug duine éigin—Wild Bill, b'fhéidir—di i bhfad siar agus ar thráthúil léi a oscailt faoi dheireadh. Ar an drochuair ar phutóga folmha a bhí sí. Más ar an tráthnóna sin a dhearbhaigh Melissa den chéad uair go bpósfadh sí thú de do dheoin nó

d'ainneoin, ba bheag aird a thug tú ar a cuid deoiríneachta
le linn di a bheith ar na cannaí. Ba mhó d'aird ar an seisiún
orla is ar a himpí chráite ina dhiaidh sin nach gceadófá di a
bheith chomh hamaideach sin feasta.

Sáite sa chomhrá le chéile a bhí Cody is Daltún. Bhí
Melissa ina seasamh taobh leo. Cúpla slat uathu bhí
Robyne, Denise is Rosemary ag cabaireacht le chéile. Mar a
chaolaigh tú aniar chuig Melissa, thug tú faoi deara an dath
lasta ar a haghaidh.

"An bhfuil tú ceart go leor, 'Lissa?"

"Tá. Cén fáth nach mbeinn?"

"Tá cuma thuirseach ort. Ar mhaith leat gabháil
abhaile?"

"Abhaile! Cén baile atá i gceist agat, Pat? Baile Átha
Cliath? Nach sa bhaile atá tusa anois? Ar ais i measc do
mhuintire. Nach sásta atá tú leis sin?"

"Ar mhaith leat filleadh ar an teach ósta?"

"Níor mhaith liom. Nach i measc cairde atáimid anois?
Cody, mo sheanchara. Agus do sheanchara, Daltún."

Caithfidh gur mhothaigh Wild Bill Melissa ag slogadh a
ainm. Chomh gníomhach sin i mbun cainte le Daltún a bhí
sé nár thug sé faoi deara go dtí seo go raibh an fíon ag dul i
bhfeidhm ar Melissa.

Rug tú greim sciatháin uirthi agus dúirt:

"Goitse, 'Lissa. Téimis amach chun bolgam aeir a fháil.
Róphlúchta atá an áit seo."

Sheas sí an fód i d'aghaidh ar feadh roinnt soicindí,
ansin chas uait is bhrúigh a slí amach go díodánach tríd an
slua gan feitheamh leat. Is ar éigean a bhain sí
coiscéimeanna an Guildhall amach sular chaith sí aníos. Ar
a shon go raibh scaifte ag falróid thart, dheamhan cron a
chuir siad i Melissa. Ar dhá fheithicil armúrtha de chuid na
bpéas a bhí i ndiaidh stopadh le díoscán coscán ag geataí na
mBallaí céad slat uaibh ag bun Magazine Street a bhí a
n-aird. Agus tú crom ag sólású do chéile, ba dhoiligh duit

radharc ceart a fháil ar a raibh ag titim amach thall. Ní fhaca tú ach grúpa póiliní ag rith ó na feithiclí agus nóiméad nó dhó ní ba dhéanaí, iad ag treorú duine chuig ceann de na feithiclí. Ní bhfuair tú seans aghaidh an fhir a fheiceáil ach chonaic tú go raibh málaí plaisteacha thar a chuid lámh geimhlithe.

"Cad tá ar siúl thall ansin?" Mac Giolla a bhí ann.

"Níl a fhios agam. Táthar i ndiaidh fear a ghabháil."

"Ní smaoineodh ach gealt ar chlampar a thógáil thíos anseo anocht. Tá an áit foirgthe le péas. An bhfuil Melissa ceart go leor?"

"Tá," ar sise féin go dímríoch. "Tá brón orm. I ndiaidh óinseach a dhéanamh díom féin atá mé." Mar a sheas sí suas, chomh bán le bóna léine Fhir Bhuí ar an Dóú Lá Déag de Mhí Iúil a bhí a ceannaithe. "Ó, tá tinneas cinn orm."

"Sílim go n-ardóidh mé Melissa liom ionsar an teach ósta, a Sheáin. An ndéarfaidh tú le Cody nár airigh sí go ró-mhaith?"

"Tabharfaidh mé síob duit. Tá mo ghluaisteán páirceáilte sa charrchlós ar Shráid an Fheabhail."

"Ach cad faoin rud istigh? Nár mhaith leatsa fanacht le haghaidh na hóráidíochta?"

Tháinig fáthadh an gháire ar bhéal Mhic Ghiolla.

"Tig liom í a léamh sa *Journal* Dé Máirt."

Go nuige seo níor fhiafraigh ceachtar agaibh de Melissa an raibh sí toilteanach ar dhul libh. Ag dréim leis a bhí tú gurbh fhearr léi filleadh ar an fháiltiú. Ina ionad sin, tháinig sí libh go géilliúil socránta. Mar a thug sibh bhur n-aghaidh ar an charrchlós, bhí corrdhuine i measc an tslua lasmuigh den Guildhall ag eascaine agus ag oirbhire ar na péas. Spéisiúil a bheadh sé ar ócáid ar bith eile moilliú abhus is féachaint ar an fhurú ag forbairt, go háirithe nuair a chluinfeadh an slua go raibh Airí rialtais istigh sa Guildhall. Ach murar éalaigh sibh anois go beo, b'fhéidir go sáinneofaí sibh anseo ar ball dá dtiocfadh a thuilleadh péas. Níorbh é seo an t-am le haghaidh na craice sin agus gan Melissa ar a seanléim go fóill. Rug tú ar a muinchille agus dheifrigh sibh i ndiaidh Mhic Ghiolla.

* * * *

Thart ar scór duine a thiomáin suas chun na reilige tar éis Aifreann na hÉagnairce. Thaistil do mháthair libh. Mar a bhailigh sibh le chéile cois na huaighe, thug tú gliúcaíocht ar na pearsana eile. Bhí a mháthair ann, ar ndóigh. Seanbhean bheag liath í, amhail do mháthar féin. B'fhada ó bhí sí feicthe agat, ó chuaigh sí chun cónaí le hiníon léi thuas sa Chreagán. Bhí na hiníonacha is na mic uile—na deartháireacha is na deirfiúracha, ba chirte a rá—ann. I bhfad Éireann ní ba shine ná tú a bhí siad, dar leat, blianta ó shin. Daoine meánaosta ba ea iad anois. Caithfidh gur leosan na déagóirí sin. Agus bhí a bhean chéile ann. Ón chruth a bhí uirthi, níorbh fhada go saolófaí an dara leanbh. Is dócha gur ag fanacht le comharsana a bhí an páiste eile.

Mar a bhí sibh ag fágáil na hArdeaglaise ar ball, bhí criú ceamara ó cheann de na bealaí teilifíse lasmuigh de gheataí na bhfearann. D'imigh duine de na deartháireacha chun labhairt leo. Le háitiú, is dócha, gurbh fhearr leis an teaghlach mura gcuirfí isteach orthu ag am seo a mbrise. Agus sibhse in bhur seasamh sa reilig, chonaic tú veain Cody páirceáilte thíos uaibh is na Sasanaigh ag cóiriú trealamh ceamara. A Chríost, arsa tú leat féin, bhí súil as Dia agat nach raibh fúthu dul ag scannánú na sochraide le haghaidh a gcláir. Thug tú sonc do Melissa, bhrostaigh sí ina dtreo is labhair le Wild Bill. Chonaic tú an trealamh á lódáil isteach sa veain athuair. I ndiaidh dearbhú a bhí Cody, ar sise ar theacht ar ais di ar ball, nach anseo chun aon sochraid ar leith a scannánú a bhí siad, nach raibh fúthu cur isteach ar nó cur le léan trombhuartha an teaghlaigh ar an ócáid phríobháideach seo. Fós d'fhan an fheithicil mar a raibh sí agus shíl tú uair nó dhó go bhfaca tú gob ceamara ag taobhfhuinneog.

Thuas san aer os bhur gcionn, bhí héileacaptar le feiceáil is le cluinstin. Is dócha go raibh siadsan ag scannánú na sochraide fosta. B'fhéidir go bhféadfadh Cody labhairt lena chairde móra is fístéip a fháil ar iasacht ó Arm na Breataine. Ba dhoiligh a rá cad chuige a mbacfadh na saighdiúirí le sochraid den chineál seo. Dá gceisteofaí iad, d'eiseodh Preasoifig na bPéas ráiteas ina bhfógróidís gur ag cinntiú a bhí na Fórsaí Slándála nach gcuirfí isteach ar an tsochraid nó ar an teaghlach. Ach amaideach a bhí sé a cheapadh go gcuirfí isteach nó amach ar cheachtar acu. Sa chathair seo mar ar amharcadh ar an bhás mar eachtra phoiblí go fóill is mar ar ghnách leis na céadta siúl i sochraid, b'fhearr leis an phobal fanacht glan ar cheann mar seo. Ar shochraid duine a raibh ainm an bhrathadóra air.

Chuaigh do mháthair le labhairt le máthair Jackie ag an deireadh. Ba cheart duit gabháil léi, arsa Melissa. Nach raibh a leithéid á rá leat aici ón Luan? Gur cheart duit teacht aneas. Gur cheart duit cuairt a thabhairt ar a mhuintir. Gur cheart duit dul chun na sochraide. Ní raibh uait gabháil ó thuaidh. Ní dheachaigh tú chun an tí. Anois, lean tú do mháthair, d'fhógair lena mháthair, gan amharc idir an dá shúil uirthi is tú ag mungailt do chuid focal, gur chásaigh tú bás a mic léi. Chroith tú lámh le baill éagsúla den teaghlach, sheachain an bhaintreach óg agus d'fhill ar Melissa faoi dhithneas.

Bhí súil agat go gcríochnódh do mháthair a cuid cainte gan mhoill. Theastaigh uait bailiú leat ón dheamhan reilig seo. Is ea, is ón dheamhan cathair seo. Go buan. Sin mar a bhraith tú faoi láthair cibé ar bith. Ar ndóigh, ar ais sa dá cheann a bheifeá, bíodh sé sin luath nó mall. Nár thrácht do mháthair aréir ar chúpla duine de na comharsana a bhí ar comhaois léi a cailleadh le dhá mhí anuas? Ón uair dheiridh dá raibh tú sa bhaile.

I ndiaidh dearmad a dhéanamh ar do chuairt an deireadh seachtaine seo caite a bhí sé. Chuala sí faoi ó Mary. B'fhada leat uaitse anois é. Ba bheag cuimhne a bhí agat, agus tú ag dul ó dheas Dé Domhnaigh, go mbeifeá anseo arís faoin Mháirt.

I do shuí sa chistin agus tú ag cantáil do chuid tósta a bhí tú maidin Dé Luain. Bhí tuirse ort, tar éis duit filleadh ó Dhoire an oíche roimhe sin ar an bhus. Gan do mhochóirí leapa a bheith sa bhaile, ba dheacair duit tú féin a tharraingt amach ar an urlár ag leathuair tar éis a seacht. Rud beag déanach a bhí tú anois. Chuir tú an raidió ar siúl le héisteacht le ceannlínte nuachta leathuair i ndiaidh a hocht sular fhág tú an teach.

Ag fiosrú scéil a bhí na Fórsaí Slándála sa Tuaisceart, a thug an guth galánta gallda RTÉach le fios, go raibh corp ina luí cois Teorann i nDeisceart Ard Mhacha gar d'Fhoirceal. Ag gabháil chun na hoibre a bhí duine ón dúiche go moch ar maidin nuair a chonaic sé cnapán i ndíog ar bhóithrín cúlráideach. Níorbh fhéidir leis na Fórsaí Slándála an tuairisc a dhearbhú go dtí go gcinnteofaí nach raibh bob-bhuamaí sa timpeallacht. Ag faire an tsuímh ón taobh theas den Teorainn a bhí na Gardaí Síochána.

Ba sa scéal ó Dhoire Chalgaigh a chuir tú sonrú, áfach. Bheadh fear 32 bliana d'aois os comhair cúirte inniu as ábhar pléascáin a bheith ina sheilbh aige i lár na cathrach tráthnóna Dé Sathairn. Creideadh go raibh an fear chun iarracht a dhéanamh é féin a chur trí thine. Ar a shon nár cuireadh as an áireamh go huile is go hiomlán aon bhaint a bheith ag an scéal le cúrsaí sceimhlitheoireachta, mar bhí airí rialtais sa Guildhall ag an am, ceapadh gur gníomh féiníobartha a bhí le bheith ann. Ní ainmneofaí an fear go mbeadh sé sa chúirt ní ba dhéanaí sa lá ach bhí sé le cluinstin i nDoire gur dhuine a raibh fadhbanna síciatracha aige é.

Ar ndóigh, ar Oscar a smaoinigh tú ar an toirt. Murach

an deifir a bhí ort, chuirfeá glao gutháin ar do mháthair, a
bhí le filleadh abhaile aréir, le fáil amach an raibh a dhath
eile ar eolas aici. Is tú sa charr fós, ní raibh aon mhionsonraí
breise ar Nuacht a Naoi. Bhí ort a bheith sásta le ciútaí
Kieran Phillips san oifig ag am sosa.

"Níl aon teorainn libhse, muintir Dhoire, Pat! Ní túisce
achan rud indóite ina chnámhóg ghuail agaibhse thíos
ansin go gcuireann sibh sibh féin trí thine!"

Faoin am a raibh tú ar an bhóthar abhaile go Teach na
Giúise, bhí a thuilleadh mionsonraí ar Nuacht a Cúig. Thit
do chroí mar a ainmníodh an cosantóir: Gabriel Michael
Wilde ó Chnoc an Rois, Doire. De réir an tuairisceora a bhí
sa chúirt, tugadh le fios go raibh dhá ghallún peitril, bosca
adhantaithe, cipíní solais agus mála siúcra ina sheilbh ag
Wilde nuair a gabhadh é ag Geata Magazine. Ina ráite béil
do na péas, thug an cosantóir le fios go raibh faoi é féin a
loscadh os comhair an Guildhall le cur in iúl do mhuintir
Dhoire go raibh tubaistí millteanacha i ndán don chathair.
Roghnaigh sé an ócáid seo as siocair go raibh a fhios go
mbeadh fáiltiú ar siúl i halla na cathrach. D'fhógair
dlíodóir an chosantóra nach raibh aon toise
sceimhlitheoireachta ag roinnt leis an eachtra, nach raibh
faoina chliant aon duine eile a ghortú is nach raibh sé ach
ag iarraidh aird a dhíriú ar an mheath moráltachta sa
chathair. D'athchuir an Giúistís Wilde i gcarcair go ceann
seachtaine is mhol go ndéanfaí scrúdú síciatrach air idir an
dá linn. A Chríost, arsa tú leat féin mar a mhúch tú an
Raidió, gealt amach is amach ba ea mo dhuine, ceart go leor.
Agus cheap tusa tráth dá raibh go bhféadfá rud éigin a
fhoghlaim ón ghaimse bocht sin. Níorbh eol duit ar chóir
deoir a ghol nó gáire a dhéanamh.

Ag clingeadh a bhí an guthán agus tú ag oscailt
príomhdhoras an tí. Melissa a bhí ann.

"Cá raibh tú, Pat? Seo an tríú huair dom glaoch."

"I bhfostú sa trácht a bhí mé."

"Ar chuala tú an scéala?"

"Chuala, ambaiste! As a mheabhair atá an ruidín fuail sin. Ar aon nós, ar lámh shábhála atá sé anois, áit nach ndéanfaidh sé dochar dó féin nó d'éinne eile—is nach ndéanfaidh tairngreachtaí Cholm Cille dochar dó ach oiread."

"Tairngreachtaí Cholm Cille? A Chríost, níor chuala tú?"

"Cad é?"

"Tá Jackie Mac Suibhne marbh."

"Marbh?"

"Is ea. Fuarthas a chorp thíos cois Teorann ar maidin. An IRA a mharaigh é. Dúirt siad gur bhrathadóir é, gur ag tabhairt eolais do na Fórsaí Slándála a bhí sé."

"A Chríost, ní chreidim é!"

"Cén rud nach gcreideann tú, Pat, go bhfuil sé marbh nó go raibh sé ag obair do na póilíní?"

"A Chríost, Melissa, níl a fhios agam cad ba cheart dom a chreidbheáil…"

"Éist liom bomaite, Pat. Bhí mé ag smaoineamh ar Darren."

"Is ea." Bhain scéala Melissa geit chomh mór sin asat nár thuig tú i dtús báire an tagairt dá dheartháir.

"Tá a fhios agat na nithe a d'inis sé dúinn faoi Jackie?"

Rith sé chugat de phreab cad air a raibh sí ag caint. Agus gurbh í seo an áit ba mheasa lena chíoradh, mar creideadh go forleathan thuas sa bhaile go ndearna na péas glaonna teileafóin trasteorann a thaifeadadh.

"Fainic, Melissa! Pléifimid é sin faoina mbuailfimid le chéile. An dtuigeann tú mé?"

Bhí ort an rabhadh a thabhairt an dara huair sular thuig sí do leid. Is gan mórán eolais chinnte eile aici, shocraigh sibh go labhródh sibh le chéile ní ba dhéanaí an tráthnóna sin, tar éis duit faill a fháil machnamh ar impleachtaí an scéil.

Ba é anbhás Jackie Mhic Shuibhne an príomhscéal ar nuacht teilifíse BBC ó Bhéal Feirste. Cheana féin, bhí grianghraf de aimsithe acu. Gan spéaclaí a bhí sé ann. De réir an tuairisceora, ghabh rúta Mac Suibhne, a bhean chéile is a leanbh agus iad ar an bhóthar foithriúil idir Baile na Lorgan is Dún Dealgan Dé hAoine seo caite. Thug an bhean le fios gur coimeádadh í is an páiste gur scaoileadh saor iad gar don Teorainn ar maidin. Faoin am sin, ina luí faoi tharr toir i nDeisceart Ard Mhacha a bhí corp fordhearg John Daniel Sweeney. I ráiteas de chuid an IRA, éilíodh gur admhaigh Mac Suibhne, ar iarbhall dá n-eagraíocht é, go raibh sé ag tabhairt eolais don RUC le trí bliana anuas. Shéan a mhuintir gur bhrathadóir Jackie agus d'fhreagair Preasoifig an RUC nárbh é a bpolasaí é cúiseamh dá leithéid a dhearbhú nó a shéanadh. Is go gcáinfeadh gach duine cóir sibhialta an dúnmharú míchéillí barbartha seo.

Thart a bhí an tuairisc taobh istigh de thrí bhomaite. Ag eireaball na Nuachta a luadh an scéal a fuair an phoiblíocht mhór ar maidin, mar atá, ealaín Oscair.

Ghlaoigh do mháthair ort ní ba mhoille an tráthnóna sin le fiosrú ar mhothaigh tú an drochscéala faoi Jackie. Bheadh an tsochraid ar siúl Dé Céadaoin, fad is go mbeadh an scrúdú iarbháis réidh faoi sin. An mbeifeá ag teacht aneas? Ní bheifeá. Ní fhéadfá aon laethanta eile a thógáil saor... Ní raibh uait dul ar a shochraid. B'fhearr leat dearmad a dhéanamh ar an eachtra ghránna seo. Faoin am ar labhair tú le Melissa arís, meáite ar gan freastal ar an tsochraid fós a bhí tú go ndúirt sí go searbh:

"Is iontach an dílseacht atá agat do do sheanchara, Pat." Socraíodh, dá réir, go rachfá go Doire tar éis na hoibre an lá dár gcionn.

Mar a chrom tú ar a bheith ag meainistíl ar do shuipéar, ag smaoineamh siar ar chuairt Jackie a bhí tú agus ar a ndúirt Darren ach go háirithe. Ba dhoiligh réiteach a dhéanamh idir an rud a mhaígh seisean—nó nár mhaígh sé, de réir a chuntais ní ba dhéanaí—gur dhuine dainséarach a bhí bainteach le daoine amhrasacha Jackie agus ráiteas an IRA gur spiaire é a bhí i seirbhís na n-údarás ó thuaidh. Ba é an píosa sa pháipéar an mhaidin dár gcionn a chuir ar do shúile duit gur dhócha gur bhain sibh an chiall chontráilte as focail Darren. Má b'fhíor an tuairisc, tairgeadh téip ar a raibh leagan ciorraithe d'fhaoistin Jackie do chlann Mhic Shuibhne. Agus nochtadh d'iriseoirí aréir go raibh an fear marbh ag soláthar eolais ní hamháin do na Fórsaí Slándála sa Tuaisceart ach d'oifigeach faisnéise sa Deisceart le seal de bhlianta anuas. 'Stein' an códainm a bhí ag an lámhadóir faisnéise seo.

Mar a léigh is a d'athléigh tú an cuntas seo, agus tú san oifig, tháinig dath an bháis ar d'aghaidh. Soiléir a bhí achan rud anois. Ag tathant ort Jackie a sheachaint a bhí Darren, ní toisc gur chreid sé go raibh Jackie gníomhach san IRA go fóill ach as siocair go raibh a fhios aige gur bhrathadóir é. Agus má b'fhíor duit anois gurbh é Darren an lámhadóir seo 'Stein,' arbh é ainm a chapaill é, bhí aithne aige ar Jackie i bhfad Éireann sular casadh ar a chéile iad sa teach seo agaibhse. Gach seans go raibh a fhios ag Goebbels roimh ré go mbeadh Jackie amuigh leat. Bréaga a bhí sna rudaí a dúirt Jackie leat. Cur i gcéill agus leidhcéireacht a bhí ar siúl acu dís. An domlas is an díomá a chuir an scéal dímhigneach seo ort.

B'fhaidréiseach leat an lá oibre sin. Deacair a bhí sé díriú ar an tasc os do chomhair, gan cromadh ar mhachnamh ar do theagmháil le Jackie. Doiligh a bhí sé díriú air sin agus ciseán lán comhad le suaitheadh agat. Ag leathuair tar éis a ceathair, ba go dímríoch a rinne tú ar an charr is thug d'aghaidh ar Dhoire Chalgaigh.

Mar a bhí tú ag goid an bhealaigh leat ó thuaidh, ag meabhrú ar dhiamhair Jackie Mhic Shuibhne a bhí tú. Bhí ort glacadh leis anois gur ag sceitheadh eolais ar an IRA a bhí sé. Ach ní raibh a fhios agat—agus ba dhealraitheach nach mbeadh a fhios agat go deo mura dtuillfeadh sé fonóta dá chuid féin fiú i leabhar eile faoin Tuaisceart—cén fhaisnéis a bhí ag Jackie nó cad é mar a fuair sé í. Ar ordaíodh dó gabháil isteach sna Sealadaigh as úire lena tiomsú? Nó ar bhall é athuair nuair a earcaíodh ina fhear faisnéise é? Nó ní bheadh a fhios agat cad chuige ar bhraith sé a iarpháirtí. Ar tháinig claochlú ar a dhearcadh faoin láimh láidir? Le tuiscint as cuid de na nithe a dúirt sé leat gur tháinig. Ach céim eile ar fad ba ea í sceitheadh ar a mhuintir féin—agus cuidiú le forneart an taoibh eile. B'fhéidir gur faoi bhrú ó na péas a bhí sé. Soiléir i d'aigne fós a bhí rud amháin a mhaígh sé, nárbh eol dó an bhféadfadh sé filleadh ar chillín is déileáil leis an dara téarma fada príosúnachta. Seans go raibh fuascailt na diamhaire le fáil sa ráiteas deiridh sin.

Agus cá raibh triall Jackie nuair a stopadh a gcarr? Go Baile Átha Cliath a tuairiscíodh. Is ea, ach cén fáth a raibh sé ag dul ann? Ar laethanta saoire lena theaghlach? B'fhéidir é. Nó bhí uaidh bualadh le 'Stein'? Nó thuig sé go raibh a phort seinnte agus gur ghá dó éalú ó na Sé Chontae? Gheofá neart cúiseanna nach mbeadh aon bhunús leis an chnámhscéal deireanach sin a liostú. Dá gcreidfeadh sé go raibh an IRA ag teannadh air, d'fhéadfadh sé déanamh ar bheairic na bpéas i nDoire. Bómánta a bheadh sé, dá mbeadh duine sa tóir ort, tiomáint trí na Sé Chontae agus ar an bhóthar contúirteach ó Bhaile na Lorgan go Dún Dealgan. Níorbh é sin an príomhbhóthar idir Baile na Lorgan is Baile Átha Cliath, cibé ar bith. Níor ghá taisteal air. Is, cinnte le Dia, ní bheifeá ag taisteal an bhóthair áirithe sin go deo arís.

Ina dhiaidh sin is uile, agus in ainneoin do liosta cúiseanna, ní raibh tú in ann ruaig iomlán shásúil a chur ar smaoineamh beag amháin: go raibh clann Mhic Shuibhne ar a mbealach go Baile Átha Cliath chun tearmann a lorg uait. Ní dócha go raibh. Ach ní bheadh a fhios agat anois.

Agus tríd is tríd, b'fhearr gan sin a bheith ar eolas agat ach oiread.

Agus cad fútsa? Cad chuige ar bhac Jackie leat le déanaí? Cad faoin bhronntanas a sheol sé chugat? Cad faoin litir? Ar mhothaigh sé dáimh leat mar gheall ar bhur n-óige le chéile? Nó mar gheall ar chineáltas do mháthar nuair a theasgair sí as crúcaí na saighdiúirí é? Arís, is cuma cén chonclúid ar a dtiocfá, ní bheadh ann as a dheireadh ach an tuairimíocht bhaoth is chaoch is mhaoth.

Íorónta go leor a bhí sé—gan ann ach gimic shuarach reacaireachta a déarfadh an léitheoir dá dtarlódh sé in úrscéal—gur cuireadh Jackie Mac Suibhne chun báis thart ar an am céanna is a bhí Oscar ag bailiú a chuid breosla chun é féin a fhriochadh. Beirt a raibh aithne agat orthu. Dís nach raibh aithne acu ar a chéile, go bhfios duit, ar a shon gur dhócha go raibh cur amach ag Jackie ar mhíchlú Oscair. Éagsúil le chéile a bhí siad. Duine amháin acu cuideachtúil, meabhrach, lé aige leis an pholaitíocht, tuiscint aige ar mhodhanna an tsaoil, dar leat. An fear eile druidte deoranta, agus bíodh gur dhuine éirimiúil é, dealaithe ón saol iarbhír. Gan tú in ann ceannfháthanna ceachtar acu a thuigbheáil. Bheadh ort suí síos le Melissa bhocht is féachaint le hord ciallmhar a chur ar ar tharla ar na mallaibh. Cá bhfíos nach molfadh sí duit cuntas eile a bhreacadh síos!

Melissa. Is ea. An dara hábhar marana a bhí agat ar an bhóthar ó thuaidh. Bheadh oraibh Darren a phlé. Cad ba chóir daoibh a dhéanamh faoi? Dá mba eisean 'Stein,' ní admhódh sé sin go deo agus cad ab fhéidir libh a dhéanamh ansin? Sáinnithe a bhí sibh. B'fhearr leat gan machnamh ar an cheist seo barraíocht faoi láthair. Bheadh ort — oraibh — déileáil leis an mheascán mearaí seo uile amach anseo.

Is gan a dhath socair idir tú is Melissa go pearsanta go fóill. Gan a fhios agat an mbeadh sí ag glacadh le tairiscint oibre Wild Bill. Dheamhan faill a bhí agaibh mórán cainte a dhéanamh le chéile fós. Spíonta amach a bhí sí oíche Dé Sathairn agus sibh ar ais sa teach ósta. Ag obair a bhí sí Dé Domhnaigh agus ba bheag seans a bhí agat labhairt léi sular fhill tú ar Bhaile Átha Cliath. An rud ba shonraíche a thit amach—ó dhuine de na Sasanaigh a mhothaigh sibhse é Dé Domhnaigh—gur chaith Cody an oíche le spéirbhean de bhunadh Dhoire Chalgaigh ar bhuail sé léi i gcaitheamh an fháiltithe. B'fhollas fuarú idir Melissa is Cody, dá réir, Dé Domhnaigh. Bheadh ort fiafraí di amach anseo arbh é an t-éad faoi deara an fuarú sin. Dá bhfaighfeá deis le labhairt léi sách fada.

Ar shroicheadh na cathrach duit aréir, stad tú ag an teach ósta mar a raibh Melissa ag fuireach leat. Stop sibh dís le do mháthair. Thart a bhí obair Melissa le haghaidh an scannáin. Ní raibh le déanamh ag an chriú anois i nDoire Chalgaigh ach corrbhabhta scannánaithe thall is abhus.

Sular fhág sibh an reilig, thug sibh triúr cuairt ar uaigh d'athar. Rug Melissa ar do lámh mar a sheas tú ar an chosán os comhair na huaighe is tú ag rá paidre ar a shon. Ghlan do mháthair píosaí páipéir ón uaigh, chóirigh bláthchuach a leag an ghaoth agus chuaigh ar a glúine ar feadh bomaite.

Mar a rinne sibh bhur slí i dtreo an chairr, rug tú greim ar sciathán do mháthar. Thíos uaibh, chonaic tú an veain ag tarraingt ar bhungheataí na reilige.

"Cén uair a bheidh Cody ag imeacht ar ais go Nua-Eabhrac?" a d'fhiafraigh tú de Melissa a bhí céim nó dhó chun tosaigh oraibh ar an chosán caol.

"Tá sé le himeacht ar ball. Caithfidh sé a bheith i Londain faoin iarnóin in am tráth d'eitleán an ardtráthróna."

"Ó. Cén uair a bheidh tú ag fágáil slán aige?"

"Tá sin déanta agam cheana. Thíos ag an veain ar ball. D'iarr sé orm a bheannachtaí a chur chugat."

"Cad faoin tairiscint oibre?"

"Tá sin ann go fóill. Tá sé le glao gutháin a chur orm ag deireadh na seachtaine. Tabharfaidh mé freagra dó ansin."

"Ach cad...?"

"Níl a fhios agam go fóill, Pat. Feicfimid."

D'fhill sibh ar an teach le do mháthair chun diocán bia a ithe sula mbuailfeadh sibh an bóthar ó dheas. Luadh an tsochraid ar Nuacht a hAon. Is go raibh James Leo O'Donnell, fear pósta 36 bliana d'aois ó Dhoire Chalgaigh, os comhair cúirte i mBéal Feirste ar maidin, as ucht beirt chomhaltaí den phéas a dhúnmharú i nDoire ar 27ú Mí Eanáir 1972. Tuairiscíodh gur gabhadh an Dálach sa chathair an Déardaoin roimhe sin, tar éis do na Fórsaí Slándála sciuird a thabhairt ar a theach cónaithe.